范存忠

1903—1987

字雪桥、雪樵，上海市崇明县人。1926年毕业于国立东南大学外语系；1931年获哈佛大学哲学博士学位后回国；1944—1945年在牛津大学讲学；1931—1949年间，历任原中央大学外国语言文学系教授、系主任，文学院院长等职；1956年后，曾任南京大学副校长、图书馆馆长、中国英国史研究会名誉会长等职。主要著作有《英美史纲》、《英国文学史纲》、《英国文学论集》、《中国文化在英国》、《中西文化散论》等。

《英国文学论集》收录了范存忠先生1943年至1964年间发表在各学术刊物上的英国语言文学论文。1979年由《南京大学学报》出版，作为向中华人民共和国建国三十年的献礼。三十年余年后重新整理出版的本论文集，收录文稿十一篇，包括作品评论、作家引介、戏剧评论介绍、社会问题评论、创作探讨，以及中英文学、文化关系，留存并传承了范先生珍贵的文学研究资料和思想。

英国文学论集

E s s a y s o n E n g l i s h L i t e r a t u r e

范存忠 著

译林出版社

图书在版编目(CIP)数据

英国文学论集= Essays on English Literature / 范存忠著. —南京：译林出版社，2015.11
（范存忠文集）
ISBN 978-7-5447-5561-0

Ⅰ. ①英… Ⅱ. ①范… Ⅲ. ①英国文学-文学评论-文集 Ⅳ. ①I561.06-53

中国版本图书馆CIP数据核字（2015）第179478号

书　　名	**英国文学论集**
作　　者	范存忠
责任编辑	许　昆
特约编辑	王延庆
出版发行	凤凰出版传媒股份有限公司 译林出版社
出版社地址	南京市湖南路1号A楼，邮编：210009
电子邮箱	yilin@yilin.com
出版社网址	http://www.yilin.com
经　　销	凤凰出版传媒股份有限公司
印　　刷	南京爱德印刷有限公司
开　　本	718毫米×1000毫米　1/16
印　　张	17.5
插　　页	4
字　　数	178千
版　　次	2015年11月第1版　2015年11月第1次印刷
书　　号	ISBN 978-7-5447-5561-0
定　　价	48.00元

译林版图书若有印装错误可向出版社调换
（电话：025-83658316）

再版序言

《英国文学论集》收集了范存忠先生从1943年到1964年间发表在各个学术刊物上的英国语言文学论文。1979年9月由《南京大学学报》编辑部出版,作为向中华人民共和国建国三十周年的献礼,后由北京外国文学出版社于1981年正式出版。

《文学报》在1982年8月5日第七十一期首页头条《我国外国文学研究工作走上轨道》一文中写道:"几年来,外国文学工作者们辛勤劳动,完成各种专著几十部。其中有的具有较高的学术价值;有的还填补了外国研究和介绍工作的空白……在国别或地区和作家作品研究方面,近年来也出了不少成果,如范存忠著的《英国文学论集》等,都受到了学术界的重视和好评。"从1965年到1978年,中国文化遭受了一场浩劫。改革开放以后,中国的老一辈的文化学者又重新拿起了他们的笔杆子,把他们的论著重新整理出版,这些有价值的论著是留给后人的文化遗产。

三十余年后的今天,重新整理出版范存忠先生的这部《英国文学论集》,不论是从语言文学的角度,还是从帮助现代人去研究英国语言文学的角度着眼,都具有相当的价值和意义;并且也让文化遗产能得到更好的延续和传承。

范家宁　王英

2014年11月

目录

序言

这里收集了文稿十篇,其中关于讨论作品的三篇,纪念作家的两篇,作家评论作家的一篇,作家评论社会问题的一篇,讨论创作问题的一篇,中英文学关系的两篇。[①] 绝大部分是三十年来在《时与潮文艺》、《英国语言学评论》(*RES*)、《文学研究》、《文学评论》、《江海学刊》、《南京大学学报》等期刊陆续发表的。这次把这些尚未散失的文稿收在一起,顺便在个别地方做了删削订正,希望能得到读者的指教。

范存忠　一九八〇年元旦

① 此为范存忠先生1980年作序时篇目,本次修订加入讨论中英文化关系论文一篇:《威廉·琼斯爵士与中国文化》。——编注

笛福的《鲁滨逊漂流记》

笛福(Daniel Defoe,一六六〇— 一七三十)的《鲁滨逊漂流记》(一七一九— 一七二〇)是世界文学名著中最流行的小说之一。世界上所有主要语言里都有它的译本;在很多语言里,译本还不止一种。[①]除了原本、译本而外,还有节本、节译本以及专为青少年阅读的改编本、改译本。就是没有读过这本书的人,也大概听到过这故事的某些部分:"荒岛上的鲁滨逊"已成为一般人熟悉的典故。对于这部英国资产阶级上升时期的作品,今天我们应该怎样来看待呢?本文拟就这一问题,介绍一些材料,提供一些意见。

① 我国最早译本大概是林纾和曾宗巩的文言本,包括原第 1、第 2 卷两卷。第 1 卷的译本完成于 1905 年(《万有文库》本),第 2 卷稍后。原书第 1 卷另有译本数种,包括徐霞村本,1937 年。徐霞村本另有 1982 年版,内有杨耀民序。

一

鲁滨逊漂流的地方是极其广泛的，并不限于荒岛。这部书一共三卷，荒岛部分只占全书四分之一，但是读者们熟悉的是荒岛部分。这一部分流传最广，接触到的问题也比较多，我们就从这一部分谈起。

凡读过鲁滨逊漂流荒岛故事的人，脑子里也许总有这样一个印象：一个身穿山羊皮短衣、短裤的人，腰间挂着一把小锯、一把斧子，肩上挂着弹药袋子，背上背着一个筐子，掮着一支鸟枪，头顶上举着一把又丑又笨的羊皮伞；晴天用来遮阳，阴天用来躲雨——这就是我们熟悉的鲁滨逊。他在荒滩上踯躅着，在丛莽中逡巡着，在山顶上瞭望着，衣食住行等生活上最迫切的问题都得由他一个人从头解决。他没有地方住宿，就在树枝上过夜，后来搭了一个栅寨，安全才算有了保障。饮食是一个大问题。最初他只能捕食鱼鳖、鸭子、山羊之类的野生动物。过了多少时候，他才开始驯养动物，于是由渔猎阶段进入畜牧阶段。又过了多少时候，他才开始种植大麦、水稻，于是由畜牧阶段进入稼穑阶段。他最初只能吃生东西，过了多少时候，才做出舂麦子、稻子的木臼，碾面粉、米粉的磨子以及制馍馍用的土器，于是由生食阶段进入烧烤烹饪阶段。他最初只能在岛上活动，到了海岸就望洋兴叹，过了多少时候，费了多少气力，才造了独木船，绕岛航行，察看形势……这些开天辟地的工作好像都是由鲁滨逊一个人干出来的。这个故事好像是初民时代生活的缩影。十八、十九世纪有许多读者是这样想的。林纾的译序上也说，鲁滨逊“单舸猝出，侮狎风涛，濒绝地而处，独行独坐，兼羲轩巢燧诸氏之所为而为之”。[①]

① 林纾译本（《万有文库》本）1933年，第1页。

鲁滨逊在荒岛上的生活是不是初民时代生活的缩影呢？我们说，不是的，完全不是的。这是一个美学上的幻想。马克思在《资本论》里说，人们对社会生活方式的回想，往往采取了与这些社会生活方式的实际历史发展过程恰恰相反的途径，因此，他们对这些社会生活方式的科学分析亦复如此。人们事后设想，往往把眼前发展过程的结果当作发展过程的开端来谈论。[①] 鲁滨逊在荒岛上的活动曾经是资产阶级经济学家讲述人类经济生活的发展的根据。亚当·斯密是这样做的，理嘉图也是这样做的；到了十九世纪中期，在穆勒的著作里我们仍然可以听到这一论点的回响。

针对这一种非历史主义的观点，马克思在《政治经济学批判》和《资本论》里就鲁滨逊漂流荒岛的故事作了精辟的论述。马克思说："我们越往前追溯历史，个人，也就是进行生产的个人，就显得越不独立，越从属于一个更大的整体。"又说："人是最名副其实的社会动物，不仅是一种合群的动物，而且是只有在社会中才能独立的动物。"[②] 可是，在资产阶级社会里，由于分工制度，由于自由竞争，单独的个人好像是解脱了他的种种自然联系。马克思指出：荒岛上的鲁滨逊，跟亚当·斯密和理嘉图他们政治经济学里的个体渔人、个体猎户一样，也跟卢梭《民约论》里孤零零的人一样，是资产阶级的幻想。马克思指出：漂流荒岛的鲁滨逊，初看起来好像是历史发展的起点，但实际上是历史发展的产物——"一方面是封建社会形式解体的产物，另一方面是十六世纪以来新兴生产力的产物"。[③] 马克思批判的对象主要是当年资产阶级政

① 马克思：《资本论》第 1 卷，第 1 章，第 4 节。

② 马克思：《〈政治经济学批判〉序言、导言》，人民出版社，1971 年，第 7 页。

③ 马克思：《政治经济学批判》，人民出版社，1976 年，第 193 页。

治经济学里的"大大小小的鲁滨逊故事",但因此也说明了漂流荒岛的鲁滨逊这一形象的本质。这对于我们分析这部作品给予了经典性的指导。

有了这样一个指导,我们再去研读《鲁滨逊漂流记》里的荒岛故事就比较清楚了。鲁滨逊初到荒岛的时候确是举目无亲,但并不是赤手空拳的。大家还记得:他是在海上遭到风暴而漂浮到那个荒岛上去的。他运气不好,但是不幸之中也有大幸。那只触礁颠覆的海船,被风一刮,刮到离岛不远的地方,使他有可能在潮水退落时期游泳过去,到破船上搬运有用的东西。这一工作,小说里有极其详细的叙述。他首先搬运的有吃的(面包、干酪、干羊肉、麦子、甘蔗酒),有穿的(衣服),有工具(土木工具),有武器(鸟枪、手枪、刀剑、弹药)。他把这些东西放到一个用破船上的帆桅、木板、绳索捆缚而成的木筏上,搬到岛上去了。有了刀枪弹药,可以渔猎,可以御敌;有了干粮和衣服,吃的、穿的暂时可以没有问题;有了土木工具,敲敲打打,拼拼凑凑就能解决问题了。这是初次搬运的收获。后来他又上船,搬下更多有用的东西,包括钉子、钳子、斧子、磨轮、起钩,更多的枪支和更多的弹药,连晚上睡眠用的吊床和被褥都搬下来了。这两次搬运的东西已经不少了。但鲁滨逊继续工作,前后上船达三四十次之多,次次都有收获。[①] 鲁滨逊就是这样在那荒岛上开始生活的。漂流荒岛的故事,初看起来,好像是个人脱离社会、脱离集体去开天辟地的故事;但仔细分析起来,他并没有脱离几千年来人类社会劳动的成果。因此,可以说,他并没有(也不可能)脱离

---

① 这些细节,读者往往不很注意,总以为鲁滨逊是靠很少工具过活下去的。参阅罗宾斯 (H. Robins):《鲁滨逊到底有多大聪明?》,见美国《近代语文学会会刊》(*PMLA*),1952 年,第 67 卷,第 782—789 页。

社会，脱离集体。

把漂流在荒岛上的鲁滨逊描写成为脱离社会、脱离集体而独立存在的个人——这是资产阶级企业家思想所产生的美学上的幻想。这是我们应当首先认识的一点。

二

《鲁滨逊漂流记》的主要人物就是鲁滨逊自己，因此，要认识这部作品，首先就要认识鲁滨逊的形象。上面我们是就荒岛部分的故事谈的，这里再从全部漂流故事来谈一谈。

鲁滨逊原是英国北部的人，生长在一个资产阶级中下层的家庭，从小有遨游海外的志趣。成年以后，漂流到了伦敦，搭上一只开往非洲的海船，做了一些交易，得了六七倍利润，回到伦敦，成为一个“几内亚商人”。他就是这样起家的。他再度航行，碰到了海盗，当了几年俘虏。后来他逃出来了，搭上一只葡萄牙人贩卖黑奴的船，到了巴西，于是就在巴西落户，种烟草，种甘蔗，经营种植园，搞了四年，非常成功。但他没有感到满足。西非洲的贸易利润很大，可以用几件小玩意儿换取金沙、象牙等贵重物品，同时还可以抓几个黑人来补充巴西种植园的廉价劳动力。于是他与商人们、种植园主们合伙买船，再度出海。他就是在这次航行的时候，碰上了风暴漂流到那个荒岛上去的。从这里我们可以看出，鲁滨逊的形象是极其明显的：他是一个商人，一个殖民者。

到了荒岛以后，生意做不成了，殖民事业也无从谈起了；渔猎、畜牧、营造，变成他争取生存的主要活动。稍有空闲，他便进行祈祷，作为一种消遣。[①]这时，这个商人、殖民者的意识形态有没有改变呢？没有。这只要细看荒岛一段故事就可以明白的。

鲁滨逊初到荒岛的时候是相当苦闷的，但他也有聊以自慰的想法。他看到岛上一片青葱，不免高兴起来，觉得自己是全岛的君主。一等日常生活稍有头绪，他就怀念先前卖给葡萄牙船长的一个青年黑人，心里想，有了那样一个助手，事情就好办了。当他发现岛上有土人足迹的时候，真是惊魂不定。他很想乘机弄一两个土人来当自己的奴仆。后来，他得到了一个土人，他的梦想实现了。他教这个土人说英语。首先给他取了个名字叫“星期五”，因为他是在星期五那天跑来的。接着，教他“主人”一词。于是鲁滨逊当了“主人”。后来，又来了一个西班牙人和另一个土人（即“星期五”的父亲），鲁滨逊的殖民主义思想更冒头了：他有了“老百姓”了，他成了全岛的统治者、立法者。又后来，他就以岛上“总督”的身份去援救一个出事的英国船长和大副。最后，鲁滨逊在岛上作了些安排，坐上英国船，离开荒岛。但他对荒岛未能忘怀。过了几年，他从伦敦再度航行，带了些工匠、大量弹药和日用必需品来到岛上，这时岛上已有四个居民点了。航行到巴西，又从那里送去不少器材和几个葡萄牙女子，这时岛上除孩童而外，已有六七十个居民了。鲁滨逊觉得，殖民地的条件已经具备，只是他还没有向英国政府报请立案，没有在岛上建设防御工事，他自己没有常驻岛上，没有经营英国与这块殖民地之间的贸易而已。

---

① 宗教迷信、因果报应之谈，在《鲁滨逊漂流记》（以下简称《漂流记》）里占据相当篇幅，是全书精华所在（见第2卷序言）。但实际上，鲁滨逊不是一个虔诚的教徒。马克思指出，鲁滨逊是把祈祷等宗教活动当作娱乐看待的。参阅《资本论》，人民出版社，1975年，第1卷，第93页。参阅瓦特 (Ian Watt)：《小说的兴起》，1957年，第80—82页。

鲁滨逊离开荒岛以后对荒岛的关怀是在《鲁滨逊漂流记》第二卷里叙述的。这部分谈到鲁滨逊在远东的活动。这一部分也许有些读者不很留意，我们在这里摘要叙述一下。

鲁滨逊在巴西处理了种植园之后，就作东印度之行。船过好望角、马达加斯加岛，至波斯湾，因与船员冲突，上岸另谋生计。不久与一英国商人买船东行，过苏门答腊、暹罗、孟加拉和马六甲，沿途买卖土特产，博取利润，像当时东印度公司的职员们一样。船过东京湾后，又向中国海岸前进。路过澳门，因恐与葡萄牙商人发生矛盾，没有停留。北行至“金昌”（译音。小说里说，这个地名可能记错）上岸，陆行至南京，随法、葡、意三国天主教士同往北京，然后出关，渡沙漠，进入俄罗斯帝国，取道阿尔汉格尔回英。这是他在远东的主要行程。这一部分，地区比较辽阔，描述不很集中，但其中有一个主要线索，那就是：一路经商，追求利润。

十八世纪初年的中国，在欧洲人眼里，是一个文明古国。但《鲁滨逊漂流记》里对中国文物不但很少反映，而且还作了极其无理的诋毁。鲁滨逊在中国旅行中所注意的不是壮丽的河山，而是在国际市场上有利可图的土特产。他一到中国，就把从孟加拉带来的鸦片向日本商人兜售，换取黄金。到了南京，他看了看市容，买进宁缎九十匹、各色上等绸子（包括锦缎）二百匹，以及大批印花布、生丝、茶叶、豆蔻、丁香等货物；到了北京，他虽待了四个多月，只胡乱逛了一回，就匆匆出关。离开北京的时候，他雇了十八匹骆驼装运货物，据说其中三匹是专运丁香、豆蔻的。这些中国香料，一部分在阿尔汉格尔脱售，没有带回英国；因为，他说“那里货价要比伦敦高得多”[①]。他在西伯利亚买进黑貂、玄狐、银鼠等上等皮货，后来在易北河流域脱售。他说：

---

① 《漂流记》（伦敦《万人丛书》本），第 422 页。

> 就在这里，我和我的伙伴觉得可以做一笔很好的买卖，把中国的东西和西伯利亚黑貂等货物抛售出去。尽管路上损失很大，盘费不赀，但两个人分配收入的结果，我的一份还达三千四百七十五镑十七先令三便士，其中包括从孟加拉买来的，约值六百多镑的金刚钻石。[①]

正如现代英国进步批评家福克斯所说："他的报酬要一直计算到最后的三个便士。"[②] 也正因为这样，资产阶级政治经济学家往往把鲁滨逊作为"经济人"(homo economicus) 的具体形象看待。

总起来说，鲁滨逊一生的事业，是从经商开始，也以经商结束的。中间贩卖过黑奴，经营过种植园。他是一个名副其实的资产阶级分子，操奇计赢，锱铢必较。他的意识形态是资产阶级的意识形态。他不是开个小铺子就算了的，他的目的不在英伦三岛，而在海外；不仅在商人们已经建立的市场，也在任何人尚未发现的角落。他唯利是图，野心勃勃，不惜冒很大的风险去"创业"，这正是资产阶级个人企业家的典型形象。

三

以上是就作品内容来分析说明鲁滨逊的形象。这里再从作者的思

① 《漂流记》(伦敦《万人丛书》本)，第 427 页。

② 福克斯 (R. Fox)：《小说与人民》，1937 年，第 4 章。参阅何家槐中译本，作家出版社，1957 年，第 36 页。

想倾向来讨论这一形象的意义。

像小说里的鲁滨逊一样,小说作者丹尼尔·笛福的事业也是从经商开始,以经商结束的。他生长在一个商人家庭,从二十三岁起独立经营各种商业产品——内衣、服饰、烟、酒、鱼、盐、乳酪、毛纺、砖瓦,主要是搞批发。他当过兵,参加过多种政治活动,"踏察"过英伦三岛,游历过欧洲大陆,特别是西班牙与葡萄牙,但他的主要谋生之计是经营商业。他写过五百多篇作品,其中一大部分都与商业有关——至于写小说,那是靠近六十岁时才开始的。他的最后一本书是《英国商业计划》的增订版(一七三一)。我们可以说,他是亚当·斯密以前的一个资产阶级政治经济学家。亚当·斯密不是商人。他的《原富》是在苏格兰的一个省城里写成,而在苏格兰的一个大学里讲授的,事前对于经济生活没有多少实践。他做过海关管理工作,但那是以后的事。笛福则不然,他是买卖起家的。他出过不少主意,献过不少计划(他是《计划论》的作者)。他是从实践到理论的一个资产阶级的政治经济学家。人们往往以为"自由贸易"是亚当·斯密的创作,可是"自由贸易"的理论在笛福的许多作品里已经有了充分的发挥。

在十八世纪初年的英国,有一派人(主要是托利党人)重视土地资本,认为这是国家的命脉所在,而商业利润则是次要的。笛福则不然,他说:"这个国家没有商业就不能维持下去,好比教堂没有宗教就不能维持下去一样。"[①] 他提倡国内贸易,但他的主要兴趣是对外贸易(他自己经营的几项规模较大的商务,都是对外贸易)。他主张千方百计地开展对外贸易——对邻国贸易,对敌国贸易,对殖民地贸易,

---

① 穆尔(J. R. Moore):《丹尼尔·笛福:近代世界的公民》,1953 年,第 312 页。这部笛福评传提供不少有用材料,有参考价值。

对政治制度不同、宗教信仰不同的国家贸易。他说得极其露骨,他说:

> 我们[英国人]是一个做买卖的民族,我们的事务是经商,我们的目的是赚钱,商业上除了利润而外是没有什么兴趣可言的……我们同土耳其人、信仰邪教的人、信仰偶像的人、不信仰犹太教的人、信仰异教的人以及草昧未开的野蛮人打交道,做生意,只要能达到目的,只要对买卖有利,可以不管他们崇拜什么上帝……商业上崇拜的唯一偶像是赚钱。在商人看来,只要有利可图,不管同什么人交易,都是一样的。[①]

因此世界各地,不论多么遥远,都能引起鲁滨逊的注意。但是他有他特别感到兴趣的地方,那就是中南美洲,也就是当年西班牙的殖民地。笛福早年曾在西班牙待过一些时候,深深知道中南美洲的殖民地对西班牙是多么地重要。当时欧洲正缺金银货币,因此,最引人注目的新闻是从中南美洲运往西班牙的数值几百万英镑的金条银块。西班牙王国政府就是靠贵重金属上的抽头与征税来支撑着的。笛福主张在中美洲的圭亚那开辟殖民地,在十七世纪末年向英王威廉三世上过条陈。此后三十多年中,他念念不忘,一有机会,便旧事重提,认为英国殖民地远景是在西印度与中南美洲。[②] 到了一七一九年间——也就是《鲁滨逊漂流记》创作与出版的年代——英国与西班牙关系恶化,英国对中南美洲西班牙殖民地的贸易停顿下来了,于是有人建议前往圭亚那建立殖民地,取西班牙而代之。笛福更是兴致勃勃,准备提一项夺取西班

---

① 穆尔:《丹尼尔·笛福:近代世界的公民》,1953 年,第 313 页。

② 同上,第 293—294 页。

牙殖民地的具体方案，并说："要完成这个任务是不困难的。"[①]《鲁滨逊漂流记》就是在这样一些历史条件以及这样一个思想倾向之下创作出来的。

《鲁滨逊漂流记》里牵涉到的地区是极其辽阔的，全世界五大洲中有四大洲——欧洲、非洲、美洲、亚洲——都留有鲁滨逊这位冒险家的足迹。这说明了这位冒险家经商与殖民的广泛兴趣。但是，正如二百多年来读者们早就注意到的，小说作者着意经营的是荒岛部分。这个荒岛有些像乌托邦，也可以说是一个乌托邦，但与别的乌托邦有所不同。乌托邦（例如莫尔的《乌托邦》，或培根的《新大西岛》）总是像虚无缥缈中的海上仙山，而鲁滨逊的荒岛则是坐落分明。小说作者指出，这荒岛是在加勒比海，是在离奥里诺科河入海口不太远的地方（也就是在现今委内瑞拉东北海岸的外面）。[②] 作者又指出，这荒岛离西班牙殖民地不远，坐着独木舟的野人与被俘的西班牙人就是从那里顺流划过来的。再看，一般乌托邦总是"土地平旷，屋舍俨然"的理想世界；而鲁滨逊的荒岛则到处是丰草长林，是一个未开垦的处女地，像未开垦的中南美洲一样。鲁滨逊的荒岛原是一个殖民主义者的想象的产物，但它在现实世界上有其牢靠的支柱。当然，我们知道，奥里诺科河的入海口并没有这样一个荒岛，而且即便有的话，按照热带地理条件，也不可能有槲树，不可能有企鹅，不可能有熊罴，不可能有野生柑橘；在同一季节也不可能又种水稻，又种大麦，像鲁滨逊的荒岛一样。这正是"考之果木，则生非其壤；校之神物，则出非其所"。不过这些是枝节问题，

---

① 穆尔：《丹尼尔·笛福：近代世界的公民》，1953 年，第 224 页。

② 这部小说的副标题上说：鲁滨逊在美洲海岸外边，在离奥里诺科河入海处不远的一个无人居住的荒岛上孤独地住了二十八年。小说里也提到这一点，见《漂流记》，第 156—157 页。

读者们是很少注意到的。

认识了作者当时的历史条件与思想倾向，再去看作品就更有意义了。该书一再批判西班牙殖民者，说他们如何在南美洲屠杀了成千上万的无辜土人（“兽性的屠杀”），但另一方面，却描写了鲁滨逊在荒岛殖民地是如何受人爱戴。[①]最有趣的是鲁滨逊在荒岛上和一个西班牙人的谈话：

> 他［西班牙人］对我说，英国人在困难关头比任何民族更能沉着、稳定，这是值得称道的。他说，他们自己（西班牙人和葡萄牙人）在噩运临头的时候，是世界上最不中用的人，是最不能跟噩运进行斗争的人。他们碰到困难，也作些努力，但很快总是陷于失望，在困难前面躺了下来，或竟死了过去，从来不去振奋自己的精神，想出一些解脱困难的办法。

说到这里，鲁滨逊谦逊地说，他自己没有什么了不起。又说，他做的事，另一个人在同样情况下也是能够做到的。可是西班牙人坚持自己的意见说：

> 先生，我们可怜的西班牙人，如果碰到你的处境，一定不会从那破船里运出你运出的东西的一半。我们也永远不会想出法子来找到一个木筏来搬运这些东西的，而且就是找到了木筏，也永远不会不用划子或帆篷而把那木筏靠拢海岸的。再者，我们如果只有一个

---

① 《漂流记》，第125—126，156—157，415页。笛福是一个殖民主义者，但书里对西班牙的殖民者曾一再批判。

人去做这工作，那么搬出来的东西不知又要打多少折扣了。[①]

这一些话，英国人听了当然会感到满意。

四

我们分析了作品的内容（特别是主要人物的形象），说明了作者当时的思想倾向，现在再来谈一谈这部作品的历史意义。

十八世纪二十年代的英国，还不是一个庞大的帝国，殖民地的数量还是有限的；除爱尔兰（马克思指出，这是英国最早的殖民地）外，在北美有十三个州，有纽芬兰，有新斯科西亚；在东印度有几个根据地，在地中海有几个岛屿。据有大量殖民地，拥有垄断利益，进入帝国主义阶段，那是一百多年以后的事。但是，向外扩张，寻觅市场，开发殖民地的基本条件，笛福时代的英国已经具备了。十七世纪的资产阶级革命解脱了封建制度对生产力的束缚，从十七世纪后期起，资产阶级操纵了国家的经济命脉，也准备在政治舞台上扮演一个重要角色。当时资产阶级中也有主张安分守己，巩固既得利益，过一辈子平平稳稳的生活的人——鲁滨逊的父亲就是这样的人。[②] 但这不是主流。主流是，不能满足于安分守己的生活。这些人认为世界是一个真实的世界，一个人的生活是他自己努力的结果。既然如此，为什么不到外面去闯闯，多挣一些产业呢？发家致富是资产阶级生活和活动的目的。老在家里待

① 《漂流记》，第293—294页。

② 同上，第6—7页。书中曾一再提起这种想法。

着，能赚到几个钱呢？这就是当年新兴资产阶级追求利润、向外扩张的思想。笛福是这些人的代言人，他的作品具体体现了这个思想。

作为英国新兴资产阶级的代言人，笛福有一个特点：他从不掩饰他的特征，他创造的鲁滨逊亦复如此。在全部《鲁滨逊漂流记》里唯一使人迷惑的是荒岛部分。人们看到鲁滨逊如何运用破船上的工具来制造各色各样的器物（寨栅、土器、雨伞、衣裤、独木船、农具等），从而改变自然环境，改善生活条件。人们往往觉得这是另外一种境界。在这境界里，好像没有剥削，也没有被剥削。在这境界里，鲁滨逊是一个自食其力的人。为了生活，为了改善生活，他进行这种或那种劳动，制造这样或那样器物，那些器物就是他的财富。用马克思的话来说，鲁滨逊和那些器物之间的关系，鲁滨逊和他自己创造的财富之间的关系，好像是极其简单，极其明了。[①] 但是，我们在前面说过，这是“鲁滨逊寓言”。这不是资产阶级社会现实的反映，而是一个资产阶级作家的美学上的幻想。

这个美学上的幻想正是当时资产阶级、小资产阶级梦寐以求的境界。从英国文学发展过程来谈，《鲁滨逊漂流记》是一部别开生面的作品，而鲁滨逊则是一个别开生面的人物。英国文学作品里的“英雄”，一向属于上层阶级，至于其他阶级的人，只是用来扮演次要角色，或作为嘲笑的对象。《鲁滨逊漂流记》则不然。这里没有什么贵族，除了那个被沙皇流放在西伯利亚的俄罗斯王公；也没有上层社会的生活，像蒲伯的诗篇（例如《鬈发遇劫记》）里所刻画的。这里没有假发披肩的骑士，也没有长裙曳地的贵妇人。这里没有牌戏、角斗、客厅聊天，或宫廷游宴；这里全是“普通人”，谈吐也极其普通。鲁滨逊是这样的人——极其平凡，而其遭遇却又奇异可惊。这部小说的标题就是，《约克郡水手

① 马克思：《资本论》，第 1 卷，第 94 页。

鲁滨逊·克鲁索的生平及其奇异可惊的遭遇》。小说一出版，立即风行，特别在水手、士兵、小商贩、小工匠、小有产的队伍里。当时有个批评家带着讥笑的口吻说："老婆子们，只要买得起书，没有一个不买这部《生平与遭遇》，作为传家之宝。"而且，小说的读者，并不限于英国。一年之内，有荷兰语、法语、德语译本，同时欧洲还出现了许多鲁滨逊，如法兰西的鲁滨逊、意大利的鲁滨逊，而在德意志，每个小邦如萨克森、锡莱西亚、斯瓦比亚等，各有其鲁滨逊。这样，在德国文学里，形成了一个文学流派——"鲁滨逊故事"(Robinsonaden)。

对我们来说，这部小说有很大的认识作用。小说里表现的绝对个人主义，特别是个人企业思想，是与资产阶级剥削制度分不开的。在鲁滨逊的形象上，我们不但认识了一般资产者的面貌，也认识了一个特定时期——英国启蒙时期——资产者的面貌。他具有资产阶级唯利是图的特征；同时，作为一个新兴资产者，他跟资本主义没落时期的食利者如托拉斯大王或垄断企业大亨是有所不同的。他是资本主义上升时期的人物，旺盛、自信、具有"开张骏发"的新气概，这跟今天资产阶级食利者的不劳而获相比较，显然是并不完全一样的。从十八世纪初年的鲁滨逊到二十世纪的社会寄生者——这是资产阶级的发展过程。关于这一发展过程，我们可以通过世界近代史的研读来得到理解，但是有些文学作品可以供给我们具体的、形象性的材料，以加深我们的认识。当代英国文学批评家杰克逊说过一句话，可以作为本文的结尾："人们如果要重新抓到资产阶级在它年轻的、革命的、上升时期的旺盛而又自信的精神，那么最好的导引无过于笛福与《鲁滨逊漂流记》了。"①

写于一九六〇年七月，修订于一九八二年

① 杰克逊(T. A. Jackson)：《英国小说与小说家》，1950年，第29页。

菲尔丁的《阿米莉亚》

拜伦说过，菲尔丁是“散文的荷马”。对于这一个评价，大概没有异议了。这几年来，介绍、讨论菲尔丁作品的文章，已经有了相当的数量，关于他的现实主义小说的理论与成就，已经有了比较明确的阐述。但是，菲尔丁的某些作品还没有得到应有的重视，《阿米莉亚》(*Amelia*)是其中之一。叶利斯特拉托娃的《菲尔丁评传》（一九五四），对于菲尔丁的主要作品（包括戏剧）都作了详细的分析批判，可是对于《阿米莉亚》只是寥寥数页。阿尼克斯特教授的《英国文学史》（一九五六），谈到《阿米莉亚》，而且有很好的见解，可惜着墨不多。我们觉得，为了说明菲尔丁的现实主义创作的发展，他的最后一部小说《阿米莉亚》是值得讨论的——特别因为批评界（包括资产阶级国家的批评界）在这一问题上，一直到现在，还存在着若干不同的看法。

一

菲尔丁的《阿米莉亚》是在一七五一年十二月底出版的——是在他的杰作《汤姆·琼斯》的一年又十个月之后出版的。那时菲尔丁，作为一个小说家，享有高度的声誉，《阿米莉亚》初版五千部在出版那天当天便已售完。据约翰逊说，当时只有这一部书，早上出版，不到晚上就得再版。在那个时候，一部小说能够这样畅销，确实是一件稀有的事。到了一七五二年一月，《阿米莉亚》加印三千部，可是销路停滞下来了。据约翰逊说，是因为出了一个小小的岔子。①

事情是这样的：小说《阿米莉亚》的女主角阿米莉亚，长得挺美，可是出行不慎，翻了车，把鼻子冲破了、挤碎了——这些是作者在第二卷第一章里谈到的。可是作者一路写去，只说阿米莉亚如何美丽，如何温婉，如何贤淑，对于翻车受伤事件没有做好"承接照应"。在这部小说的第二版（一七八六）上，作者做了一些修改，补上了几笔，说阿米莉亚的鼻子经过名医诊治，很快就恢复常态，只留下一些很不显著的瘢痕，不但没有破相，反而增加她的妩媚。② 不过，这是以后的事，小说初版里没有这些清楚的交代。这样一来，美人阿米莉亚就成为破鼻美人、缺鼻美人了。这一个小小的疏忽，在当时批评界传为笑柄。当时菲尔丁正在主编一种每周出版两期的刊物，叫作《修道院花园杂志》。就在那杂志的第三期（一七五二年一月十一日），他作了一个声明。他说，阿米莉亚的鼻上重伤，经过一位知名的外科医生的手术，早已治好，只留下一点瘢痕，作者一时匆忙，没有说清楚，不过读者们如果还有鼻子的

---

① 鲍士韦尔：《约翰逊传》，希尔与鲍威尔校注本，1934 年，第 3 卷，第 43 页。

② 菲尔丁：《阿米莉亚》，第 2 卷，第 1 章；第 4 卷，第 7 章；第 9 卷，第 1 章。

话，总是可以闻得到的。[①] 可是这一声明不但没有平息风波，反而招来更多的嘲讪。大家仍在这小说的女主角的鼻子上做文章：她这鼻子如何破的？破得怎样？是不是就没有鼻子了，既然没有鼻子，如何算是美人？……有人还准备写一本嘲笑的书，叫作《傻米莉亚》。[②] 这样，闹了好几个月。《阿米莉亚》原是有名作家的一度畅销的小说，可是经批评界一闹，变成了笑柄。因此，约翰逊说，阿米莉亚的那个难看的破鼻子妨碍了当时这部小说的绝无仅有的销路。

但是，必须指出，约翰逊说的还不是事实的真相。菲尔丁的一时的疏忽是当时文艺界对他进行攻击的借口或题目，而不是攻击的真正原因。站在菲尔丁对面有很大一队敌人。他攻击过政府，于是政治上有敌人；他攻击过上流社会，于是贵公子、阔夫人中有敌人；他攻击过当时时髦的小说家理查森，于是理查森以及理查森派的读者与批评家都成了他的敌人；他也攻击过伦敦市上的舞文弄墨之徒，于是这些小册子、小杂志的作者都成了他的敌人。这些人早就在等候机会了，他们抓住了这个机会就来对菲尔丁进行恶毒的毁谤，包括人身攻击。这一场笔墨官司，好像是有闲阶级的玩笑，但仔细推敲起来，有它的政治的、思想的背景。菲尔丁就在《修道院花园杂志》第七、八两期（一七五二年一月二十五日、二十八日）上写了一篇有名的幽默文字，作了一些辩护。

那篇文字可以叫作《阿米莉亚受审记》，是这样写的：阿米莉亚被召出席了检察庭，检察官名叫"城市"，他在庭上慷慨陈词，指斥阿米莉亚是一个下等人，是一个傻瓜，是一个哭哭啼啼没有出息的人，是一个没有鼻子的女子。又指责，以她为主角的那部小说里描写的监狱"龌

① 《修遭院花园杂志》，詹森编校本，1915 年，第 1 卷，第 47，147 页。

② 布兰查德（F. T. Blanchard）：《小说家菲尔丁》，1927 年，第 88 页。

龊而没有意义”；放在小说里，“没有理由，没有目的”。又指责，那部小说是“一堆无聊、乏味、没有意义的东西”。又说，阿米莉亚是有罪的，因为她胆敢“站起来反抗时代的风气”。接着就有一大群人上庭控诉，其中有阔公子、恶少爷、时髦女子，以及脑壳上戴着假发、鼻梁上搁着棍子的人，一齐跑来作证。正在这时候，一个容貌严肃的人站了起来，请求申诉，因为被告是他最钟爱的孩子。他说，他在阿米莉亚的教养上曾费了不少心血，虽则她不是没有一些缺点，但总不该遭受这样恶毒的攻击。他又说，他不愿作什么辩护，可是愿意接受“调解”；并且说，他以后不预备再生什么孩子来给大家找麻烦了。[①]

这篇文字并没有完全平息各方面对菲尔丁的攻击，但这篇文字却是小说家菲尔丁对读者的告别之词。在这以后，菲尔丁还写过一些东西，包括报章文字和《里斯本海程纪行》，可是他的小说创作，则在一七五二年年初告一结束。

二

菲尔丁在《修道院花园杂志》上发表的那篇幽默文字——《阿米莉亚受审记》——是值得注意的。这篇文字说明了小说《阿米莉亚》受到了哪些人的攻击，实际上也说明了菲尔丁一向受到了哪些人的攻击。这里举出了各种类型的人，都有其具体内容：阔公子、恶少爷、时髦女子（上流社会）以及脑壳上戴着假发、鼻梁上搁着棍子的人（教士、律师、

① 《修道院花园杂志》合订本，第 1 卷，第 179—180，186—187 页。参阅布兰查德：《小说家菲尔丁》，第 89—90 页。

医生，以及伦敦市上小册子、小杂志的作者、编者）。此外，这篇文字也说明了菲尔丁之所以受到那些人的攻击，是因为他敢于站出来反抗时代的风气。“反抗时代的风气”——这句话是值得仔细推敲的。

当时资产阶级文艺界的风气是怎样的呢？这是一个复杂的问题，这里只能作一个概括的介绍。长达多卷的浪漫传奇已渐渐过时，但在有闲阶级的读者界（特别是女读者）还有一定市场；描写中下层阶级的现实故事，已渐渐兴起，但多少还带有浪漫情趣。作者们可以写“平凡”事物，但应当隐约、婉转，不应当流于“粗俗”；作者们也可以批评社会现实，但不应当触动现存秩序的基础。举几个例子。十八世纪早期的作家艾迪生与斯蒂尔，是合乎这时代风气的，他们在轻圆流利的小型散文里批评当时的生活细节，譬如说，男子的假发太蓬松、举止太粗鲁了；女子的胭脂涂得太重、美人痣打得太多了……这些，是当时认为“有益而有趣的”。与他们同时的斯威夫特是另一种作风。他谈政治，谈学术，谈宗教，不论在大人国与小人国等寓言里，或在笔端常带愤怒的政治小册子里，通过体面的外表来揭露丑恶的真相。这样，“满纸荒唐言，一把辛酸泪”，在资产阶级看来，就不合乎时代风气了。

在菲尔丁的时代（十八世纪中期），适应那时代风气的是《帕梅拉》的作者理查森，反抗那时代风气的就是菲尔丁自己。由我们来看，不论从哪方面考虑，菲尔丁远在理查森之上，但就当时一般资产阶级读者来看，恰恰相反。[①]理查森也描写现实，但并不触动传统——传统的道德、宗教、法律。菲尔丁则不然：从开始写作起，他总在对传统，对现存秩序提出问题；他不仅描写现实，他更是一个锐利的批评者。近代批评家们

① 关于18世纪中期起对菲尔丁及其作品的看法，已有专著，如以上布兰查德的书；达登（F. Homes Dudden）的《菲尔丁：他的生活、著作和时代》(1952)也有简要介绍。

早就指出了，他是“斯威夫特的学生”。在《大伟人江奈生·魏尔德传》里，他揭露了当时“大伟人”的真相；在《约瑟夫·安德鲁斯》里，他批判过各色各样的“上等人”、体面人；至于他的杰作《汤姆·琼斯》，在广泛的画面上，反映了当时英国社会的全貌。每一部作品都曾引起恶意的批评，虽则每一部作品都拥有一定数量的读者。《阿米莉亚》呢，我们将在下面讨论，它对现实的揭露更深刻，更直率，对现实的批判更尖锐。所谓“反抗时代风气”，不是没有根据的。

三

为了说明《阿米莉亚》的现实性，谈一谈菲尔丁在创造那部小说时的生活与活动是有必要的。在《阿米莉亚》出版之前三年，他当了西敏寺区（伦敦中区）的治安官，不久又兼了中萨克斯（伦敦西北区）的治安官。在这以前，他是报章家、剧作家、小说家，也是一个法律工作者。他有很多机会接近生活，体验生活。他说过，作家必须熟悉各等各级的生活，“上等人”的生活与“下等人”的生活。[①]从一七四八年年底起当了伦敦的治安官，他更接近实际生活了。治安官——这是一个十分繁重的职务，一方面是法官，另一方面是检察官。在十八世纪中期，伦敦市最大问题是治安问题。当时还没有警察机构，只有治安官署，而治安官署是一个贪赃枉法的场所。菲尔丁自己也说，治安官每年五百镑的收入是“天下最肮脏的钱”。[②]可是，菲尔丁跟以前的治安官不同：他把

---

① 菲尔丁：《汤姆·琼斯》，第9卷，第1章。

② 菲尔丁：《里斯本海程纪行》（《万人丛书》本），第193—194页。

这机构作了改革，把人员作了调整，废除了法庭与监狱的陋规，取缔了违法乱纪的魏尔德一类人的队伍，把伦敦的治安第一次纳入正轨。直到现在，史学家谈到十八世纪中期英国的治安官一向没有好评，但同时总是提出了几个例外，例外之一是菲尔丁。菲尔丁是十八世纪英国有名的治安官。

这里不准备细谈菲尔丁在他治安官任内的种种措施——关于这一题目已有专门论著了。[①] 但必须指出，在那几年中，菲尔丁通过他的具体工作，更接近了实际生活，更接触到社会上存在的问题。他接近社会的底层，认识社会的"渣滓"：大盗、惯匪、扒手、流氓、地痞，但也有不少人是为了饥寒所迫走上绝路，或则为了声色所诱走上岔路；另有不少人是年幼无知卷入犯罪的旋涡，或则是清白无辜，只是触犯了细密的法网……菲尔丁一七四九年发表对中萨克斯大陪审团的演说，唤起大家对公共治安的注意；一七五一年发表关于盗案增多的原因的报告；一七五三年提出了关于切实保障穷人生活的建议。法案的推敲，情况的调查，以及改革的方案——这是这些文字的内容。[②] 对我们来说，这些文字中法案的推敲，未免沉闷；改革的方案，未必完全合理；但其中情况的调查——这在这类文字里占据相当大的篇幅——的确是非常有价值的史料，说明了工业革命前夕英国社会的具体情况。举一个例。在他的关于切实保障穷人生活的建议中有下面一段文字：

如果我们在这城市的边缘兜一圈，考察一下穷人的住处，我们

① 琼斯(B. M. Jones)：《亨利·菲尔丁：小说家与地方法官》，1933 年。

② 参阅达登：《菲尔丁：他的生活、著作和时代》，第 2 卷，第 740—745，770—793，959—965 页。

就会在那里看到多少幅民间疾苦的图画，足以打动每一个配得上称为人的人的怜悯之心。真的，一个人又能算什么人呢，如果他看到多少家缺乏每一样日用必需的东西，多少家由于寒冷，由于赤身裸体，由于肮脏龌龊，以及由于这种种必然的后果（也就是由于各式各样的病痛）而吃尽了苦头——我说了，一个人又能算什么人呢，如果他看到了这样一幕情景而不过鼻子里觉得有点难受？①

这种文字在菲尔丁的散文集子里是不少的，是笔锋带着愤怒的文字。从一七四八年起，在他最后一段生命的五六年中，菲尔丁天天碰到的是这样一些社会问题——贫穷、疾病、犯罪、刑罚，以及上流社会对这些问题的漠不关心。“下等人”的穷苦引起他的怜悯，“上等人”的享乐引起他的鄙夷，社会的不公平加深了他的愤怒。他的最后一部小说是在这样的心情之下写成的。《阿米莉亚》里写的就是这些社会现实。正因为如此，这部小说引起许多体面人的仇视；他们说，这实在太“粗俗”了。“粗俗”或“下流”是当时体面人对菲尔丁的作品的一贯的评语，他们觉得菲尔丁到了创作后期越来越不像样了，在理查森的通信集里有这样的一段话：

我不能不告诉他的妹妹；我也为了他［菲尔丁］一贯的粗俗而觉得奇怪、着急。我对她说，如果你哥哥是在马厩里长大的，或者在拘留所当过二流子，那么我们可以说他是一个天才，只可惜他没有机会受高等文化教育、没有机会进体面场合而已。可是他是一个世家子弟，又是有些学识，又的确是一个作家，但在一切作品里搞得异乎寻常地粗俗，这真是不可思议的，谁还能欢喜他创造的那些

① 《菲尔丁文集》，戈斯编校本，1899 年，第 12 卷，第 76—77 页。

人物呢？[①]

“谁还能欢喜他创造的那些人物呢？”理查森的这个预言，没有说准，可是他这一段话，确实代表当时文艺界相当大的一部分人的看法。

四

《阿米莉亚》真是像理查森所说的“异乎寻常地粗俗”吗？让我们来谈一谈它的内容。故事前面有一个短短的引言，第一句话就是：“一对恩爱夫妇婚后的遭遇将是这部故事的内容。”这对恩爱夫妇，男的叫作布斯，是一个中尉，女的就是阿米莉亚。跟《约瑟夫·安德鲁斯》与《汤姆·琼斯》不同，这故事不是从头上讲起，而是从中间讲起的——是从婚后六七年的一件具体事件谈起的。故事开始时，菲尔丁对英国的“光荣的宪法”加以猛烈的抨击。有人称赞过英国的宪法，据说就是“世界上一切有智慧的人的智慧也还比不上这套法律”。菲尔丁不同意这个看法。也有人说过，英国的法律就是有毛病，也不在法律本身，而在于法律的执行。菲尔丁也不同意这个看法。他说：“这跟下列一事同样可笑，就是说，一部机器是做得很好的，虽则它不能发生机器的作用。”接着叙述伦敦西敏寺区治安官署里的几件法律案。这里，菲尔丁刻画了一个贪赃枉法、乱断官司的治安官的形象——就是那有名的治安官思雷舍。中尉布斯刚到伦敦，碰到街上殴斗，上去排解，反而被诬为主犯，给思雷舍宣判下狱。接着是监狱里的情况。菲尔丁以他当年创作

① 《理查森书信集》，巴鲍尔德夫人编校本，1804 年，第 6 卷，第 154—155 页。

《大伟人江奈生·魏尔德传》的笔调，描绘出一幅怵目惊心的图画。在这监狱，中尉布斯碰到了多年未见的旧相好麦修斯女士。菲尔丁通过布斯跟麦修斯的"犯罪谈话"来进一步揭露监狱的黑幕，同时补叙布斯入狱以前的生活活动：布斯如何跟阿米莉亚结婚的，如何出国远征，如何一再负伤，在军队整编以后如何退伍，一家数口如何只靠中尉半薪为生，有产人家出身的阿米莉亚如何受姊姊与律师们的摆布被夺遗产，夫妇两个无计可施，如何听从牧师哈利逊博士的劝告，改学庄稼，最后又因庄稼失败，布斯无力还债，如何漂泊到了伦敦……这是补叙、倒叙，不论在小说或戏剧，都很常见；虽则这样长的补叙，这样占据全部作品四分之一的补叙，在当时小说中怕是一个创举。两百年来谈小说技术的人早就指出，这实在太繁、太冗长了。[①] 但这里有不少东西值得注意：有令人发指的故事，也有凄婉动人的场面；有直布罗陀的战役，有蒙彼利埃与巴黎的风光；有伦敦与英国乡村的生活速写——这些构成了一个波澜壮阔的引子。

接着这个引子，菲尔丁勾出了一个轮廓十分显著的人生图画。《阿米莉亚》里的情节是十分繁复的，一个接着一个，还加上不少穿插，但是动作发生的地点主要是在伦敦的西敏寺区，动作占据的时间至多不过几个星期。布斯出了狱，把一家数口安顿在公寓，于是有公寓凄凉的情况。美丽的阿米莉亚引起贵族浪子的注意，几乎堕入圈套，于是有上流社会腐化的情况。布斯欠了债，屡被送入拘留所，于是有拘留所的情况。布斯的朋友詹姆斯上校也对阿米莉亚起了坏意，想通过化装舞会来陷害她，于是有化装舞会的情况……跟着布斯与阿米莉亚的磨折，展开了一大幅、一大幅的社会图画，显现了一大群、一大群的妖魔鬼怪。

---

① 达登：《菲尔丁：他的生活、著作和时代》，第 2 卷，第 810—811 页。

围绕着布斯与阿米莉亚的有追欢寻乐的贵族以及为贵族服务的浪子、老鸨，有贪赃枉法的狱吏警卒以及与狱吏警卒狼狈为奸的律师。律师们、警卒们一直在侦察布斯，想把他送进监狱，浪子们、老鸨们一直在挑逗阿米莉亚，想剥夺她的荣誉。我们读这部小说，一直在替布斯担心、替阿米莉亚着急，展开在我们面前的是一个灰黯的画面，勾勒的多半是些灰黯的人物。

当然，《阿米莉亚》也不是没有一些爽朗愉快的场面。[①] 如果说，《约瑟夫·安德鲁斯》与《汤姆·琼斯》的作者，到了写作《阿米莉亚》的年代，不再说笑，不再通过说笑来暴露现实、批判现实，那真是太奇怪了。可是灰黯沉重确是《阿米莉亚》的基调。举几个例。布斯躲在家里，正同孩子们趴在地上玩得起劲，可是警卒敲门冲进来了。阿米莉亚跟哈利逊博士等六七个人走到瓦克斯游艺园散步、听音乐，可是刚刚坐下，跑来了一群纨绔恶少，一大阵谑浪嘲笑，几乎酿成事故。阿米莉亚下了厨房，亲自调制丈夫喜爱的几样菜（这一节当时反对派批评家认为是非常粗俗的！），孩子们在旁边跳跳蹦蹦，等待爸爸回来，共进晚餐。等了好久，布斯回来了，但另有约会，还得出去，在那个晚上又被抓往拘留所了。这是那对恩爱夫妇的苦难遭遇。压榨他们、迫害他们的有贵族，有法官，有律师，有狱吏警卒，有浪妇老鸨。贵族不止一个，而是不知名的一大群；法官不止一个，其中以不懂法律的思雷舍最为有名；律师不止一个，其中以伪造文契的麦非最为有名；狱吏警卒不止一个，其中以庞得曼最为有名；浪妇老鸨不止一个，其中以艾利逊夫人最为有名。这样，社会上压榨人、迫害人的每一类型有多少个代表，这也增加了画面的灰黯、情调的沉重。

---

① 《阿米莉亚》，第 3 卷，第 8 章；第 4 卷，第 6 章；第 11 卷，第 1 章。

这些，大概就是理查森他们所谓“异乎寻常地粗俗”。在我们看来，菲尔丁把他当年做伦敦治安官时候接触到、理解到的社会现实，通过布斯与阿米莉亚的遭遇和盘托出，不加点染，这正是他现实主义的进一步的发展。

五

作为一部现实主义作品，《阿米莉亚》提出哪些问题呢？批评家们认为主要是法律问题以及与法律有关的一些问题——如监狱、拘留所、法官、律师、狱吏、警卒。[①] 菲尔丁熟悉英国法律，在写作《阿米莉亚》的时候，正在做伦敦的治安官。他深深感到法律条款的不合理与执法人员的不称职，小说一开头对于英国宪法的抨击是一个例证，我们已经提过了。小说里还提到一些破绽百出的法律，如保卫治安条例、惩治盗窃条例、提供证据条例、执行债务条例、诉讼条例等。法律是有漏洞的，于是治安官、法官、律师等就有舞文弄法的机会。菲尔丁一向对这些人攻击不遗余力，《约瑟夫 · 安德鲁斯》里有治安官富乐列克，有律师史各特，《汤姆 · 琼斯》里有律师道林。但是，这些人物，在《阿米莉亚》里提得特别多，也描写得比较突出。因此，批评家说，《阿米莉亚》里提的是法律问题，不是没有根据的。

可是，必须指出：菲尔丁提出法律问题以及跟法律有关的一些问题，不是抽象地提出，也不仅在法律条文上考校，而是具体地提出的，特别是从受到法律与法律工作人员迫害者的角度来提出的。通过这样的

① 贝克 (E. Baker)：《英国小说史》，第 6 卷，1930 年，第 174—175 页。

形象化的手段，这些问题的提出就有了为那被压榨、被迫害的人们进行控诉的意义。

我们可以分析几件事情来作一说明。小说一开头，就是伦敦西敏寺区治安官思雷舍的乱断官司，一共四件案子。第一件是殴伤案。被告是一个头破血流的穷汉子，原告却一点没有伤痕，身体也长得结实，不像是被殴的。治安官不等两造申说，就下断语：“先生，你的语言表明了你的罪过，你是爱尔兰人；对我来说，这就是确凿的证据。”第二件是猥亵案。被告是一个穷苦妇女，深夜上街替主妇找接生婆，守夜人不明底细，把她拘了上来。被告声称本想找邻居作证，可是没有钱，不能打发人送信，法官听了就破口大骂，把她当娼妓治罪。第三件是通奸罪。被告是一对“体面的”青年男女，原告是一个一本正经的穷汉子。原告申诉被告犯罪情况，治安官的书记给治安官使了一个眼色，治安官就断言道，那是不可能的，连忙把被告宣判无罪，同时给原告以诬告罪。恰好原告曾说过一些丑话，治安官就说这是捣乱治安，要原告交保证金，但是原告是穷汉子，交不出保证金，于是就给送监服牢役。最后一件是扰乱治安罪。被告之一就是中尉布斯，据说殴打了街上的守夜人，甚至把守夜人的灯笼打烂了。治安官一看布斯衣衫褴褛，就想宣判，布斯哀求申辩，治安官无计可施，只好由他。布斯说：晚上回家，路上看到两个人殴打一个人，打得很惨，心中不忍，上去解救；刚刚守夜人走过，把四个人一齐带到地保那里，可是两个凶手是有钱人，花了几个钱就出去了，至于他，因为拿不出两个半先令，就被押了下来。治安官听了，置之不理，还是把他与另一被告（也就是那个给两个有钱人殴打的人）宣判下狱。

故事叙到这里，菲尔丁就用斯威夫特式的反笔做了一个小结。

他说：

> 总之，那个治安官非常尊重真理，因而不相信真理会披着污损的外衣；同时，他把道德当作一个崇高的概念，不肯糟蹋它，不肯把它跟贫穷与苦痛的可鄙概念放在一起。[①]

从这些形象，从这个小结，我们可以很清楚地看出菲尔丁对于法律，对于诉讼的态度。他是从衣衫褴褛、出不起信差钱、交不起保证金、花不起小费的人的角度来进行暴露、提出控诉的。所谓法律问题、诉讼问题，实际上是有钱与没有钱的问题。警吏要的是钱，地保要的是钱，书记、狱吏、治安官，没有一个不是要钱，我们细读《阿米莉亚》可以得到这样的一个概括：就是，这部小说里谈的，主要是在以金钱纽带为基础的社会制度下没有钱的人的问题。

跟法律、诉讼问题直接有关的是监狱、拘留所问题。在《阿米莉亚》里，菲尔丁对监狱内幕作了有力的描写。父女两个，由于肚子饿，拿了人家一块面包，就以盗窃论罪，不准保释。一个负过伤的退伍老兵穷无所归，被人诬陷，押解入狱。他是无罪的，但是因为付不起手续费，也就无法出狱。这些人与小偷、骗子、惯匪、娼妓混在一起。而且，就在监狱里，也有有钱人与无钱人之分。许多没有钱的人给饥寒、污秽、疾病磨折得丧失了人形，丧失了人性；而另一方面，有钱的人照样可以吃喝。狱吏说："只要有钱，一切上等东西都是有的，吃的也好，喝的也好。"[②]对于这些人，监狱变成了酒馆、饭店、赌窟、妓院。麦修斯跟布斯的"犯罪谈话"是一个典型的例证。与监狱同样可怕的是拘留所。那是地保们、

---

① 《阿米莉亚》，第 1 卷，第 2 章。

② 同上，第 1 卷，第 9 章。

律师们对穷人进行敲诈的场所，是具体而微的监狱。穷人们由于不能如期清理债务——哪怕是细小的债务——就给抓起来，听候保释。地保们拿到一张传票，就好比得了一笔生意，把一张传票分成几件案子。菲尔丁把地保比作屠夫。他说：屠夫拿起刀子，心里想的是如何把一块肉剁成碎片；同样，地保拿到传票，心里想的是如何把一件案子分成几件；地保们没有想到人家的自由，就好比屠夫们没有想到牲口的生命一样。[①]

英国人是爱好自由的，可是没有钱的人就无所谓自由。《阿米莉亚》里不仅揭露了没有钱的人不自由，也揭露了有钱人的自由——无法无天的自由。这里有不少“上等人”、“时髦人”，如爵爷、议员、大地主、阔太太。赌场、戏院、游艺所、化装舞会是他们消遣、寻欢、猎艳的场所。菲尔丁说：“寻乐一向是，而且总会是时髦人、有钱人的主要事务……对于上流社会来说，时间是一个敌人，这些人的工作就是要消灭那个敌人。”[②] 这几句话，是在《阿米莉亚》出版那年（一七五一）说的，可以用来概括《阿米莉亚》里的上流社会。从外表看，这些“上等人”是显赫的、阔绰的、和善的、多情的，如诱骗班乃特夫人的那个爵爷，霸占脱兰特夫人的那个贵族，玩弄麦修斯女士、挑逗阿米莉亚的那个詹姆斯上校。菲尔丁撕破他们的面罩，揭露他们的卑鄙、贪婪、凶狠、毒辣的本性。他们可以提升一些帮助他们追欢买笑的清客，而对于真正有才能、有功绩的穷人袖手不加援助；他们可以吞没穷人们的馈赠，“不像白杨鱼吞没钓饵，而像梭子鱼吞没白杨鱼那样”。[③] 就是虔诚、宽恕的阿米莉亚，受尽

---

① 《阿米莉亚》，第 8 卷，第 1 章。

② 《盗窃案增多的调查》。参阅威廉斯 (Basil Williams)：《辉格党当政时期》，1939 年，第 124 页。

③ 《阿米莉亚》，第 11 卷，第 5 章。

了磨折，也忍不住叫起来了："天老爷啊！我们的大人先生到底是什么东西造成的？他们难道真的属于跟其他人不同的一个种类吗？"[1]

英国最近一本菲尔丁传的作者霍姆斯·达登，汇集关于菲尔丁的掌故，写了一千多页，虽则他的基本论点脱不了资产阶级文艺理论的传统，但对历史现实比较注意，也贡献了一些有用的材料。他指出：阿米莉亚遭受到的种种磨折，主要是由于贫穷，由于极度的窘迫。他说：

> 贫穷确是她遭受种种苦难的主要原因。正因为她那样穷，所以有钱的人们才敢对她摆布那许多无耻的诡计。正因为她那样穷，所以她丈夫的种种愚蠢行为显得特别严重。实际上，这部小说也许是把贫穷的悲剧当作主题的一个最早的故事。[2]

这段议论是不错的。工业革命前夕的英国社会，已经明显地不是一个社会，而是两个社会："上等人"或有钱人的社会，与"下等人"或无钱人的社会。菲尔丁对于"上等人"与"下等人"的矛盾，早就有了认识，也做过形象的描绘。[3]这一个认识，在他最后一部小说里更为显著。在《阿米莉亚》出版后不久，菲尔丁在《修道院花园杂志》上发表了一篇文字，叫作《近代习用语汇释》。其中有两条，一条解释"大"，另一条解释"小"。"大"的定义是："当它说到一件东西的时候，它的意义是巨大；当它说到一个人的时候，它的意义是微小或卑鄙。""小"或"区区不足道者"的定义是："大不列颠的全部人民，除了大约一千二百多人。"另外一条解释"财富"，它的定义是："世界上只有这东西真的有价值或需

① 《阿米莉亚》，第 10 卷，第 5 章。

② 达登：《菲尔丁：他的生活、著作和时代》，第 2 卷，第 822 页。

③ 《约瑟夫·安德鲁斯》，第 2 卷，第 13 章。

要。”[1] 这是斯威夫特式的语言。当时英国社会是一个建筑在财富之上的社会，下面是千千万万的不足道者，而上面是一小撮的大人物，而所谓大人物实际上是极其渺小或卑鄙的人。《阿米莉亚》里揭露的就是这样的一个社会，是阶级矛盾日益发展的社会。

六

彻底地揭露社会现实，深入地分析社会问题——这些，我们认为是《阿米莉亚》的特征，也是菲尔丁的现实主义创作的进一步发展。在这小说里，菲尔丁一再声言，他的任务是摹写现实。他说：“我们的任务是执行一个忠实可信的历史家的任务，描写实际如此的人性而不是描写我们希望如此的人性。”[2] 在一个特殊场合，他还要求读者考虑他的描写是否比历史家们更重视现实，更严格地切合实际。[3] 这些是菲尔丁的一贯的主张。《阿米莉亚》彻底地暴露现实，深入地分析问题，是这些主张的具体表现。可是，这小说毕竟不是一部没有缺陷的作品。主要缺陷在于：提出问题、分析问题，都从现实出发；而解决问题，并不能走着现实主义的道路。菲尔丁也说了不少道理，实际上不足以解决他提出的问题。他有一套理想，但这理想——启蒙运动者的理想——也显得软弱无力。

在《阿米莉亚》的引言里，菲尔丁说过下面一段话：

---

① 见该杂志第 4 期 (1752 年 1 月 14 日) 所载《近代习用语汇释》。

② 《阿米莉亚》，第 10 卷，第 4 章。

③ 同上，第 2 卷，第 2 章。

> 人生和别的东西一样，也可以恰当地说是一种艺术，其中巨大事件不能视为纯粹的意外，正如一个美好的雕像或一首高贵的诗歌的各个部分不能视为纯粹的意外一样。批评家在这些方面，如果先看到任何一个巨大的东西，而没有知道这东西为什么和怎样成为巨大，他是不满足的。若是仔细考察了一个模特儿如何经过各种调整来达到完美，那么我们就真的知道它是如何形成了。因此，这种历史［指《阿米莉亚》一类的小说］既然可以恰当地称为人类生活的模特儿，那么仔细观察了那些引向煞尾或结局的种种事件，仔细观察了产生那些事件的种种原因，我们就可以在一切艺术之中最有用的艺术方面，也就是在我所说的人生艺术方面，得到最好的教训。①

这就是说，艺术家应当体验现实、研究现实，分析各个事件的因果关系，特别是引向煞尾或结局的种种事件的因果关系；这些都是非常正确的。问题在于：作为一个艺术作品，《阿米莉亚》在不少地方，还不能满足这样的要求，而其中最不能令人满意的是它的煞尾或结局。这小说叙述到最后几章，已经到了山穷水尽的地步。布斯下狱，无计出狱；阿米莉亚典了最后的首饰，无计谋生；正对他们进行迫害的有一个勋爵、一个上校，以及多少个为勋爵、为上校奔走的律师、警卒、狱吏。批评家早就指出了：按照事件的逻辑发展，布斯可能长期过他的铁窗生活，也可能流落国外（例如西印度）。阿米莉亚同孩子们呢，可能上街乞讨，也可能为生计所逼，堕入贵族浪子们的圈套。可是，正在这紧要关头，哈利逊博士来了，刚巧律师助理鲁滨逊说出多少年前阿米莉亚被夺遗产的经过，又刚巧多少年前经手剥夺她的遗产的律师麦非也来了，又刚巧那

① 《阿米莉亚》，第1卷，第1章。

里有一个像菲尔丁那样的贤明公正的治安官，立刻进行审讯，又立刻弄清底细……这样，一连串意外事件，引向圆满结局，真是菩萨上台，万事大吉！在这里，现实主义作家菲尔丁放弃了现实主义的作风。

差不多在阿米莉亚得到遗产的同时，发生了另外一个不很可信的事件，就是她丈夫布斯的皈依宗教。关于布斯这一个人物，批评家们早就指出了，他是善良的、热情的，很像汤姆·琼斯，同时他又是任性的、冲动的，也很像汤姆·琼斯。[①] 可是，也有一些地方，他跟汤姆·琼斯不同。譬如说吧，汤姆·琼斯是野孩子出身，而布斯肚子里颇有一些书卷；关于人的行为，他有一大套理论，他认为，人总是凭感情行事，并不是从什么道德或宗教的动机出发的。他说："人们是用头脑来思想，凭感情来行事。"[②] 一个人，当他的慈爱情感居于主导地位的时候，他就关心人家，帮助人家；反过来，当他的野心、贪婪、骄纵等居于主导地位的时候，那么慈爱之情给压下去了，对人家的疾苦就变得无动于衷了。他不相信有所谓道德与宗教。他的思想是世俗的，而不是宗教的；在阿米莉亚看来，他是一个无神论者。这样，一直到了最后，他在拘留所里，看到了巴洛博士的一些布道词，突然改变了主张，皈依耶教，说以后可以更好地过活了。接着就是阿米莉亚突然得到了遗产。接着就是两夫妇带着一窝孩子离开苦难的伦敦，回到乡下过安逸日子去了，就事件发展的逻辑来谈，布斯的突然皈依耶教，跟阿米莉亚突然得到遗产一样，难于置信。

对我们来说，《阿米莉亚》的缺陷，还远不止此。这小说固然叙述一个穷苦家庭的遭遇，但处处牵涉到整个英国社会；换言之，这不是一

---

① 参阅阿尼克斯特：《英国文学史纲》，人民文学出版社，1959 年，第 226 页。

② 《阿米莉亚》，第 8 卷，第 10 章。

部家庭小说，而是一部社会小说，小说里刻画的许多使人愤怒的场面以及提出的许多根本性问题，已在上面作了一些分析。可是，这些问题，始终还是问题。阿米莉亚得到了遗产，牵着丈夫、带着孩子到乡下过好日子去了，可是阿米莉亚当年穷苦绝望中的呼声，始终在读者耳朵里响。“天老爷啊！……我们的大人先生们到底是什么东西造成的？他们难道真的是跟其他人不同的一个种类吗？”阶级的歧视，贫富的悬殊，产生了一系列的社会罪恶，阿米莉亚的呼声是当时千千万万人的呼声。这种无可奈何的情绪始终没有得到“净化”。小说里的正面人物实在太软弱了。关于布斯，上面已经提过，不必谈了。阿米莉亚呢，她引起了多少代资产阶级批评家的同情，从约翰逊、萨克雷一直到霍姆斯·达登。萨克雷还特别感到兴趣，创造了另一个阿米莉亚。[①] 必须指出：菲尔丁的阿米莉亚不同于萨克雷的洋娃娃似的阿米莉亚，但她毕竟是一个格列色尔达式的逆来顺受的典型，缺乏应有的积极作用，而且到了后期还显得相当庸俗。至于哈利逊博士，他比《汤姆·琼斯》里的甄可敬来得真实，但又不像《约瑟夫·安德鲁斯》里的亚当斯牧师那样的接近社会“底层”，到处为穷苦人说话。菲尔丁通过他来分析情性、辨别善恶、谈论道德与宗教——这些在小说里占据很多篇幅。菲尔丁也通过他来发表一些比较具体的主张。譬如说，当政的需要关心国家的利益，任用诚实而有才能的官吏，减轻人民的负担，移风易俗，起衰振弊，进行一系列的立法、司法的改革……[②] 可是，在严重的、根本性的社会问题面前，这些理想、这些主张，显得多么地软弱无力！这是《阿米莉亚》

① 《约翰逊杂著》，希尔编校本，1897 年，第 1 卷，第 297 页；萨克雷：《英国幽默作家》，第 5 讲；达登：《菲尔丁：他的生活、著作和时代》，第 2 卷，第 819—824 页。

② 《阿米莉亚》，第 9 卷，第 8 章；第 11 卷，第 2 章。

的一大缺陷，是菲尔丁的局限，也可以说是启蒙时期现实主义者一般的局限。

七

以上说明《阿米莉亚》是在什么情况之下创作的、出版的，有哪些基本内容，提出了哪些社会问题，存在着哪些缺陷或局限。最后，谈一谈这部小说的艺术形式，因为在这个问题上，批评界也还有若干不同的看法。

在创造《约瑟夫·安德鲁斯》的时候，菲尔丁告诉我们，他在创造一种新的艺术类型，叫作“喜剧性的散文史诗”，他的《汤姆·琼斯》是这一类型的进一步的发展。《阿米莉亚》呢？它跟以前两部作品有些不同，是不是改变了作风呢？改变在哪里？有的批评家说，《阿米莉亚》不再是“喜剧性的散文史诗”了。[①] 关于这一点，我们有必要提一提菲尔丁自己的意图，在《修道院花园杂志》上发表的《阿米莉亚受审记》里有一段是这样写的：

> 我可以进一步说，在我所有的儿女之中，她［阿米莉亚］是我最钟爱的孩子。老实说，在她的教养上，我曾经花了异乎寻常的心血。在这方面，我敢说，我遵守了所有那些被认为在这类作品上写得最出色的人的规矩。如果你公正地检查她的行动，你就会发现，没有严格遵守规矩的地方是非常之少的。荷马也好，维吉尔也好，都不

① 达登：《菲尔丁：他的生活、著作和时代》，第 2 卷，第 806 页。

见得更严格地遵守这些规矩，爽直而有见识的读者一定会知道：维吉尔是高贵的榜样，也正是我这一次运用的榜样。[①]

这一段文字不免有些夸张，可是菲尔丁的创作意图是可以看得很明显的：《阿米莉亚》是史诗类型的作品，而维吉尔是他“这一次运用的榜样”。批评家们对《阿米莉亚》的结构提出过不少意见。这故事不是从头上讲起，像《汤姆·琼斯》一样，而是从中间讲起，然后补叙以前经过。这样一来，故事被打成两截了，一截是布斯在监狱里给麦修斯女士讲的，另一截是布斯出狱以后发生的。批评家们说，这结构不够匀称，不够谨严。是的，可是必须指出，这是维吉尔的做法：《阿米莉亚》里麦修斯的故事正好比维吉尔的《伊尼德》里的达埃图的故事。又必须指出，这也是荷马的做法：《伊尼德》里的达埃图的故事又正好比荷马的《奥德赛》里的阿尔西奴斯的故事。菲尔丁的第一个传记家谋飞早就说了，《阿米莉亚》是菲尔丁的《奥德赛》。[②] 我们指出这些，并不是为《阿米莉亚》的形式、结构作辩护，而是说明这作品确实具有宽阔宏大的史诗规模。

可是荷马的《奥德赛》也好，维吉尔的《伊尼德》也好，都是“英雄史诗”，而菲尔丁的《阿米莉亚》没有多少“英雄”气息。这里没有愤怒的阿喀琉斯，或多智的俄底修斯，或虔诚的伊尼亚斯；这里只有一些极其普通、平凡的人物：一个穷愁潦倒、到处碰壁、靠半薪为生的中尉，与一个质朴无华的主妇；开头第一句“一对恩爱夫妇的婚后遭遇将是这部故事的内容”弹出了这一作品的基调，这一点曾引起当时批评界的

① 见该杂志第 6 期 (1752 年 1 月 28 日)，第 1 卷，第 186—187 页。

② 谋飞：《论亨利·菲尔丁的生活与天才》，1762 年，第 76—77 页。

嘲讪。一向反对菲尔丁的理查森还说过下面一段话：

> 前天，一个挺有声望的人问我：菲尔丁在《修道院花园杂志》上说，他写《阿米莉亚》是效法荷马与维吉尔，究竟这是什么意思？我说，他说得很对，因为他指的是考顿模仿维吉尔的游戏作品，那里女的尽是些贱货，而男的尽是些无赖。[①]

这大概是两百年来对《阿米莉亚》的最恶毒的攻击了。我们知道，菲尔丁对古代文学有高度的修养，看看他身后的遗书，翻翻他作品里的征引，就可以明白了。他接受古代文学的传统，但不是一个传统主义者或因袭主义者；不论在理论上，或则在实践上，他是一个推陈出新的创作者。他写《约瑟夫·安德鲁斯》，标题上说是模仿塞万提斯，可是《约瑟夫·安德鲁斯》跟《堂·吉诃德》有很大的差别。他建立了"喜剧性的散文史诗"——现实主义小说——的理论。他写了《汤姆·琼斯》，采用了荷马的《伊利亚特》的一些格调，如祷词、颂词、冗长的比喻、复杂的穿插，可是这里没有天神地祇、牛鬼蛇神，而只是启蒙时期英国社会的形形色色。同样，《阿米莉亚》显然以维吉尔的《伊尼德》为榜样，但笔调却近于散文史诗。在《里斯本海程纪行》（一七五四）里，他说：

> 老实说，我对荷马一定会更尊重，更爱好，如果他不写那些历代传诵的高贵的诗篇，而用质朴无华的散文来写他一代的真实历史。因为我读了他的诗篇，虽则发生了较多的歆慕、较多的惊愕，可是我读了希罗多德、修昔底德与色诺芬，得到了较大的乐趣、较大的

① 《理查森书信集》，第 6 卷，第 154—155 页。

满足。[1]

这意见是在《阿米莉亚》出版以后发表的,我们觉得可以用来说明它的艺术形式。菲尔丁写这小说是写他“一代的真实历史”。宽阔宏大的史诗格调与质朴无华的散文史传相结合——这是《阿米莉亚》的艺术形式的特征。[2]

八

《阿米莉亚》的读者们喜欢把这部作品跟《汤姆·琼斯》比较——过去如此,现在亦复如此。他们读过《汤姆·琼斯》,拿起《阿米莉亚》,希望它是另一本《汤姆·琼斯》,可是他们失望了,因为在某种意义上《阿米莉亚》有些像《汤姆·琼斯》的续编(小说家司各特是这样想的),可是毕竟不是另一本《汤姆·琼斯》。读过《汤姆·琼斯》之后再读《阿米莉亚》,好比从一个境界走进另外一个境界——从愉快、轻松、说笑的境界走进凝滞、沉重、悲愤的境界。我们说过,《阿米莉亚》里不是没有一些愉快、轻松的场面,可是凝滞、沉重、悲愤是其基调,就是结局的“出菩萨”、“大团圆”也掩盖不住那种情调。

许多批评家指出了《阿米莉亚》里的感伤成分。叶利斯特拉托娃教授也说:“在菲尔丁多年来全部创作中,他的主人公们所流的眼泪,

① 菲尔丁:《里斯本海程纪行》(《万人丛书》本),第185—186页。

② 参看舍伯恩(George Sherburn):《菲尔丁的〈阿米莉亚〉:一种解释》,见《英国文学史杂志》,第3卷(1936),第1—14页。此文讨论《阿米莉亚》的史诗格局,有创见。

不消说，还没有《阿米莉亚》的篇幅上所流的那样多。神经病的发作、昏厥、痛哭、眼泪、叹息，连绵不绝地一个跟着一个。人们悲痛也哭，激动也哭，为表示感谢上帝也哭。”[①] 这些，叶利斯特拉托娃叫作“感伤主义”。也有批评家表示不同意，因为“感伤主义”是为了感伤而感伤，而《阿米莉亚》里的哭泣、呜咽不完全是那种情况，而是无可奈何的悲愤。[②] 感伤也好，悲愤也好，在《阿米莉亚》里，乐观说笑确实是让步于回肠荡气，喜剧的轻松确实是让步于悲剧的沉重。

为什么《汤姆·琼斯》之后不能再来一本像《汤姆·琼斯》那样的作品？为什么《阿米莉亚》跟《汤姆·琼斯》有那么大的差别？是不是因为菲尔丁老了、病了，或则智力衰退了？资产阶级批评家往往是这样解释的。有的说，《约瑟夫·安德鲁斯》好比日出，《汤姆·琼斯》好比日中，而《阿米莉亚》好比日落。[③] 有的说，《阿米莉亚》跟《汤姆·琼斯》的不同是由于作者当年健康的急剧下降。[④] 有的说，《汤姆·琼斯》背后是作者精力迸发的青年与壮年；而在《阿米莉亚》的背后是他比较沉着的中年生活的一个片段。[⑤] 这些解释，初看起来，都似言之成理，但却很片面，作家对于社会的认识过程被忽略了，作品的社会意义被抹煞了。在创作《阿米莉亚》的年代（一七五〇），菲尔丁还只四十四岁，不能算老。他确是多病，气喘、风湿、鼓胀确实摧毁了他的健康，但他的作品并没有智力衰退的表现。正相反，他对社会现实的观察比以前更锐

① 叶利斯特拉托娃：《菲尔丁论》（李相崇译），引自《译文》杂志 1954 年 9 月号，第 132 页。

② 达登：《菲尔丁：他的生活、著作和时代》，第 2 卷，第 808—809 页。

③ 谋飞：《论亨利·菲尔丁的生活与天才》，第 76 页。

④ 《菲尔丁文集》，第 1 卷，第 81 页。

⑤ 多布森 (A. Dobson)：《菲尔丁》，1901 年，第 145 页。

利了，他对社会问题的分析也比以前更深刻、透辟了。菲尔丁的最后一部小说决不是江郎才尽之作。

如果我们上面的探讨是合乎菲尔丁的创作过程，合乎作品的实际内容的，那么我们可以说，《阿米莉亚》表现了作者对于工业革命前夕英国社会矛盾的进一步认识，表现了作者对当前根本问题的深刻的理解与无可奈何的情绪。在艺术上，这作品是作者现实主义的进一步的发展，是作者“散文史诗”的进一步的发展。如果《汤姆·琼斯》是一部愉快的作品，好比莎士比亚的早期喜剧，那么《阿米莉亚》是一部不愉快的作品，好比莎士比亚的“灰黯喜剧”。尽管它在结构上（特别在煞尾或结局），在承接照应上（包括当时批评界引为笑柄的“破鼻美人”）有许多缺陷，但从启蒙时期西欧文学的历史发展来谈，《阿米莉亚》是狄德罗等的问题戏剧和戈德温等的问题小说的先驱。

一九五六年十二月

鲍士韦尔的《约翰逊传》

关于这部十八世纪的大著作——鲍士韦尔的《约翰逊传》(Jame Boswell : *Life of Johnson*)——十九世纪的聪明人麦考利(T. B. Macaulay)曾说过几句斩钉截铁的话。他说，如果荷马是第一名英雄诗人，莎士比亚是第一名戏剧家，狄摩西尼是第一名演说家，那么鲍士韦尔是第一名传记家。是的，他是第一名传记家，但还没有第二名，因为还没有别的传记家能够配得上他。这几句话，一百多年来，大家认为是定论。

但是，不幸得很，麦考利又说了几句关于鲍士韦尔之为人。他说，鲍士韦尔原是一个大傻瓜；又说，只有这样的大傻瓜才能做出这样的大作。[1]这几句话引起了一百多年的笔墨官司。替鲍士韦尔辩护的人就说,鲍士韦尔先生确实有些傻劲,但也有其聪明之处,也许比麦考利要聪明一些。

在讨论《约翰逊传》之前,先谈谈鲍士韦尔之为人。这位苏格兰人,出身是这样的:父亲是大绅士,又是当地有名的法官。父亲要他学法律,他就学了一些法律。但法律不是他的爱好,法律不能适应他好动的心情。他的爱好,除吃喝玩耍而外,是结交有才情、有学问的名士。在爱丁堡大学读书的时候,他已认识了好几位名人,如经济学家亚当·斯密与哲学家休谟。他的发表欲很大。二十一岁那年,他发表了两首诗——都是不甚入流的诗。二十二岁那年,他又发表了一些通信,其中包括一段相当有趣的自我写照。他——自称为《悲剧之歌》的作者——告诉我们,他是什么人,有些什么本领。

> 《悲剧之歌》的作者是一个头等好人。他是苏格兰西部的世家子弟。关于这一点,他不无骄傲。他诞生时曾有日后发迹的预兆。他禀赋聪明,教养也好。在四轮马车里他曾走过无数路程。他爱看世间的形形色色。他喜欢吃每一样好吃的东西,特别是苹果饼。他喝的是德意志的白葡萄酒。他有一副很好的脾气。他似乎是一个有幽默感的人,而带着一些骄傲。他有大丈夫的仪表,他自己承认是个风流人物。他极其活泼,但有时却流露一些忧郁。他与其说是胖,不如说是瘦;与其说是高,不如说是矮;与其说是老,不如说是年轻。他的鞋子,做得服帖。他从来不戴眼镜。至于他的手

① 麦考利:《鲍士韦尔的〈约翰逊传〉》,书评。原载《爱丁堡评论》,1831 年 9 月号,现已收入麦考利:《评论文与历史文集》(《万人丛书》本),第 2 卷,第 523—560 页。以上所引数语,见该书第 2 卷,第 538—540 页。

杖有多长，却还没有调查清楚……[1]

这一段自我描写，虽粗粗几笔，很能勾出一个轮廓，与其说是自我表现，不如说是自我暴露。他有一个复杂的性格，是一个富有神经质的青年。

我们说，鲍士韦尔是苏格兰人，但就性格而言，却不是典型的苏格兰人。他没有典型的苏格兰人的优点，也没有典型的苏格兰人的缺点。典型的苏格兰青年，总是相当拘谨，好像有些害羞似的；他们步步留神，不容易跟人家来往。鲍士韦尔则不然。他有一股勇气，一团和气，可以应付任何局面，克服任何反感。在某些地方，他倒有些像年轻的美国孩子，尤其是刚从大学里跑出来的孩子。最奇怪的是，这性格，一直到五十多岁，还没有改掉。在他的自我写照上，我们不妨添上几笔：他与其说是傻，不如说是巧；与其说是轻佻，不如说是活泼；与其说是多才，不如说是多情；与其说是可敬，不如说是可爱。鲍士韦尔真是不平凡，他不是一个普通的苏格兰人。

鲍士韦尔认识约翰逊是在一七六三年。那时约翰逊已是一个五十多岁的成名作家，而鲍士韦尔自己还是一个二十二岁的小伙子。关于这个初次会面，《约翰逊传》里有详细的记载，是一段有声有色的文字。鲍士韦尔早就听到约翰逊的大名，而且读过他的作品，已不胜“高山仰止”之情。一七六二年年底，他到了伦敦，访问了几个名流，但住了几个月还没有拜见约翰逊的机会。他深知道，约翰逊对苏格兰与苏格兰人是有成见的；在他八年前出版的英语大词典里，约翰逊说：“雀麦，在英格兰一般是马吃的，在苏格兰则是人吃的。”[2] 但是到了伦敦，不见约

① 见克鲁奇 (J. W. Krutch)：《塞缪尔·约翰逊》，1944 年，第 218 页。

② 鲍士韦尔：《约翰逊传》，希尔与鲍威尔校注本，1934—1950 年，第 1 卷，第 294—295 页。

翰逊，总是一件憾事。到了一七六三年五月十六日——这是鲍士韦尔认为生平最可纪念的一天——机会来了。那天下午，他在戴维斯的书铺里，跟戴维斯夫妇喝茶聊天。刚喝完了茶，戴维斯叫道："约翰逊博士来了。"——这故事让鲍士韦尔自己讲吧：

> 戴维斯先生提了我的姓名，恭恭谨谨地给我介绍了。那时我真是忐忑不安。我早就听到他对苏格兰人的成见，我想起了这些，就对戴维斯说："请你不要说我是从哪里来的。"哪知道，戴维斯顽皮地叫道："从苏格兰来的。"于是我就说了："约翰逊先生，我真是从苏格兰来的，可是那也没有办法。"我可以自信，我讲这话，目的毋非是凑个小小的趣，对他进行一些安抚，而不是糟蹋我的国家。可是不管怎样，这句话却不很投机，我说"从苏格兰来的"，意思是说"我是苏格兰人"。约翰逊本以机警敏捷出名，他就抓住了这句话，好像我的意思是说离开或脱离苏格兰了。他说："我觉得这正是你们国家的许多人所认为是没有办法的事。"这一个打击真的把我打昏了。坐下来的时候，觉得相当尴尬，不知道他还要讲些什么。[①]

接着是约翰逊和戴维斯的谈话。约翰逊对戴维斯说，加里克不讲交情。加里克是当时红极一时的演员兼剧院经理。这本与鲍士韦尔无涉，但他很想找一个机会跟约翰逊攀谈，于是就鼓起勇气，替加里克分辩了一句。哪知约翰逊听了大不高兴，他板起面孔说道："先生，我认识加里克比你久；而且我知道，在这个问题上你还没有资格跟我谈论。"又是一个打击！鲍士韦尔当然十分难过；但他说这是咎由自取，怪不得他老人家生气。加里克是约翰逊的门生，又是多年的老友，难道

① 《约翰逊传》，第 1 卷，第 391—392 页。

约翰逊还有什么不知道的吗？年轻人最怕碰钉子，但鲍士韦尔不怕。所以，尽管觉得难堪，他还是坐着，有机会时还凑进一两句话，目的在于引起约翰逊的注意。同时，他听了约翰逊的谈吐，觉得句句有力，令人鼓舞。临走的时候，他对戴维斯诉苦。戴维斯安慰他道："不要难过，我知道他很欢喜你呢。"[①]

鲍士韦尔和约翰逊就是这样认识的。从那天起，他们两个的交情一天深似一天。见面时一起散步、喝茶、吃馆子，天上地下无所不谈；不在一起时，彼此不断通信。这两个人，家世不同，性格不同，嗜好不同，却很合得来。有一次，约翰逊说，他一旦失了鲍士韦尔，就等于失了一只手、一条腿。

鲍士韦尔的性格上有一种特征，是一般人所少有的；那就是十九世纪散文家卡莱尔所谓"开朗的慈爱的胸襟"(open loving heart)。[②]约翰逊找到鲍士韦尔，真是一个幸福。约翰逊，在旁人看来，只是约翰逊而已；在鲍士韦尔看来，他永远是"约翰逊博士"。反过来说，鲍士韦尔找到约翰逊，也是一个幸福。约翰逊不但是他的老师，他的朋友，也是他的英雄。在五十多年漂泊的生命中，他从约翰逊那里得到了启迪与智慧。同时，这两个能凑在一起，是英国文学史上最值得纪念的一件事。

关于鲍士韦尔对约翰逊的态度，我们有详细的记载。举一个例。一天，约翰逊等在史莱尔夫人家里聚会，有男的，也有女的，都是社会上的知名人士，鲍士韦尔也在座。鲍士韦尔知道，约翰逊快要开谈了，就连忙挤在约翰逊旁边。哪知道这个座位是留给一个女小说家的。鲍士

---

① 《约翰逊传》，第 1 卷，第 395 页。

② 《卡莱尔批评论文集》（《万人丛书》本），第 8 页。

韦尔讨了没趣，只得搭讪着走开；无可奈何，就在博士背后搬了一张椅子坐了。谈话开始了，鲍士韦尔紧张起来了。他的两只眼睛睁着，他的耳朵靠着博士的肩膀，他的嘴巴开着，好像天上有什么东西掉下来了。博士指手画脚地谈得起劲，他凝神屏息地听得起劲。不幸得很，忽然约翰逊发觉他背后有人（大概因为席上有人做鬼脸吧），转过头来，一看是鲍士韦尔。博士生气了，就用他那只粗粗的手在膝盖上一拍，喊道："嗨，你在干什么？请坐到桌子旁边来！"

但是，这些还不能使鲍士韦尔成为第一名传记家。他还有一个特点：他最长于笔记，也最爱做笔记。从很早起，做笔记是他日常工作之一。他爱惜生命，觉得生命应当有记录，不但记录自己的生命，也记录别人的生命。一七六二年，在到伦敦之前，他曾记录自己两个月的生活，这在一百五十多年后出版的《私人文件》(*Private Papers*)[①] 里占据了八十三页。他有一个本子，专记他夫人的话，题为《夫人的话》(*Uxoriana*)；又有一本，专记他儿子的话，题为《我的儿子亚力山大》。此外，在通信里，他也描写他自己的生活，好像一个小说家在叙述一些浪漫故事。笔记原是机械的工作，但是到了鲍士韦尔手里，却变成了有趣的人物画像。他善于描绘，能把自己与朋友们的音容笑貌在浓淡得体的背景上衬托出来。他的《约翰逊传》里精彩的部分，大半根据这样的笔记。

从前人以为，鲍士韦尔不论到哪里，身上总带着一本记录本子。不论约翰逊讲什么，或别的人对约翰逊讲什么，他都记录在本子上。有时，大家正谈得起劲，他老先生一个人躲在旁边手不停挥地做他的

① 指鲍士韦尔的私人文件，发现于马莱海德城堡，共 18 卷 (1928—1934)。一般称《马莱海德文件》。

笔记。这种作风，往往引起在座人的不快之感，约翰逊也往往因此生气。于是在一般人的想象中，鲍士韦尔好像一个新闻采访员，老跟约翰逊黏在一起，“挥之不去，驱之又来”。但是，细看鲍士韦尔的遗稿以及当时的文献，情况并非如此。鲍士韦尔至少有两个记录本子，一是摘记本 (notebook)，一是笔记本 (journal)。随身带的是摘记本，至于笔记本，则是搁在家里的。在谈话会里，他并不是一个一言不发的采访员；他也参加讨论，他在摘记本上最多也只写些重要的字句，为日后回忆的根据。当场写详细笔记，实是例外。通常，在谈话会里，他总是聚精会神地听。有一次，他对史莱尔夫人说，可惜没有做速记。“速记”，英语里叫作“短手” (short hand)。于是史莱尔夫人就说，与其用短手，不如用“长头” (long head)。鲍士韦尔有一个“长头”——包罗万象的脑袋。他能把谈话时每个人的音容笑貌收进脑袋。这是第一步工作。回到家里，有了空，然后做笔记，根据当时做的摘记，凭着记忆，把当时的情景详细写下来。他的《约翰逊传》里有几处提到他做笔记的经验。他说，初听约翰逊谈话的时候，因为对他的谈锋比较生疏，简直记不下来，事后追忆，也难得没有遗漏。后来，渐渐习惯了，脑子里充满着“约翰逊的气氛” (Johnsonian ether)，于是做笔记时，不但能记得正确，又能把他谈话的神情完全传达出来。鲍士韦尔不但勤于记录，还勤于修订，有时要修改到三四遍之多，使每个字、每句话能适合约翰逊的口吻。我们看他的手稿，写的是一笔活泼生动的字，很像他的为人，字里行间有涂抹，添注，改削，可见他在这上面曾花了不少工夫。

当然，《约翰逊传》并不完全靠这些笔记。约翰逊生活了七十五年，鲍士韦尔看到的只有二十一年，而在这二十一年之中，他和约翰逊在一起的不过二百七十六天。因此，关于约翰逊的生活，至少有三分之二，他只能根据当时的传闻，无从直接描写。为了写这部分的东西，他花了不少气力。他访问与约翰逊有些来往的人，察看与约翰逊有些关系的地方，有时为了要确定一件事情的日子，他可以走遍半个伦敦城。但这些不是他的精华所在，他的精华是那二十一年的笔记。我们看《万人丛书》里的《约翰逊传》，那是一个七英寸长、四英寸半阔的本子，总共一千二百五十六页。在鲍士韦尔写的这部传记里，记载约翰逊前半生生活的只占十分之一多一点。至于约翰逊在遇见鲍士韦尔的五十六岁以前的生活，也就是三分之二的生活，只占全书的二百三十七页而已，只占传记不到四分之一；在传记中，一千多页记载鲍士韦尔看到约翰逊的这二十一年的生活，而约翰逊六十七岁到七十五岁这八个年头的记载却占传记的一半。

鲍士韦尔的《约翰逊传》是欧洲第一部“近代的”传记。我们特别着重“近代的”三个字，因为它与传统的传记是不同的。暂且撇开传记的结构不谈，先谈传记的目的。就目的而言，近代的传记与传统的传记有一个显著的区别：传统的传记，目的在于颂扬某一个人或某一些人；至于近代的传记，目的不在颂扬任何人，而在表达人生，表达特定时代、特定环境里的人生。传统传记有三大讳：“为尊者讳，为亲者讳，为贤者讳。”近代的传记，就事叙事，实事求是，无论英雄或常人都还他一个本来面目。在传统的传记里，好像每个传主都是好人——圣人，贤人，君子……好像海棠能吐香，玫瑰花是没有刺的。在近代的传记里，每个传主是一个“人”，不论圣贤或君子；每个人都有其缺陷，每块白璧都有一些斑点。一般地说，传统的传记近于“行状”、“荣哀录”，是理想的，近代的传记是写实的。鲍士韦尔的《约翰逊传》不是没有理想化的地方——约翰逊不是他的英雄吗？——但大体上是写实的。它是欧洲近代传记的鼻祖。

约翰逊是英国十八世纪的怪杰。鲍士韦尔对于这位怪杰之“怪”，一点也不掩饰。十八世纪欧洲最讲究“雅”，而约翰逊的容貌、举止、谈吐，并不很雅。当时人说他是一只狮子，又说他是熊。鲍士韦尔的老太爷说他是一颗大熊星。当他带着鲍士韦尔在苏格兰游历的时候，老太爷很不高兴，他说：“只看见人带着熊走路，却没有看见过熊带着人走路的。”哥尔斯密斯有意调侃说：“约翰逊却不是熊，除了他的皮肉。”约翰逊晚年常在史莱尔夫人那里闲聊天。有一天，有人提议把在场的每一个人比一只走兽，比一盆菜。大家认为约翰逊是一只象，一盆鹿腿。为什么是一盆鹿腿，许多人不很明白；但大家承认他真是一只象——一个庞然大物，有时把大鼻子扫来扫去，引得孩子们发急。在这些地方，鲍士韦尔总是和盘托出，“吾无所隐”。一般人所知道的约翰逊——中等身材，满脸瘢疤，走起路来一摇一摆，吃起东西来狼吞虎咽——这些是从鲍士韦尔的《约翰逊传》里得来的。

约翰逊的“怪”，鲍士韦尔不但不加掩饰，而且写得穷形尽相。随便举几个例子：

> 我从未见过有什么人欢喜吃好吃的东西，像约翰逊那样的。吃东西的时候，他的全副精神贯注在东西上面。他的眼睛盯着盘子。除非有贵宾在座，他总是一言不发，至于人家谈什么，也不理会。这样，一直要等到他的食欲满足了才罢。他的食欲真凶，他也吃得极其专心，所以吃东西的时候，额角上的青筋暴起来了，强烈的汗珠也

冒出来了。[①]

> 坐在椅子上谈话或思索的时候，他的头总是向右肩歪着，不断地摇，身子前后摆动，同时一只手掌不断地擦着左膝盖。在高声谈话时，他嘴里做出各种声音，有时像母牛反刍，有时一阵轻啸，有时舌头从上腭往后一擦，好像作母鸡叫，有时舌头抵着上牙龈，好像快速地念着"拖拖拖"。那时，面上是思索的样子，但微笑的时候居多。通常，同人家辩论的时候，每讲完一节，叫喊得太累了，他就像鲸鱼一般地吐出气来。[②]

这些都是穷形尽相的描写。鲍士韦尔是有勇气的，他不怕人家咒骂，不怕人家说他写的是"谤书"。

约翰逊曾经写过两篇文章，讨论传记的艺术，大意是说，传记的唯一要求是真实。鲍士韦尔写传记，也以真实为主。有时，为了力求真实，未免把自己都糟蹋了。约翰逊对鲍士韦尔的呵斥，上文已经提过。我们读《约翰逊传》，常常可以听到这呵斥之声。有一个晚上，鲍士韦尔对约翰逊诉说他的痛苦——想象中的痛苦。约翰逊最不欢喜诉苦，他听了鲍士韦尔刺刺不休，实在忍不住了。刚巧一只小虫子绕着灯光飞舞，飞了一阵，投在火上死了。约翰逊就抓住这幕情景，板着脸对鲍士韦尔道："这只小动物真是自讨苦吃，我相信它的名字叫作鲍士韦尔。"这一段自讨没趣的故事，还清清楚楚地记在《约翰逊传》里。

鲍士韦尔最欢喜提问题，有事必问，无事也问，特别在约翰逊面前；因为约翰逊，同孩子一样，欢喜人家挑逗，如果人家不问，他往往无话可

---

① 《约翰逊传》，第 1 卷，第 468 页。

② 《同上》，第 1 卷，第 485—486 页。

说;但问了太多,他又觉得厌烦。有一次,他愤愤地说:“我不愿老被人家盯着问‘什么’和‘为什么’,例如:这是什么?那是什么?为什么母牛的尾巴是长的?为什么狐狸的尾巴是蓬蓬松松的?”[①] 但鲍士韦尔不怕碰壁:他不但好问,而且好问约翰逊所不愿讨论的问题;他颇有“打破砂锅问到底”的精神。约翰逊最不愿讨论的问题之一是“死”。跟普通人一样,他是一个富有生命欲的人;他生平害怕的不是穷,不是苦,而是死。穷与苦是“可知”的,死是“不可知”的,他最怕这个不可知的问题。但是,约翰逊愈不愿谈,鲍士韦尔愈是要问,死命地问,结果碰了一个大钉子。《约翰逊传》上说:

> 他的心胸好比古罗马的广大的角力场。他的“判断”站在中间,好像有力的斗士,跟“恐惧”作战。这“恐惧”好比角力场中猛兽,伏在洞穴里,随时可被放出来搏斗。打了一回,他把“恐惧”赶进洞穴,但并没把它杀死;所以它还是要继续向他进攻的。我问他,死神来到时,要不要把心志坚定起来。他听了,大生其气,说道:“用不着,让它去。重要的不是如何死,而是如何生。死没有什么了不得,一下子什么都完了。”他又说(神情甚为恳挚):“每个人都知道这是必然的,只得由它,乱吵乱闹没有什么用处。”
>
> 我还想继续谈下去。可是他气极了,他说:“不要再谈了。”他勃然大怒。这神情使我吃了一惊,十分难过。他不耐烦了,要我走。我走出去的时候,他还严厉地对我喊道:“明天不要见面。”[②]

在这些地方,鲍士韦尔坦白极了。约翰逊对鲍士韦尔说:“明天不要

---

① 《约翰逊传》,第 3 卷,第 268 页。

② 同上,第 2 卷,第 106—107 页。

见面。”但是到了明天，两个人又见面了，谈一会儿话，又和好了。临走的时候，鲍士韦尔对约翰逊道：“现在好了，不生气了。”约翰逊道：“不生气了。”鲍士韦尔刚走近扶梯，约翰逊把他拦住，笑着说：“给我滚——进来。”[①] 鲍士韦尔不怕丢丑，一笔一笔地记着。为了要烘托出约翰逊的性格，自己的体面也不管了！他写传记是成功的，但不是没有牺牲。

《约翰逊传》实是平日消遣最有趣的读物。除非你要做系统的研究，你不必从第一页读到最后一页。你可以随便翻，随便读，每一页上总有一些可看的东西。这不是小说，而有小说意味；不是戏剧，而有戏剧意味。鲍士韦尔一路写来，好像不费经营；但你一路读去，脑海里却渐渐浮出一个活泼生动的人物。一般的传记，大抵注重叙说，而忽略描绘；即使偶有描绘，也不过如静物写生，充其量也不过是一些幻灯片而已。鲍士韦尔的《约翰逊传》则不然：它可以比一部精彩的活动电影。

但是，光说有趣，还不足以说明《约翰逊传》的重要性。如果有人要问：《约翰逊传》何以重要？我的答案是这样：启蒙时期一般人衡量作品有两项标准：一，是否有益？二，是否有趣？《约翰逊传》是符合这两项标准的；它不但有趣，而也极其有益。约翰逊没有做过惊天动地的事，但他七十五年的生活史充分证明他对生活的甘苦有充分体验，这对我们仍有认识和借鉴作用。

约翰逊的生活，在六十岁以前，是战斗的生活。他的敌人是贫穷、忧郁、病痛以及社会对他的冷淡、嘲讪、咒骂。如果说，文人的事业可比一张梯子，那么他是从最低一级逐步爬上去的。那个时代的文人的苦楚，他都知道。他挨过饿；他曾饱尝那类似“亭子间”的风味。三十八

---

① 《约翰逊传》，第 2 卷，第 109 页。

岁那年，他开始编他的英语大词典，有个贵人表示愿意照顾，但却“口惠而实不至”。到了四十六岁，大词典出版了——那是世界上第一部像样的英语词典。当时，法国也有这类词典，但那是法兰西学院四十名院士编的，而约翰逊的大词典是他单枪匹马一个人编的；朋友们替他高兴，说他一个人可抵四十个法国人，大家给他起一个徽号，叫作“词典约翰逊”。从二十多岁开始写作起，一直到这个时候，才算透了一口气。在词典出版前不久，那位“口惠而实不至”的贵人又来献殷勤了，也许希望约翰逊在词典上给他写一篇“献词”吧。约翰逊就给贵人去了一封信——这是永远不朽的杰作。他说：“自从上次到府上外客厅里求见而被挡驾以来，已经七年了。在这时期，我还做我的工作，吃过种种苦头，诉苦是没有用的。到了现在，工作接近完成了，但是从来没有得到一点帮助的行动，一句鼓励的话语，或一个赞许的微笑。”[①] 这是贫穷而骄傲的人的口气。他不诉苦，因为“诉苦是没有用的”。四五十年的经验使他认识生命是怎么一回事，却没有使他丧失生活的勇气。最难得是：经过那么多的挫折，他还保持着一种谐趣，愈到晚年，愈觉得别有滋味，好比远年陈酿。这种种，鲍士韦尔看得最清楚，写得最动人。所以，《约翰逊传》虽是任何年龄的人都能欣赏，而中年人，尤其是知道一些生活甘苦而还在奋斗的人，特别能够体会。本世纪初，英国文学批判家斯蒂芬爵士（Sir Leslie Stephen）说，他爱读的书，第一部是《约翰逊传》，最后一部也是《约翰逊传》。

《约翰逊传》并不纯粹是“记事”的书，也是“记言”的书；这里有不少变相的语录。约翰逊晚年，境遇比较宽裕，欢喜同朋友们聊天。他千言万语所给予我们的是些什么呢？对这问题，如果有一个简单的答案，

---

① 《约翰逊传》，第 1 卷，第 261—262 页。

那就是资产阶级批评家所谓“富于灵感的常识”。他的话，初看起来，似乎都是老生常谈，但细细体会，没有一条没有意义。如果约翰逊是个道学家——鲍士韦尔称他为“大道学家”(great moralist)——那么他是道学家中最没有道学气的。他的话，有些在英语国家已成为“格言”。随便抄录几条：

一个人总不欢喜同自己生气。

一个孩子总不欢喜人家谈别的孩子。

母牛在田里是一头良好的动物，但她闯到花园里，就得赶她出去。

一个人看见一桌子好吃的东西，比听到他夫人讲希腊话，要高兴得多。

一个人对任何人都称赞，其实对任何人都不称赞。

暴君统治的国家是一个倒立的圆锥体。

这些，以及其他许多话，经过多少人引用之后，已成为家常的说法。但你如果知道每句话的背景，那你就更能体验每句话的意义。这些话，有的完全是常识，表面上十分平凡；有的带有偏见，尖锐而有刺激性；有的是至理名言，愈咀嚼愈有回味。但每句话，干脆、有力，其意义是可译的，其格调往往是不可译的。

约翰逊对于人生有一个基本态度，就是死命地抓住现实，一刻不肯放松。他从个人经历出发，常说生命中大部分需要忍受，只有小部分可以享受。换言之，即痛苦多于欢乐。这是当时资产阶级社会里一般人的生活情况。但他并不因此而悲观厌世；对可以享受的部分，他要充分发挥其作用。他的头脑是伦理的，不是哲学的；是实用的，不是唯理的；是重经验，而厌恶冥想的——是当时标准英国人的头脑——所以，有人说他是英国的代表人物。十八世纪早年，有一个哲学家，叫作贝克莱 (Berkeley)，是个主观唯心论者。他说，物质并不存在，天地间形形色色只是一些意象而已。有一次，鲍士韦尔对约翰逊说，虽明知这个道理不通，可是也没有法子去反驳。那时，他们俩正立在一个教堂前面谈天。约翰逊就对着那里的一块大石头狠命地一踢，说道："我就这样反驳。"[①] 又有一次，约翰逊同一个主张贝克莱论点的人谈话。当那位先生告别时，约翰逊对他说道："先生，请不要走；因为我们可能会把你忘了，不想你了，而你呢，就因此不存在了。"[②] 哲学家们也许觉得约翰逊还没有从哲学的高度来把贝克莱批透。但这些故事说明了约翰逊对于人生的态度，就是死命地抓住客观存在的现实，好比失足落水的人死命抓住救生圈一样。

约翰逊最恨玄想，最恨不着边际之谈；最欢喜实事求是，凭他四五十年同生活挣扎的经验，宣说人人都能接受的道理。同样，他最恨资产阶级社会里司空见惯的说假话、假殷勤、假仁假义。有一次，他同鲍士韦尔说：

> 我的好朋友，你务必把那言不由衷的东西从你心里排除干净。你讲话，可以和人家一样：当着客人，你可以说："先生，我是你的最微贱的仆从。"实际上，你不是他的最微贱的仆从。你可以说："这是凄惨的时代；生在这时代是一件苦恼的事。"实际上，你对这时代并不关心。你对一个人说："你旅行中最后一天碰到天气不好，身

① 《约翰逊传》，第 1 卷，第 471 页。
② 同上，第 4 卷，第 27 页。

上弄得这样潮，使我难过。”实际上呢，他身上干也好，潮也好，你一点也不在意。你可以这样讲话，这是交际场中讲话的习惯；但思想时千万不要这样无聊。[①]

这里所谓“言不由衷”的东西，原文是“cant”，是假殷勤、假客气、空敷衍一类的东西。约翰逊最讨厌这一套。他能说，并敢说真话。他也有成见、偏见，和其他人一样；他还发表过许多不近人情的议论，一般人认为无礼；但他不说假话、谎话。有进取心的“狂者”，和“有所不为”的“狷者”，他都欢喜；但他却讨厌专靠敷衍过日子的“乡愿”。

鲍士韦尔的《约翰逊传》是于一七九一年出版的。就在那一年，有个朋友写信给鲍士韦尔说：“你已经使他们讲话像约翰逊了。”这里所说的“他们”，是指英国人，尤其是《约翰逊传》的读者。鲍士韦尔的回信上说：“是的，我已经把英国‘约翰逊化’了；而且我相信，他们不但讲起话来像约翰逊，思想起来也像约翰逊了。”这几句话不是事实，但很有意思。讲话像约翰逊，就是说真实的、心里的话，不做乡愿；思想像约翰逊，就是“死命抓住现实”，不弄玄虚。这两种习惯，凡有些人事经验的人都该知道，是并不十分普遍的。但《约翰逊传》永远是大家爱读的一部书。这里有智慧，有带着灵感的常识，有大家想说而没有说出的话，有大家在想而没有想通的问题。

约翰逊和鲍士韦尔都与我们中国有些关系。有一次，他们俩谈起我们的万里长城，特别起劲。《约翰逊传》上说：

---

① 《约翰逊传》，第4卷，第221页。

> 他说到遥远的国家去旅行，特别起劲。他说，这样旅行可以开扩胸襟，提高身价。说到中国的长城时，尤有兴趣。我就乘机说道，我有儿女需要照料，要是没有这个牵累，我真想我应当跑到中国去看看长城。他说："先生，这样一来，你就做了一件大事，使你的儿女出名。他们会从你好动的精神和好奇的心理上得到一些光彩。人们总会说，他们的老太爷曾经看过中国的长城。这是真话，先生。"①

这次谈话，一半真，一半假，充分流露约翰逊的幽默感。《约翰逊传》里关于中国的还有几条，谈到中国的文学、伦理、政治和园林艺术。但是最使约翰逊发生兴趣的是中国的茶。约翰逊酒量有限，但茶量却相当可观。五十六岁以后，断了酒，只喝开水、柠檬水和茶。一七五七年，有人写了一篇《茶说》，大意是说，茶是百病之源，而对国民经济甚为有害。约翰逊气极了，写了一篇文章，反驳这个无聊的议论。他自己承认是个老茶客，白天喝茶咽饭，傍晚喝茶解闷，夜半喝茶忘忧，早起喝茶提神，二十年来，茶炉子没有冷过。②这当然是有意夸张，但约翰逊的喝茶，和他的谈天一样，确很有名。有一次，一连喝了十一杯，人家说，再来一杯，就满一打了。约翰逊说："好吧，再来一杯。"晚年，他欢喜坐下来，叠起腿子，一摇一摆地聊天，同时喝茶，一杯过了，又是一杯。③

至于鲍士韦尔，他也读过关于中国的书，也曾向约翰逊请教东方的风物。他似乎没有茶癖——他没有那么"雅"。但他曾介绍过一件中国的东西，引起了注意。那是中国的锣。在大庭广众之间，他把一面

---

① 《约翰逊传》，第3卷，第269页。

② 同上，第1卷，第313—311页。

③ 克鲁奇：《塞缪尔·约翰逊》，第263页。

锣——不知从哪里弄来的——表现了一番。铛的一声，满座肃然。当时的新闻报纸上有详细报道——也许出于鲍士韦尔自己的手笔。这是十八世纪后期的故事。

一九四三年三月

苏格兰诗人罗伯特·彭斯

一

在讨论彭斯 (Robert Burns) 的作品之前，谈一谈他的早年生活与创作活动，是有用处的。二百多年来，资产阶级文学史家谈彭斯的生平，总夹杂着不少“遗闻轶事”，以致真实的轮廓反而不清楚了。

彭斯时代的苏格兰社会是一个阶级壁垒特别森严的社会，彭斯自己也清楚地意识到这一点。他曾用诗人蒲伯的话来说明他的家世。他说：“从大洪水起，我的祖先的古老、微贱的血，是通过多少代下等人流过来的。”他的父亲是一个佃农，原住苏格兰东部靠近海岸的地方，后来一再搬家，到了二十七岁在苏格兰西南部的艾尔郡定居下来，租了七英亩土地，用自己的双手搭了一座小茅屋，锄地种菜，养活一家。诗人彭斯于一七五九年一月二十五日生在那里。彭斯的父亲一生劳动，始终过着穷困的日子。彭斯自己从小就跟父亲下地耕种，不上十四岁就做一个成年人的重活。他曾用这样的话来形容自己那时的生活："苦行僧的抑郁寡欢与摇船奴的永无休止的劳役。"

彭斯没有受过多少学校教育。他早年的教养，主要是得之于自己的勤学苦练。他的弟弟格尔勃说："没有一本很厚的书能使他松劲，也没有一本很古的书能使他泄气。"在十八岁以前，他读过荷马（蒲伯的英译本）、莎士比亚、洛克的《人类悟性论》，特别是启蒙时期的英国文学与苏格兰文学。启蒙运动的精神——崇奉理性、反对迷信、反对不合理的社会制度——在他的作品里有显著的表现。

彭斯的早年教育另有一个重要方面，就是：他是在苏格兰民间文学的氛围中成长的。他的母亲是艾尔郡的农家女子，熟悉农民中流行的歌谣和传说。他母亲有一个年老的亲戚，叫勃蒂·但维生，对当地流行的歌谣与神话更为熟悉。这些，用彭斯自己的话来说，"培育了他潜在的诗歌种子"。彭斯从小爱听民间的口头文艺，如教区里姑娘们舞蹈用的小调，以及她们在劳动中、在过节时常唱的小歌，特别是男女相爱之歌。他在十五岁那年（一七七三），在秋季收获工作中听到一个农家女子的甜蜜的歌声，不由自主地产生了强烈的感情。他说："我就给她爱唱的调子配上有韵的词句……我的恋爱和作诗就是这样开始的。"

但是，作诗只是彭斯的业余活动。他通常是一面扶犁，一面哼诗。贫困仍在磨折着他的生命。在他二十五岁那年（一七八四），他父亲死了，经济近于破产。他跟弟弟两个收拾残余，移居另一教区，租了一块地，打算重起炉灶，可是产量少，租税重，再加上种子出了毛病，天时也不凑巧，到了二十七岁那年（一七八六），生活困顿达到极点。他跟一个泥水工匠的女儿真·阿莫 (Jean Armour) 有婚姻之约，也有了孩子，但是他太穷了，女家也反对，无计成婚，引起教会的斥责。在穷极无聊之中，他决定移居西印度的牙买加，另谋生计。这时，他已写了几十篇诗歌了。为了筹集出国路费，也为了表示对祖国、对亲友们的怀念，他在艾尔郡的克尔马诺克城印了一本诗集，很快引起了注意。诗集传到爱丁堡，引起了更大的注意。牙买加之行，因而作罢。

就在那年，彭斯初游爱丁堡。达官显宦，文人学士，对这“富有诗才的耕农”争相接纳。那时，浪漫主义运动时期的诗人、小说家司各特才十六岁，也跑去了。在一个文人的集会里得到瞻仰，后来在回忆录里留下动人的记载。司各特说，他看到彭斯正对着一幅画出神。画上有一个士兵长眠在雪地上，一边坐着一条愁容满面的狗，另一边是士兵的妻，怀里抱着一个孩子。彭斯看了一会儿，凄然泪下。司各特又说，彭斯身躯强壮、结实，举止质朴、平易，是一个十足的庄稼汉。又说，彭斯的脸显得伶俐、聪明，他的眼睛有它特具的神采，当他说话上了劲或动了情，双目炯炯有光。司各特说：“我看过许多当代特出人物，但还没有看到这样一副眼睛。”这是一个很好的写照。彭斯是一个农民，又是一个诗人，简朴、诚实、聪明、机灵、富有情感。

一七八六至一七八七年间，彭斯两访爱丁堡。爱丁堡之行是有收获的。他的诗集再版了，他的声誉确立了，他的视野也扩大了不少。他早有漫游祖国河山之意。于是就在两度访问爱丁堡的中间，他到苏格兰的南部边境和西部、北部高原地区旅行了几个月。他游览风景，体验生活，特别使他兴奋的是历史上苏格兰人争取独立的战场。他凭吊了彭诺克朋——十四世纪苏格兰国王布鲁斯与爱国志士华莱斯抵抗英军侵略的地方。他在自己的笔记上写道：“没有一个苏格兰人经过这里而能无动于衷的。”

彭斯在爱丁堡的时候，上层社会中有不少人跟他来往，但他知道这不是他久居之地。他说："我花了许多时间估量自己。我想我很知道：作为一个人，作为一个诗人，我处的是一个什么地位。"他准备回到乡下，租一块地，继续过农民生活，继续他的诗歌创作。他说："我不想放弃诗歌。我是在劳动中长大的，因而得到生活上的独立，同时诗歌是我主要的乐趣，有时竟是唯一的乐趣。"他就这样做了。一七八七年春天，他回到故乡，跟真·阿莫正式成婚，租了一块地，修了几间屋，重理旧业。可是尽管他热爱劳动，总是入不敷出。过了一年，他不得不兼做税收工作。再过两年，他不得不放弃农场，移居邓弗里斯郡，专做税收工作。他收的税是酒税。这工作，用他自己的话来说，是"搜查老婆子的酒罐"。他就做这样工作，一直到一七九六年七月他害了风湿性寒热病逝世为止。

彭斯的最后十年的生活仍是困顿的，但是他没有放弃他的诗歌。正相反，他的产量是惊人的，在苏格兰歌谣的采集与编写上作了杰出的贡献。同时，随着当时民主革命运动的发展，他的思想也跟着发展。他是这革命运动的支持者、拥护者。这在他的后期诗歌里有突出的表现。

二

彭斯一生的创作，从歌谣开始，也以歌谣结束，但其间经过曲折的道路。在二十三岁那年（一七八二），他读到去世不久的苏格兰方言诗人费格生 (R. Fergusson) 的集子，得到了启发。费格生是用辛辣的笔调来揭露、讽刺爱丁堡的都市生活的。在费格生的影响之下，彭斯开始用类似的笔调来写艾尔郡的生活。他采用了费格生采用的苏格兰诗歌的语言、形式和格律，来写内容更充实、情态更丰富的人生画面。他前期诗作里比重较大的不是歌谣，而是讽刺诗。①

彭斯在克尔马诺克印行的集子，通常称为克尔马诺克诗集（初印本，一七八六；爱丁堡增订本，一七八七）。这个集子里的作品，加上当时已在乡间流传而没有收辑的作品，统共只五六十篇，但反映了当时苏格兰社会的几个主要方面与几个主要问题。在这些作品里，彭斯揭露社会上一些不合理的制度、习惯，同时刻画农民、平民的苦难生活，并颂扬他们的纯朴率真。

当时苏格兰社会里最不合理的制度之一是长老教会（加尔文教派）。这教会有一套苛细的教条，干涉到每个人的思想、感情、行动。教义也很怪诞。加尔文教派认为人是生来有罪的，死后须进火焰地狱，但又认为虔诚的人是上帝的选民，只要勤于礼拜，可以“得救”，上升天堂。教会中有一派人，叫作“旧光派”，坚持这些教条教义。但在启蒙运动的影响之下，开明人士（包括一部分教会中人）中有改革运动，名为“新光派”，与“旧光派”进行斗争。彭斯是同情“新光派”的。他对社会上的迷信者、伪善者，以及迷信与伪善的堡垒——长老教会——恣情揶揄。这一类作品中最有名的是《神圣市集》与《威利长老的祈祷》。

《神圣市集》（一七八五）是描绘当时苏格兰乡间的露天布道大会的。方圆十英里内的教民全都来了。有钱的骑马乘车，无钱的跣足徒步，其中不少人还拖男带女，熙熙攘攘，好像赶集似的。诗里着重描绘

---

① 彭斯在1787年前的主要作品是讽刺诗、咏物诗、赠人诗，而不是歌谣。在克尔马诺克诗集初印本(1786)里，歌谣只有三篇，都非一般传诵之作。爱丁堡本(1787)增收歌谣七篇，但除《姜大麦》与《灯心草绿了》外，亦非传诵之作。彭斯系以讽刺诗在乡间建立诗人声誉的。

三种人：一种是满口圣灵，迷信宗教的人；一种是貌似正经，心怀叵测的人；另一种是乘机行乐的人。这场合，从一方面看，是沉闷的，但从另一方面看，又是滑稽的。彭斯着重刻画这场合的滑稽可笑。最可笑的是“旧光派”教士布道时的情况。那教士在讲坛上，张开手臂，放开喉咙，描摹一个火焰地狱。坛下听众半睡半醒，以为真的听到了地狱烈火的怒吼之声，可是回头一看，原来旁边一个人沉睡未醒，鼾声如雷！这是通过喜剧手法的现实主义的写照。

攻击迷信与伪善——这也是《威利长老的祈祷》（一七八五）的内容。威利长老的虚伪已经达到完全不自觉的程度。他造过不少罪孽，但仍自信为“上帝选民”。他的祷词是这样开头的：

> 啊，主啊，你身在天国，
> 一切事可以从心所欲，
> 把一个人送上天堂，十个人关进地狱，
> 　　都是为了您的光荣；
> 而不是为了他们当着您的耳目，
> 　　造了孽，或立了功。

威利认为自己的罪孽不是罪孽，而是上帝给他的考验。他要求上帝严惩他周围触犯教规的人，把他们关进地狱，同时也要求上帝宽恕他，让他发财致富。“愿光荣全归我主。阿门！阿门！”在这首诗里，彭斯攻击的不仅是威利长老，也是长老派崇拜的那个“把一个人送上天堂，十个人关进地狱”的上帝，也是加尔文派极其不合理的教义。这诗稿在乡间流传，引起了教区当局的骚动。彭斯说：“他们开了三四次会，研究如何在教会的军火库里找出一件有力的武器来对付亵渎圣灵的诗人。”这首诗写的是真人真事，为了避免引起更多的麻烦，没有收入克尔马诺克诗集，直至彭斯死后三年才正式发表。[①]

从“旧光派”的观点来看，彭斯确是个亵渎圣灵的诗人。教会总是要人家祈祷，而彭斯最鄙视“那三英里长的祷词，半英里长的祝词”(《致约翰·麦克麦斯牧师》，一七八五)。教会总是用地狱的可怕来吓人，而彭斯在《致一位青年朋友的信》(一七八六)上说：

> 地狱的可怕好比刽子手的鞭子，
> 用来吓唬穷人，要他们安分守己。

教会总说魔鬼是上帝的死敌、人类的死敌，而彭斯却以玩世不恭的态度来对待这个问题，在《致魔鬼》(一七八五)诗里，他跟魔鬼作友好的交谈，说到后来，还同情魔鬼的处境。在一七八七年间，他写信给朋友说：“我决心研究一个极其可敬的人物——弥尔顿的撒旦——的性格。”又说，弥尔顿的撒旦是他喜爱的英雄。他说，他佩服“那伟大人物撒旦的无所恐惧的伟大胸怀，不屈不挠的独立精神，一意孤行的勇敢行为，以及临难不惧的高贵品质”。

在揭露上层社会的迷信与伪善的同时，彭斯还刻画农民、平民的苦难生活。克尔马诺克诗集里的第一篇诗是值得注意的。这首诗叫作《两只狗》，通过一只地主的狗和一只佃农的狗的对话来表达他强烈的阶级

---

① 彭斯的讽刺诗对当时苏格兰的教会改革曾起了相当大的作用。后来“旧光派”渐渐失势，“新光派”渐渐抬头，夺取“旧光派”的地位。彭斯原来主张：各种教派应由人民自由选择，而不应受贵族地主的庇护(《两种教派》，1785)。可是苏格兰的教会改革没有走彭斯指出的道路，以致彭斯死后二十年新旧两派又起纷争。

对立的感情。地主老爷收了租金，吃喝无度，逍遥自在，一会儿逛维也纳，一会儿游威尼斯。佃农呢，掘土挖沟，全靠一双大手。他不但受到地主的剥削，还遭到地主的账房的压榨。在收租结账的日子，佃农交不起租子，只能俯首帖耳，忍受凌辱。《两只狗》里留着账房的凶恶形象：

每当我们老爷收租的日子，
看了多少次，真正使我切齿。
可怜的佃户没带几个小钱，
只好由账房大人来作践。
他既跺脚威吓，又发咒叫唤，
既要抓人，又要扣押财产。
佃户们站着，听着，一切忍受，
心里是害怕，身上在发抖。

彭斯自己说，当年压榨他父亲的账房就是这样的人。亲身的经历使他能够刻画出世代农民的苦痛。

一七八五至一七八六年间，彭斯的作品中最突出的是一首戏剧体的诗歌，叫作《快活的乞丐》（一七八五），描绘社会底层的生活。诗中人物全是所谓“社会的渣滓”，全是无家可归的流浪者，有的还犯过罪，坐过牢。一个是断手残足的退伍老兵，一个是随军流转的女贩，一个是玩耍杂技的丑角，一个是补锅匠，一个是女剪绺的，一个是提琴的演奏者，一个是民谣的歌唱者，此外还有几个饱受风霜的妇女——全是阶级社会里所谓法外的人。每一个都有一段惨痛的历史，但没有一个失了生命的活力。他们聚在小酒店里，毫不掩饰地诉说自己的生平，也毫无顾忌地表达自己的心情。他们说笑、喝酒、谈情、跌跌撞撞地跳舞、唱歌。表面上的无牵无挂掩盖了严重的苦难。彭斯在写作之前,曾到“下层阶级”经常聚会的场所作实地观察、体验。他认为在这些人身上可以找到高贵的品质——豁达、慷慨、谦逊,以及无私的友谊。这些法外的人,在恣情欢乐之后,齐声歌唱,赞颂自己:

去吧,那些受法律庇护的人!
自由才是一桌丰富的筵席,
盖了法院,原是要懦夫安心,
修了教堂,无非让牧师得益!

这首剧诗直到彭斯死后三年才正式发表。他自己认为最满意的是这支赞颂自由的歌。[①]

克尔马诺克诗集里值得注意的还有咏物诗,都是借物起兴,感怀身世之作。有一次,彭斯下地耕种,锄头翻开了一个鼠穴,就作《写给小鼠》(一七八五)。田鼠用残枝剩叶筑了一个窝,以为可以过冬了,哪知锄头一翻,全都完了。诗人说,穷人还不是那样的吗?穷人的预计不也是往往落空吗?有一次,他上山翻地,翻倒一棵山雏菊,就作《咏山雏菊》(一七八六)。这些紫红色的花朵,这个空谷孤芳,全都毁了。诗人从山雏菊联想到天真未凿的少女,又联想到人世浪潮中浮沉无定的民间歌手。还有,跳跳蹦蹦的虱子,也可以入诗。彭斯在教堂里看见一位高贵姑娘的帽子上爬着一只虱子,就作《咏虱》(一七八五)。诗人说,

① 《快活的乞丐》曾引起资产阶级作家的批评,认为是不道德的。参阅沙尔普(W. Shairp):《彭斯传》,1879年,第201页。资产阶级批评家中也有称颂这一作品的,但主要是从艺术形式来考虑,而完全忽视其社会意义。

虱子可以成群结队爬上叫化子的头，也可以爬上老太婆的法兰绒帽子，也可以爬进小孩子的肮脏的衬衣。可是，“你怎么敢把你的脚踏在她身上，踏在这样高贵的姑娘身上？”这样，在轻巧滑稽的笔调里蕴藏着尖锐的讽刺。更值得注意的是《姜大麦》(一七八二)。“姜大麦”(John Barleycorn)在苏格兰是威士忌酒的别名。彭斯这首诗也是歌颂大麦和麦酒的。但是彭斯采用了农民起义时代的歌曲，配上了词，字里行间，语语双关，歌颂的就不只是大麦和麦酒了。秋天割麦，麦死了，可是到了春天，麦又生出来了。麦是割不完的；同样，农民英雄也是诛不尽、杀不完的。言在此，意在彼，一首平凡的歌谣具有战斗的意义。

在彭斯的集子里，咏物诗有一定数量。母马、母羊、母牛、乳牛、家犬、膝犬、野兔都是诗题。在某种条件下，彭斯可以发展为一个寓言诗人，像十五世纪苏格兰的亨利森(Henryson)或十七世纪法国的拉·封登。但是有些诗，如《姜大麦》，已经远远超过了寓言诗的范围。

三

我们说过，彭斯的创作是从歌谣开始的。他经常留心民间歌谣——不论在家乡，或在爱丁堡，或在苏格兰南部边区、西北部高原旅行的时候。他也经常创作一些歌词，但为数有限。大量写作歌谣是在他一七八七年访问爱丁堡以后。

在爱丁堡，彭斯碰到一个音乐出版工作者，叫作詹姆士·约翰逊。约翰逊对音乐和歌唱是知道得不多的，但对苏格兰的民间歌谣有高度热忱。那时他正在编印《苏格兰歌谣总汇》，邀请彭斯帮忙。从那时起，彭斯对歌谣的兴趣加深了，不久变成了这《总汇》的指导编辑。到了一七九二年，他碰到另一位音乐出版工作者，叫作乔治·汤姆逊。汤姆逊的音乐知识比约翰逊高明一些（他曾邀请贝多芬作曲），他准备出版《苏格兰歌谣选集》，邀请彭斯帮忙，彭斯也答应了。前前后后，彭斯为约翰逊编写了一百八十四首歌谣，为汤姆逊编写了七十多首歌谣。从一七八七年起到他生命结束为止，除了执行税收任务与参加民主活动而外，他的主要工作是编写歌谣。

苏格兰的歌谣原有一个优秀传统，但在十六、十七世纪宗教改革期间差不多中断了。宗教改革对苏格兰的教育与艺术有一定的推动作用，但由于长老会的种种禁忌，民间艺术和民间诗歌遭到压抑。广大人民喜闻乐听的小歌小调，只能在教士们背后偷偷哼着。人民的口头创作，因为没有得到正常发展，渐渐散失了，有的仅存曲调，有的歌词虽在，而残缺不全。到了十八世纪，随着民族思想和民主思想的发展，民间文艺又抬起头来。苏格兰的歌谣编写者，如华特生、栾姆赛、费格生等，做了采集、编校、改订工作。彭斯继承了这个传统，吸取民间文艺的精华，把它提到艺术的高度。譬如《往昔的时光》(*Auld Lang Syne*，一七八八)，是英语国家里最流行的一支歌：

多年的老友，难道可以忘了，
　　一点不放在心上？
多年的老友，难道可以忘了，
　　还有往昔的时光？……

这是根据十七世纪以来三四个旧本改写的。华特生、栾姆赛等都曾做过加工工作。可是，如果不经彭斯改写，这支歌很可能早就忘了。现在呢，在英语国家里，这支歌在送别时唱，在欢会时也唱——不管到底有多少人能懂得歌词的每一个字，也不管苏格兰人自己是否能唱得一个字也不走样。又如《一朵红红的玫瑰》（一七九四）也是根据三个旧歌谣改写的。

我的爱人像一朵红红的玫瑰，
　　六月里含苞初放；
我的爱人像一支好听的歌曲，
　　柔和地开始弹唱……[①]

其他有名篇章，如《我的南妮》（一七八四），《亲热的一吻》（一七九二）等，都有一个或几个底本。除了改写之外——彭斯的大部分歌谣是根据旧本改写的——他也创制了一些新词，但他的新词是配合旧曲的（如《苏格兰人之歌》），是体会民间歌谣的精神而创制的。

彭斯编写歌谣，有几条原则。首先是熟悉曲调。他不是一个职业音乐家。他说："我的音乐欣赏能力只是大自然赋予的一些本能，没有经过艺术陶冶。"可是，他从小学会了小提琴，能把民间曲调准确地记录下来。他对当时流行的绝大部分曲调，不但熟悉，而且有敏锐的感觉。他说："只要给我一二行歌词，我就知道这是哪一个歌曲。"编写歌谣的第二原则是：选用适当语言。彭斯是懂得规范英语的，不但说得好，也写得好，但这到底不是他摇篮里带来的语言。他说："我觉得我的思

---

① 《一朵红红的玫瑰》曾由苏曼殊译为五言古诗，名《颎颎赤墙靡》。这大概是彭斯诗译成中文的第一首。关于其他中译本，参阅王佐良译《彭斯诗选》，1959 年，第 22 页。

想在英语里要比在苏格兰方言里干枯得多。”因此他作歌，一般是采用苏格兰方言的。他佩服苏格兰民谣的无名作者。他觉得苏格兰的小曲小调有它独具的牧歌式的单纯性，配上苏格兰方言，特别合适。这就是说，民间的曲调须配上民间的语言。编写歌谣的另一原则是：歌词须与曲调吻合无间。他在自己的笔记里这样写着：“古老的苏格兰曲调充满着高贵的情感。在创制新词的时候，应当（像苏格兰人所说的）反反复复地哼。这是吸取灵感的最简捷办法。”他编写歌谣，就是这样进行的。不但如此，在写作过程中，他还争取不少人的帮助。他的妻，真·阿莫，是助手之一。她不但有很好的歌喉，而且对民间歌谣有丰富的知识。彭斯从爱丁堡回去以后，总是有意识地抓住每一个机会，争取歌唱家的帮助，碰到不顺口、不悦耳的字眼，就随手修改，有时还另换曲调，力求歌词与曲调吻合无间。他认为他的歌谣不是写着读的，而是谱着唱的。他所用的曲调是多少年来民间爱唱的曲调，所写的歌词从来不超过一般人所能理解的范围。这样，他不但对他们歌唱，也为他们歌唱——为他们诉说他们的愁苦、欢乐、愿望。

彭斯一生编写了三百六十多篇歌谣，其中一百来篇是多年传诵之作。这些作品是多种多样的，包含多样的人物，其中主要的是彭斯熟悉的苏格兰的农村居民——扶犁的，牧羊的，放牛的，伐木的，织布的，打铁的……彭斯写这些人物，都凭实地观察与亲身体验。彭斯写农村居民总是衬着自然风物，特别是户外景色，譬如寒冷的高原、幽静的溪涧、牛羊散处的山坡、高低起伏的麦浪，偶尔也写风雪怒号、波涛拍岸，但并不过分渲染，也不带任何神秘意味，有时虽寥寥数行，也勾出一幅生动的“世态画”。诗里不论写人物或风景，都有它的特殊的鲜明性——鲜明的背景、鲜明的人物、鲜明的感情。显豁、爽朗、遒劲有力——这是彭斯的现实主义风格的一大特色。

很自然，歌谣中一大部分是谈爱情的。这也是多种多样的。有的是歌咏他的妻真·阿莫的（《天风来自四面八方》，一七八八；《我的真是个苗条的女子》，一七九二），有的是歌咏他的朋友安妮·派克（《昨晚喝了一品脱酒》）、玛丽·康勃尔（《高原玛丽》，一七九二）等人的，但是绝大部分不是诗人抒写自己的感情生活，而是寄托性的作品。这里有白头偕老之歌（如《约翰·安特生，我的爱人》，一七八九），但主要人物是青年男女。这里也有多样的情态：有的活泼，有的拘谨，有的泼辣，有的滑稽，有的一往情深（如《郎吹口哨妹就来》，一七九三），有的意绪曲折、讽喻兼备（如《邓肯·葛雷》，一七九二；《去年五月一个小伙子跑来求婚》，一七九四）。为什么要写这么多的情诗？彭斯自己早对我们作了解答。对于那些处在层层剥削、层层压迫之下的穷人来说，除了爱情还有什么呢？彭斯认为爱情是大自然赐给普通人的最大幸福。他歌咏真挚、纯洁的爱情，因而反对矫揉造作，特别反对权势与金钱的诱惑。彭斯的集子里有不少歌谣，如《泰姆·格莱恩》、《夏天收割干草的时候》、《我的采矿孩子》、《多情的织工》等，都刻画农家姑娘轻金钱、重爱情的纯洁的心胸。

必须指出，爱情不是彭斯的歌谣的唯一主题，而且可以进一步说，这还不是彭斯诗集里最重要的主题。在一七八七年以后，他写了许多鼓吹民主改革、拥护民主革命的作品，其中有不少篇章都采取了歌谣形式，在当时，在后代，都发生鼓舞作用、战斗作用。①

---

① 历来文学史家论述彭斯的作品，从体裁形式考虑者较多，从思想内容考虑者较少。彭斯的艺术形式主要是启蒙时期英国与苏格兰的传统形式，例如双行体、歌谣体、六行体、九行体、颂歌体等，很少独创格调。他的克尔马诺克诗集，与费格生的苏格兰方言诗集两相比较，颇多模拟痕迹。因此一般认为他的创作并未超过启蒙运

四

十九世纪英国资产阶级批评家阿诺德曾说，彭斯写来写去总是苏格兰的东西：苏格兰的麦酒、苏格兰的宗教、苏格兰的人情风俗，好像他的眼光是局限于苏格兰的。[①] 这是与事实不相符合的。彭斯是一个爱国主义者，但是他对苏格兰以外的事件，特别对当时欧洲的重大社会运动和政治运动是十分关心的——至少在一七八六年访问爱丁堡以后。譬如集子里有一首诗，叫作《当好人葛尔福特当政的时候》（一七八七）[②]，说明他熟悉当时英国的政局内幕。在这首诗里，他用幽默笔调，从一七七四年波士顿茶叶党反英斗争一直说到一七八四年北美殖民地战争结束，历历如数家珍。他是同情美国独立革命的，同时他揭露英国政治舞台的黑暗。又如集子里有一首歌，叫作《奴隶哀歌》（大概作于十八世纪八十年代后期），说明他拥护当时欧洲轰动一时的废止贩卖黑奴运动。[③] 歌里替一个在北美弗吉尼亚当奴隶的非洲黑人诉说苦恼心情：

动的范围。苏格兰学者戴希斯 (D. Daiches) 写的《彭斯评传》(1952)，在进步批评界颇获好评，但在彭斯作品的分期问题上仍持旧说。我们觉得：若把彭斯的作品按年代排比，并结合当时历史条件与诗人思想倾向仔细考虑，那么他的创作发展是极其明显的。例如《自由树》与《干吗要浪掷我们的青春》，都用歌谣旧体，但与彭斯的早期歌谣相比，内容不同，气氛不同，已远远超过了启蒙时期文学的范围。这样，可以进一步明确彭斯在文学史上的地位与作用。

① 阿诺德：《批评论文集》第 2 集《论诗歌研究》。原文系于 1880 年发表。

② “好人”系反话，“葛尔福特”系 1770 至 1782 年的英国首相诺斯 (North) 勋爵。诗中充满当代典故，说明彭斯不但关心时事，而且熟悉当时英国政局内幕。

③ 这一运动始于 18 世纪 80 年代。1787 年，废止贩卖黑奴委员会在伦敦成立；1789 年，英国议会开始辩论黑奴问题；1792 至 1793 年运动达到高潮。彭斯的《奴隶哀歌》，发表于约翰逊的《苏格兰歌谣总汇》。

在美丽的雪尼谷里，
敌人把我沦为奴隶，
　　带到了弗吉尼，弗吉尼，噢！
离开那可爱的海边，
再也不能见它一面，
　　疲惫到不堪田地，不堪田地，噢！

接着他追叙西非海岸的可爱，没有霜、没有雪，溪水长流，好花常放。弗吉尼亚跟这有些相像，但生活情况完全不一样了。最后一节说：

背着沉重的负担，
害怕无情的鞭挞，
　　就在那弗吉尼，弗吉尼，噢！
想起亲密的朋友，
苦泪，苦泪在直流，
　　疲惫到不堪田地，不堪田地，噢！

但是，最使彭斯激动的是一七八九年的法兰西大革命。革命浪潮冲击到英国与苏格兰，进步人士纷纷响应。在伦敦有“伦敦革命会”，随后又有“伦敦通讯会”，都对法国革命表示同情，同时鼓吹国内民主改革。在苏格兰，为了争取普选权，出现了“人民之友”以及“选举法改革协会”等团体，与法国的国民议会有联系。彭斯对法国革命是全心拥护的。一七九二年二月，他在艾尔郡的海口截获了一只走私船。船上有些军火，公开拍卖。他把四尊小炮买了下来，另外写了一封信，寄往法国国民议会，表示敬意。同时，他也支持苏格兰的“人民之友”与“选举法改革协会”。苏格兰民主运动的高涨使他感到兴奋。可是，他是一个政府官员，不能充分暴露他的心情。一七九二年十二月六日他写信给邓洛伯夫人说：

> 我们这里［邓弗里斯城］也很骚动。在戏院里，当乐队演奏《愿上帝保佑君王》的时候，台下发出了叹息声、嘘声。同时，观众一再要求改奏法国的革命歌曲《一切都会好转》。[①] 我呢，你知道我是一个官员，天晓得，是一个极其低微的官员，可是也必须把嘴巴封起。至于我心里怎样想，那是用不着通过讲解员才能明白的。[②]

尽管这样，政府还是找到了彭斯的岔子。他送往法国的那几尊炮，运到英国多佛港口，被海关截住了。税务部门根据检举派员查办。彭斯一再声辩，还是得到训斥，险些儿丢了他的职位。于是他决定对政治问题闭口不谈。可是彭斯是一个爽朗的人，他的口是封不起来的。从一七九二年年底起，英国与苏格兰的民主改革运动进入高潮阶段。一七九二年十二月，“人民之友”在爱丁堡召开代表大会，其他进步团体也派员参加。英国政府加紧压制。一七九三年七月，“选举法改革协会”的领导人，律师托马斯·米尔(Thomas Muir)，从法国回来，就被政府逮捕了。到了八月，爱丁堡最高法院开庭审讯，把米尔判处十四年流刑，遣送澳大利亚。到了九月，邓第地区的牧师帕默(T. F. Palmer)为了宣传民主改革，被判处七年流刑。这些是轰动一时的迫害事件。

① 此系法国革命时的第一支歌曲(原文“*Ca ira*”)，最后几句是：“一切都会好转的！把贵族老爷吊在路灯杆上！让那老爷们死掉吧！”

② 《彭斯书信集》，费格生(J. de L. Fergusson)编，1931年。费格生另编有《彭斯书信选集》，1951年，亦可参阅。

彭斯不好开口，但又按捺不住。在《依索伯斯致玛利亚》（一七九四）诗里，他插进了四行，表达自己的心情：

胆小的诗人躲在小巷子里好不自在，
他怕约会比怕狱船还要来得厉害；
虽则由于他对教会、对政府的诽谤，
他还是会和米尔和帕默一样流放。

较这略早一些，彭斯写了那首有名的《苏格兰人之歌》（一七九三）。他对十四世纪初年苏格兰国王布鲁斯与爱国志士华莱斯抵抗英王爱德华侵略的英雄事迹，从幼年时起就已心向往之。一七八六年，他到彭诺克朋凭吊古战场，更感到无限振奋。到了一七九三年，在米尔与帕默的迫害事件以后，他多年来爱祖国、爱自由的情绪迸发而为一首壮烈的战歌。从表面上看，这首诗是歌诵四百多年前苏格兰人的独立斗争的：

苏格兰人，曾和华莱斯一起流血，
苏格兰人，常给布鲁斯带着上阵，
欢迎你们奔来共命——
　　要么争取战胜。

这是歌咏往事的。但下面一节（这首歌的最后一节）提到“篡夺者”，提到“暴君”，他指的不只是英王爱德华一人，而也影射当前的自由的敌人：

大家来打倒那些横蛮的篡夺者，
杀了一个敌人就少了一个暴君，
自由原是一拳一拳打出来的——
　　不愿送死，就得进军。

彭斯自己也说了：“我本来无意自找麻烦，可是偶然想起当年争取自由的光荣斗争，同时又联系到性质相同而年代不太久远的另一些斗争的令人振奋的思想，我的诗瘾就发作了。”他特别着重“年代不太久远”几个字。诗稿上最后还有一句：“愿上帝永远保护真理与自由，像他那天一样！——阿门！”①

我们读彭斯在九十年代写的革命性的作品，必须比照它的历史背景，才能充分理解它的意义。彭斯的思想是明朗的，但在当时情况之下，他的表达方式有时比较曲折。他的集子里有不少怀念苏格兰故王朝的诗篇，往往引起误解，我们在这里有必要说明一下。苏格兰自从一七〇七年跟英国合并以后，就丧失了民族独立。苏格兰的统治阶级，特别是爱丁堡与格拉斯哥的资本家，在英国与苏格兰合并以后，能从海外掠夺中分取利润，因此对民族问题漠不关心。一般人民则不然：他们不能忍受在阶级的压迫上再加民族的压迫。一七一五年和一七四五年，在斯图亚特王朝后裔詹姆斯与查尔斯先后企图恢复王位的时候，苏格兰高原地区的农民曾两度起义，想乘机推翻民族的压迫者，彭斯的祖父还参加过一七四五年的起义。这两次运动都失败了，但在人民大众中留下了无限的怀念。彭斯的心情跟人民大众的心情是一致的。他痛恨那出卖祖国的苏格兰有产阶级，他也怀念

① 1793年8月30日彭斯致乔治·汤姆逊书。

一七一五年和一七四五年的两度民族运动。集子里有一首歌叫作《国内出了这么一批恶棍》(一七九二),是表达前一种心情的。“恶棍”就是当年唯利是图、拥护苏格兰与英国合并的有产阶级、统治阶级。

暴力或讹诈始终没有压服我们,
　　在那多少个战斗的年份;
使我们屈服的是一撮怯懦的小人,
　　出卖了祖国,取得了利润。
英国的刀枪始终没有吓服我们,
　　我们英勇,因而也就安稳;
可是英国的金钱却是我们的祸根——
　　国内出了这么一批恶棍!

至于后一种心情——对一七一五年和一七四五年民族运动的怀念——彭斯的集子里有更多的表达,包括一些传诵不辍的篇章,如《詹米不回来就没有太平日子》(一七九一)、《来,摇我到查利那儿去》(一七八九)、《查利,他是我的爱》(一七九四)。从表面上看,彭斯的思想上似乎存在着矛盾:一方面同情法国革命,支持国内民主改革,而另一方面又怀念早被推翻的封建王朝。资产阶级文学史家往往不加分析,轻下断语,认为彭斯对政治问题并无一贯主张,认为他既是雅各宾党人,又是雅各派 (Jacobin and Jacobite)——雅各宾党人是法国革命的激进者,雅各派指苏格兰旧王朝的拥护者。[①] 这与彭斯的思想发展、思想倾向是不相符合的。彭斯怀念一七一五年与一七四五年,主要是怀念

① 卡尔 (W. P. Ker):《近代文学讲稿》,1955 年,第 47 页。

当年乘机起义为祖国争取民族独立、民族自由的壮士。好比青年时瞻仰过彭斯的爱国诗人和小说家司各特经常怀念那两个年代一样，彭斯怀念那两个年代，不是在法国革命爆发后才开始的；但在法国革命爆发以后，这种民族独立的思想与民主革命的思想在他的诗歌里交织在一起，表达当时人民大众的复杂的、曲折的心情。这两种思想结合在一起的代表作品就是上面提到的那篇《苏格兰人之歌》——这首歌已被称为“苏格兰人的马赛曲”。

但是彭斯在十八世纪九十年代的政治主张并不完全通过曲折的方式来表达的。他的心情是压抑不住的。在他的生活活动，在他的私人通信，在他的作品里，他这心情有极其明显的表达，因而招致了当时有产阶级的敌视、诽谤。一七九三年，法国革命在雅各宾党人领导之下，达到了顶点。法王路易十六和王后玛丽都被处死。英国与苏格兰的统治阶级表示惋惜、同情。彭斯则不然。他认为法王路易是一个“老说假话的木头人”，王后玛丽是“毫无原则的娼妇”。在一个交谊会上，他举杯致词：为圣经《列王纪》最后一卷，最后一章，最后一节而干杯。在另一个交谊会上，当大家为威廉·毕特——英国首相，也是法国革命的干涉者——的健康而干杯的时候，他也举杯说：“为一个更了不起的人，为华盛顿将军的健康而干杯。”大概就在那时，他写了一首长诗，叫作《自由树》（一七九四），歌颂这一革命事迹。[①] 诗里说，法兰西有一棵名树，叫作“自由树”，爱国的人民在巴士底狱废墟上围绕着它跳舞。恶棍们看了生气，诅咒这棵树，可是没有效果。路易王想把它砍倒，也没有成功，结果他的王冠给敲瘪了，他的头也给砍断了。同时又有一群

① 英美资产阶级学者往往把《自由树》与《干吗要浪掷我们的青春》作为彭斯诗集的集外诗。

恶棍——法国革命的干涉者——像猎狗一样，凶狠地拥上去，不让它成长，但也失败了。可是，这首诗虽在歌唱法国革命，同时也针对英国情况来鼓吹法国革命的精神。诗里说，不列颠的树木比法国还多，可就没有自由树。接着描写不列颠人不自由的痛苦：

我们早也劳动，晚也劳动，
　　喂饱有爵有禄的家伙，
我们所能指望的安慰，
　　是当我们钻进了坟墓。

诗人并不因此感到失望。他幻想取得自由以后的幸福生活：刀剑不用了，化为犁锄；战争也没有了；自由、平等、博爱也在不列颠实现了。诗的结尾充满着革命浪漫主义的气氛。

从一七九三年年底起，英国政府参加了干涉法国革命的集团。翌年六月，英国海军在法国西海岸击败法国舰队，英国与苏格兰的统治阶级号召大家向上帝谢恩，表示庆祝。彭斯写了一首短诗：

伪善者们，这是你们的把戏？
杀了许多人，来向上帝报喜？
罢了，别再胡闹了，应当知趣，
上帝不会接受你们的谢意。

可见彭斯是拥护雅各宾专政的。就在那时，他写了《华盛顿将军生辰颂》。他给邓洛伯夫人的信上说：“诗的主题是自由：你看，尊敬的朋友，我多么喜爱这题目。”大概也在那时,他又写了一首诗,叫作《干吗要浪掷我们的青春》,情调与《自由树》相似。诗里列举主要统治人物——帝王以及帝王的仆从:贵族、主教、法官、武士——自由的敌人。诗里鼓吹主权在民的思想。干吗老是诉苦呢?干吗要浪掷我们的青春?我们要起来,采取行动。最后,诗人憧憬欢乐的未来—— 一个和平与自由的时代。在一七九五年元旦,他写了《光明磊落的贫穷》,又名《不管这一切》[1]。法国的贝朗瑞——马克思称为“不朽的贝朗瑞”——与德国的歌德,都称引这首诗。在这诗里,彭斯的爱自由、爱民主、爱真理的思想得到了总结。诗的最后两节说:

身上挂着佩带的爵爷、侯爷,
　　公爷之类,国王可以指派;
但是,对于一个光明磊落的人,
　　他可没有权力来作安排!
　　　　不管怎样,不管怎样!
　　　　　　不管他们的高傲,他们的一切,
　　　　智慧的可重,品德的可贵,
　　　　　　高于他们的地位,他们的一切。

让我们祷祝,祷祝那一天到来,
　　它一定会到来,不管这一切,
智慧和品德,在整个的世界,
　　一定会得到胜利,得到一切。
　　　　不管怎样,不管怎样,

① 也有人译作《不管那一套》。

这日子快要到来，不管怎样，
在整个的世界，这人和那人
变成了弟兄，不管怎样。

这首诗和《苏格兰人之歌》、《国内出了这么一批恶棍》、《自自树》、《干吗要浪掷我们的青春》，以及怀念故都、表达民族独立思想的篇章，都采用歌谣形式。这样，歌谣不仅是苏格兰农民和平民在劳动中诉说衷情的媒介，而也是被压迫、被掠夺的民族的战斗号角。这是彭斯在最后十年中编写歌谣的一大发展。

五

应该指出：彭斯的诗不是没有缺陷的。他也写过一些价值不大的作品。一般说，他模仿英国传统诗歌的篇章，总是不免拘束，不免做作。主要原因是：这些作品是写给文人学士与贵妇人看的，而不是写给苏格兰广大人民歌诵的。这与那些以民间文学为基础或以当时进步运动为主题的作品完全是两种气氛，两种作风。这类力求“典雅”的篇章可以肯定地说是糟粕。

而且多年传诵的作品往往也有缺陷。《佃农的周末之夜》（一七八五）是一个例子。这诗一开头描写十一月的冬寒景色，描写“日之夕矣，牛羊下山”时的情景。老农干了一天重活，扛着锄、耙，在暮色苍茫中漫步回家。他的儿女，大的已经下地干活，小的还在牙牙学语。大女儿真妮从另一农庄赶回来，还带着一个农家小伙子，共度周末。茅舍里洋溢着和谐的气氛。母亲端出了晚餐——主食是苏格兰的糊粥，饮料是家里唯一母牛的乳汁。为了款客，她还取出麻花盛开时留下来的干酪。纯朴率真的劳动人民是可爱的。诗人说，农民是国家的支柱。诗的结尾充满着爱家园、爱祖国的情感。但这首诗是有严重缺陷的。诗里的老农是诗人父亲的写照，刚毅，慈爱，但宗教气味与宗法观念比较浓重，安贫乐命的思想比较显著，这些反映了当时农民的落后意识。诗里牧歌式的情调是不现实的，显然是受了当时英国感伤派作家，特别是格雷与哥尔斯密斯的影响。

安贫乐命的思想以及牧歌式的情调，在别的诗篇里也有表现。《蓓茜和她的纺车》是这样的一首诗。蓓茜靠纺织度日，差免冻馁，不慕荣华，与世无争，好像身处理想境界。安贫乐命的思想有时也在优秀的作品留下瘢点。上面提到《两只狗》。这首诗表达强烈的阶级对立的情绪，但在个别地方我们也看到诗人的调和阶级矛盾的愿望。这些思想，削弱了现实主义的描绘，也冲淡了诗歌的战斗气氛。

但是总的说来，彭斯的成就远远超过了他的缺陷。在一七八七年间，彭斯写信给朋友说："我以前的第一志愿，我现在的最大希望，就是使我的同辈朋友，使茅屋里的粗野居民，能从我的作品里得到快乐。"不论写讽刺诗，或写抒情诗，或写"马赛曲"，他是从这个观点出发的。他也完成了他的志愿，达到了他的希望。他的第一个传记家罗伯特·赫伦说："普通的雇农和农场上的职工，常拿出辛辛苦苦挣来的钱，不去买最必需的新衣服，而去买彭斯的作品。"他的又一个传记家约翰·洛克哈特说，在全苏格兰，从奔特兰到沙尔威，不会在农家茅屋里找不到一本彭斯的诗集。

彭斯的影响不限于苏格兰。但只有在无产阶级手里，他才得到应有的评价。在十九世纪三十年代到五十年代的英国宪章主义运动中，也就是在“第一次广大的、真正群众的、有政治组织的、无产阶级的革命运动”（列宁）中，彭斯的名字是和莎士比亚、拜伦、雪莱联系在一起的。[①] 宪章派作家们说：“彭斯是人道主义的好朋友，全体人类的亲弟兄，压迫者的鞭挞者，被压迫者的安慰者——是一个共和主义者，一个民主主义者；而且，不论在理论或实践上，是一个忠实的宪章主义者。”他们号召宪章派的女同志给自己的孩子背诵彭斯的动人的诗歌，特别是他爱国主义的诗歌，包括《苏格兰人之歌》，使每一个青年宪章主义者都熟悉他的作品。他们说，彭斯生于贫困，死于贫困，但他很坚强，像一棵土生土长的大橡树屹立在它天然的地位上，任何残暴无理的力量不能使他丝毫动摇。又说：“彭斯是一个苏格兰人，但是他的天才的作品现在是全人类的作品。”[②]

彭斯是马克思所喜爱的诗人之一。保罗·拉法格的回忆录上说，马克思“欢喜听他的女儿们背诵彭斯的讽刺诗或歌唱彭斯的情歌”。

我们纪念彭斯，纪念他对当时苏格兰社会所起的启蒙作用，纪念他对当时和以后劳动人民为自由、民主、真理而奋斗的鼓舞作用。我们珍视他现实主义的艺术、显豁爽朗的风格、革命浪漫主义的气氛。他的作品是全世界进步人类的一份宝贵遗产。

一九五九年一月

① 《宪章派文学选集》，柯瓦辽夫编，莫斯科，1956年，第306，309页。

② 同上，第298—299，305页。原文载1841年2月20日《宪章主义通报》及1844年宪章派机关报《北斗星》。

英国浪漫主义的先驱——威廉·布莱克

“在一粒沙子里看到一个世界，在一朵野花里看到一座天堂”——这是英国诗人威廉·布莱克(William Blake，一七五七——一八二七)的常被引用的名句之一。在浪漫主义诗人中，布莱克的名字不能说是太生疏的。但是，在诗人死后一百年中，人们(也包括批评家、文学史家)熟悉的多半是些短诗，是些片言只语，对于他比较隐晦的长诗往往是望望然去之。对诗人进行正确的、全面的理解，这还是最近十余年来的事。[①] 当代英国进步批评家阿诺德·凯特尔说：“只有在社会主义或共

① 历来布莱克的研究者，论内容往往在概念里兜圈子，论形式往往在格律上做工夫，贡献较少。十余年来，欧美一些进步学者，结合诗人当时的历史条件及其思想倾向来阐释、衡量他的作品，已积累不少有用材料，其中最值得注意的是，布罗诺斯基(Bronowski)的《威廉·布莱克——一个不戴面具的人》(1944)和厄德曼(Erdman)的《布莱克——反对帝国的先知》(1954)。

产主义实现若干年后，我们才能了解这位伟大诗人的全部丰富遗产。”[①]

布莱克是十八世纪末、十九世纪初英国进步浪漫主义作家。他反对“警察国家”，反对殖民主义，对当时现实社会提出极其尖锐的批评。他拥护民族独立运动，拥护民主革命运动，主张个性解放，对未来美好社会表示无限向往。在诗歌创作上，他打破传统格律，戛戛独造，为后人开辟新的道路。不论在思想上或艺术上，他有历史价值，也有现实意义。[②]

一

布莱克的时代正是英国社会急剧改变的时代。他的诞生跟工业革命差不多是同时的。工业革命开始以后，英国社会各阶级向两极分化，好几个阶级如小地主、小土地出租者、小自耕农，渐趋消灭。到了十八世纪末、十九世纪初，在工业大发展的年代，手工业小生产者也失去了原有的地位。钟表匠往往被迫改行，丝织艺人参加反饥饿的行列；就是最熟练的工匠也往往不得一饱。布莱克是诗人，又是画家，但主要是雕版师：从十四岁起就以雕版工作为职业。作为一个小生产者，他终身过着穷苦生活。靠近四十岁时，他受雇为感伤派诗人杨的诗集作插画。五十岁时他受雇为另一感伤派诗人布莱尔的诗集作插画。这是两项规

① 凯特尔（Arnold Kettle）：《过去文学的进步价值》，见《群众与主流》，1954 年 1 月号，第 18—19 页；中译本（杨宪益译）见《译文》，1955 年 10 月号，第 211 页。

② 1957 年是布莱克诞生二百周年，当时我国文学研究工作者发表了不少纪念文字。参阅卞之琳：《谈谈威廉·布莱克的几首诗》，见《诗刊》，1957 年 9 月号；袁可嘉：《布莱克的诗》，见《文学研究》，1957 年第 4 期。另有《布莱克诗选》，袁可嘉、查良铮、宋雪亭、黄雨石译，1957 年。

模较大的工作，但都没有得到应有的报酬。五十二岁时，他举行了一次个人画展，还写了一册有名的画展说明书，可是又失败了。他愤然说道："我是被淹没了！"在以后十年中，在那市场衰落、通货膨胀、失业日益增加的年代，谁都不很知道他是怎样过日子的。可是他仍工作不辍，写诗作画，靠几个年轻朋友照顾，一直到他生命的最后一刻。布莱克的生活是当时小生产者日趋没落的生活。

布莱克的时代也是民主革命运动、民主改革运动高涨的时代。他是这些进步运动的支持者、拥护者。正因为如此，他的生活过得特别艰苦。他在靠近二十岁时，北美十三州的独立革命爆发了。二十年后，他回忆起来，认为这是他生命中的第一件大事。他说：

……一个巨大、惊人的变革威胁着大地。

美国战争开始了。它的一切黑暗恐怖在我面前掠过。[1]

在美国独立革命的影响下，英国的民主改革运动风起云涌，于一七八〇年六月六日发生了反对战争、争取民主的伦敦起义（资产阶级历史家所说的戈登暴动）。那时，布莱克二十三岁，不但参加了起义的行列，而且站在行列的前面。[2] 他三十岁时，法国革命爆发了。伦敦进步人士拥护这革命，同时与干涉这革命的反动派展开斗争。出版家约翰逊的书店成为进步人士经常聚会的中心之一，其中有《人权论》的作者潘恩，有《政治正义论》的作者戈德温，有《女权辩护》的作者玛丽·华尔斯

---

① 《布莱克书信集》，凯恩斯 (G. Keynes) 编，1956 年，第 47 页。

② 布莱克的传记作者吉尔克立斯特 (A. Gilchrist) 认为这是偶然事件，见《布莱克传》(《万人丛书》本)，1942 年，第 30 页。厄德曼有辩证，见《布莱克——反对帝国的先知》，第 7 页。

顿克莱夫特；布莱克也在其列。[①] 当时英国诗人中对法国革命表示同情的是不少的，包括后来号称湖畔派诗人的华滋华斯与柯勒律治。但当这革命进入高潮，也就是进入雅各宾专政阶段时，华滋华斯等纷纷后退，转向消极。布莱克则不然：法国革命时期（一七八九— 一七九四）正是他创作最旺盛的时期。他不但写了歌颂法国革命的长诗，还写了他主要的《先知书》，而且这旺盛之气历十余年而不衰。在拿破仑战争的年代，英国统治阶级对内加紧压制，对外乘机掠夺，向殖民帝国主义发展。布莱克反对侵略战争，反对英国政府的高压措施。他虽没有参加多少革命实践，但他的激进思想在某些范围内是比较显著的。一八〇三年，他因与士兵冲突，被人挟嫌以叛逆罪向法院控告，险些儿遭到迫害。[②] 到了晚年，他比较隐晦；但他常向朋友们说，他是自由神的忠实的儿子；并且带着风趣说，自己眉宇宽广，注定是个共和主义者。[③]

总起来说，布莱克的时代是一个暴风雨袭击的时代。工业革命的进展加深了英国社会的阶级矛盾，而美国独立革命，特别是法国革命的爆发，又使这些矛盾越来越尖锐地暴露出来。社会的巨大变革影响了他的生活，也必然推动了他的思想发展与创作发展。如果说，英国浪漫主义是工业革命与法国革命的产物[④]，那么布莱克的创作是这产物的一个较早形成的先进部分。

---

① 关于这一点，厄德曼曾作详细讨论，见《布莱克——反对帝国的先知》，第141—146页。

② 《布莱克书信集》，凯恩斯编，第90—99页。参阅厄德曼的上引书，第375—382页。

③ 见吉尔克立斯特：《布莱克传》，第80页。

④ 苏联科学院：《英国文学史》，第2卷，第1分册，1953年，第5页。

二

很自然，布莱克对他周围环境不是一下子就能体验的，也不是一下子就在创作里反映出来的。他的第一部诗集《诗歌素描》（一七八三），不像是暴风雨时代的作品。这诗集是他二十岁以前的作品，其中个别篇章还是十四岁以前的作品。布莱克对当代诗歌是不满意的，在《给缪斯》一诗中，他说：

> 松弛了的琴弦，很少弹奏，
> 调既不多，音节也是硬凑。

这些诗的意境、情态、格调、节奏，使人想起莎士比亚时期富于热情，富于想象的抒情小唱。但与启蒙运动后期高林斯、麦克菲生、杰脱顿的作品也有联系。《诗歌素描》的主题是童年的欢乐与大自然的美丽。这里有歌咏时序（《咏春》、《咏冬》）、歌咏星辰（《给黄昏的星》、《给清晨》）的诗。其中有名的篇章，如《歌——我在田野里快乐地游荡》、《我的绸服与盛装》、《歌——爱情与和谐拉手》、《歌——我爱欢乐的舞蹈》，都是欢乐之歌，刻画一个天真无瑕的世界。这诗集的后半部，提到一些传说与历史人物（挪威国王格温、英王爱德华三世、英王爱德华四世、英王约翰），其中有战争，有暴君，可能暗示时政，但不像是诗集的主要内容。[①]《诗歌素描》主要是欢乐的素描。

这个欢乐的主题，在布莱克的第二部诗集《天真之歌》（一七八九）

① 参阅厄德曼：《布莱克——反对帝国的先知》，第 11—12 页。作者持有不同看法，认为作品影射英王乔治三世。

里继续发展。集子里充满着牧歌的情调。快乐的乡村里有天真的孩子，有的在嬉戏，有的在吹横笛；牧人爱抚着羔羊；天使保护着万物。孩子在荒野迷了路，上帝就化身为他的父亲，把他带到他母亲的怀里；甚至小蚂蚁迷了路，也有萤火虫打着灯笼送它回家。这里充满着宽恕、怜悯、慈爱、和平。集子里有一首诗，叫作《夜》，表达这一境界。太阳下山了，黄昏星出来了，大地一片静寂，月亮像一朵花，在天庭微笑。羔羊在吃草。狮子来了，但听了听柔和的呼唤，在羊栏旁边徘徊了一阵，流下“金色的眼泪”，终于躺下身来，挨着羔羊安睡。狮子和羔羊睡在一起——这是《天真之歌》里的境界。

但是《诗歌素描》里的境界，特别是《天真之歌》里的境界，毕竟不是现实的境界。在《天真之歌》发表以后（也可能就在写作《天真之歌》的同时）布莱克陆续写了一些诗，叫作《经验之歌》，在一七九四年与《天真之歌》合刊在一起。从《天真之歌》到《经验之歌》，是一个急剧的转变。《天真之歌》，主要歌咏童年的欢乐；《经验之歌》，主要诉说人生的苦难。诗人自己也说，这两个集子代表“人类心灵的两种对立状态”。我们说，如果《天真之歌》主要是理想的幻景，那么《经验之歌》主要是现实的写照。诗人告诉我们，《天真之歌》里提到宽恕、怜悯、慈爱、和平，是有个道理的：

> 如果没把人家弄穷，
> 怜悯就不存在了；
> 如果大家都很幸福，
> 宽恕就不需要了……

在《天真之歌》里，人类的同情似乎把老年人、青年人、有钱人、穷苦人联系在一起；《经验之歌》里揭露了人与人的敌视、憎恨，其强烈的程度不亚于慈爱。而且就是慈爱，也还有两种不同的态度，这在小诗《土块与石子》里作了象征性的说明。一种慈爱，不想满足自己，也不把自己放在心上，像那道旁被牛羊践踏的土块；另一种慈爱，只是束缚别人来满足自己，像那小溪里的石子。小诗《病玫瑰》也有同样主题。《天真之歌》表达了诗人对生活的愿望，《经验之歌》反映了生活的实际。布莱克越来越注意第二个方面，因为这里存在着根本性的问题。

《经验之歌》里有不少篇与《天真之歌》里的作品同一题目，但显然代表两种深浅不同的看法。两个集子里都有《扫烟囱的孩子》。扫烟囱的孩子是十八世纪八十年代开始引起注意的英国社会问题之一，一直闹到十九世纪三十年代。在《天真之歌》里，这孩子还存在着美好的幻想——只要乖乖听话，好日子总会来到。但在《经验之歌》里，这幻想没有了，只留下沉痛的控诉：

因为我显得快活，还唱歌，还跳舞，
他们就以为并没有把我害苦，
就跑去赞美上帝、教士和国王，
夸他们拿我的苦难造成了天堂。[①]

两个集子里都有《升天节》。升天节是复活节前的星期四（“圣洁的星期四”）。每年到了那天，伦敦各教区贫儿院的上万儿童列队游行，由教士带领，到圣保罗大教堂礼拜谢恩。布莱克写了两首诗，歌咏这些“伦

① 卞之琳译，见《诗刊》，1957 年 7 月号，第 84 页。

敦的花朵”。《天真之歌》里一首是感谢之歌，着重表面形象，如孩子们的服饰、队形、歌声，目的在激动人们的怜悯之心。《经验之歌》里的一首接触到问题的本质：它指出孩子们的歌声只是些颤声的叫喊。

这难道也是桩圣洁的事，
在一块丰衣足食的土地，
孩子们变得这样的憔悴，
豢养在冰冷的放债人的手里？

《经验之歌》里有一首诗，叫作《伦敦》，反映现实最为显豁。诗人在泰晤士河旁边的街道上踯躅着。街道是有钱有势人的专利，泰晤士河也是他们的专利。他看到的是什么呢？每一个人脸上有虚弱的征象，焦虑的征象。他听到的是什么呢？教堂旁边扫烟囱孩子的啼哭声，宫墙外面不幸士兵的叹息声，还有夜深人静时街头雏妓的诅咒声。因为在社会现实上发现了问题，诗人对宇宙秩序也产生了疑虑。《天真之歌》里的典型形象是羔羊，《经验之歌》里的典型形象是老虎。《老虎》是布莱克的有名诗篇之一。老虎——四肢长得那么匀称，一对眼睛“在黑夜的丛莽里闪着灿烂的光芒”，那么美丽，但又那么可怕！诗人说，这是“可怕的匀称”。难道上帝造了羔羊，又造了老虎？

这样，从《天真之歌》到《经验之歌》，从歌颂宇宙和谐到揭露社会矛盾——这是布莱克早期创作的发展过程。他从实际经验中体会到一切事物对立斗争的道理。在一七九〇年发表的《天堂与地狱的结合》里，他说：“没有对立的东西，就没有进展。吸引与抗拒，理性与热情，爱与恨，这对人类生存是必需的。”他认识到斗争的必要，变革的必要。

他反对传统的宗教与道德。譬如传统宗教所谓的善是变了质的，习惯化了的道德是虚假的、残忍的，至少是消极的。一个正直的人只能采取愤怒的态度来护卫自己。因此他说：“狮子的愤怒是上帝的声音。”又说：“发怒之虎比说教之马更为聪明。”又如传统宗教所谓的天堂恰巧是地狱，而传统宗教所谓的地狱又未必是地狱。他佩服革命诗人弥尔顿。他说：“弥尔顿写天使与上帝的时候，好像带着镣铐似的，但写魔鬼与地狱则自由自在；因为他是一个真正的诗人，是不自觉地属于魔鬼一党的。”[①] 布莱克自己也是属于“魔鬼一党的”。在《天堂与地狱的结合》里有一节叫作“地狱格言”。在这里他对当时制度与统治人物提出最尖锐的批评。他说：“监狱是用法律的石头来造的，妓院是用宗教的砖块来砌的。”又说：“正像毛虫爱在最完整的叶子上下蛋，教士总对最正常的欢乐咒诅。”这里所谓“教士”，是指道德的、心灵的奴役者。他反对谨小慎微。他主张矫枉过正。他也体验到不破不立的道理。他说：“狮子的怒吼，豺狼的嗥叫，海洋风暴的震荡，以及摧毁一切的刀剑，都是属于天地永恒的一些部分，只是太巨大了，人的肉眼看不见罢了。”《天堂与地狱的结合》是布莱克的《先知书》中的诗歌之一，《先知书》除导言一部分而外，通体诗歌，以嬉笑怒骂的笔调来批判当时政治、宗教、道德、法制，同时也比较明显地表达作者的思想、感情与愿望。其中有寓言，有语录，有沉思，有幻想，但其主题还是可以明确的。总起来说：宇宙秩序（包括社会秩序）必须彻底变革，人的情感、想象也必须彻底解放——这是布莱克在十八世纪九十年代的基本思想。

---

① 布莱克对于弥尔顿及其《失乐园》的看法是当时进步诗人的看法。彭斯在1787年间曾一再表示佩服弥尔顿诗里的撒旦，见1787年4月30日致邓洛伯夫人书；又见同年6月11日致詹姆斯·史密斯书。1820年雪莱在《解放了的普罗米修斯》序言里也有同样看法。

三

一七八九年的法兰西革命对布莱克的思想发展起着巨大的推动作用。他跟潘恩、戈德温等一样，认为世界上的苦难是由于有组织的专制压迫，其代表人物为帝王、贵族与教士。也同他们一样，他认为只有通过革命才能实现理想世界。根据这一认识，他着手写作歌咏法兰西革命的长诗，打算写七卷。第一卷三百多行于一七九一年由出版家约翰逊发排付印，但没有发行，流传下来的一份大样直至一九一三年才被校印出版。[①]

这首诗写的是法兰西革命的最初阶段，是法国人民攻克巴士底监狱前一两个月的情况。布莱克是用幻景方式 (vision) 来写的。一开头揭示法兰西死气沉沉的画面：山岳带着愁容，葡萄园已在哭泣，路易王满脸灰白，在阴森的雾气之中伸出冰冷的手，但已没有力量掌握王笏，因为"第三等级正在开会，全法兰西震动了"。多少年来笼罩着巴黎的黑暗发出绝望的怒吼，巴士底监狱也在发抖，但是巴黎市民望着国民议会好像望着初升的太阳。"苦难的幻景，离开了阴郁的街道。"诗里有懦怯的路易王（"我们躲起来吧！躲到尘土里去吧！"他说），有色厉而内荏的反动贵族与教会领袖，有主张和平妥协的开明人士，但布莱克着意描绘的是人民的意志与呼声。国民议会要求法王脱下吓人的王冠，主教卸下骗人的红袍，贵族脱下踢人的皮靴，走进劳动者的行列，并向农民发誓："再不侵吞你们的劳动果实。"反动贵族和主教想用武力解散国民议会，但没有办到。军队撤离了巴黎，于是国民议会在"晨曦照耀之下安静地进行工作"。诗篇写到这里为止，布莱克没有继续下去，

① 参阅《布莱克诗集》，萨姆森 (J. Sampson) 编，牛津，1934 年，序言，第 31—32 页。

实是文学史上的一大憾事。

《法兰西革命》写的是一个巨大的斗争场面——被统治阶级向统治阶级进行斗争的场面。另一先知诗《亚美利加》(作于一七九三年)写的也是这样一种场面,但做法有些不同。《亚美利加》也是一个幻景,歌咏北美十三州人民的独立斗争。这里有历史人物,如压迫殖民地的英王乔治三世,领导革命的华盛顿、富兰克林、潘恩等,但更多神话人物,如代表旧制度的由立生 (Urizen),代表革命力量的奥克 (Orc),以及十三州的保护神。这样一个社会变革的局面,被扩大而为宇宙力量的交战状态,风云雷电等自然现象被用来烘托出革命的声势。布莱克描绘革命,着重它的群众性。革命领导者一号召,波士顿市民立即发难,接着纽约的商人们放下账册,锁上银箱,宾夕法尼亚的小公务员投笔从戎,弗吉尼亚的建筑工人放下铁锤,加入战斗行列。大家歌唱:

> 太阳离开了黑暗,找到了一个新的黎明,
> 美丽的月亮在明净无云的天空开颜欢笑,
> 因为帝国垮台了,狮子豺狼快要绝迹了。

革命胜利了。但布莱克进一步描绘这革命的影响。他把英国的侵略军写成魔鬼和瘟神,原想在美洲横行一世,但是碰到革命军队的反击,就在“怒火熊熊之夜”滚回本国,于是布里斯托尔出现了瘟疫,伦敦发生了麻风,士兵向天哀号,动弹不得。爱尔兰、苏格兰与威尔士也波及了,法兰西、西班牙和意大利的君主们看到英国的惨败,“也就好像中了瘟疫似的”。布莱克在法兰西革命的年代写北美十三州独立革命,这是有深刻意义的,因为他认为法兰西革命是北美独立革命的继续与发展。

反暴君、反帝国，憧憬一种新的秩序——这是他的主导思想。

继《亚美利加》的另一篇先知诗《欧罗巴》（作于一七九四年），比较隐晦，这是有原因的。当时英国政府对外正干涉革命运动和进行殖民地掠夺，对内加强专制统治，加紧政治迫害，把一切进步书籍列为“非法著作”。《欧罗巴》诗里象征性地反映这情况。布莱克说，禁书令颁布以后，伦敦每家每户都变成了地窖，每个人都被捆缚起来了。教堂门口写着“不准”，烟囱上面刻着“害怕”，恐怖弥漫了全城。郊区农民带着脚镣，沉重地走着，他们的骨头变软了，变弯曲了。这诗主要是描绘当时欧洲的黑暗统治：《欧罗巴》不是一个地理名词，而是黑暗统治的象征。布莱克说：“到处是大自然的黑暗，竖琴久已搁着不弹了。”但在这黑暗中正进行着战斗。一方面是冷酷无情的由立生与他的许多儿子正加紧统治；另一方面，代表热情的奥克，与代表灵感的罗斯 (Los) 等革命巨人正向由立生们展开殊死斗争。整个世界，整个宇宙，呈现着交战状态。这诗有一幅插图，叫作《造物主》——布莱克的名画之一 ——也说明作者的想法。背景是一团漆黑，但中间有一个光圈，光圈里蹲着一个老人，手执双脚规，屏息凝神，测量脚下的万丈深渊。这是根据《旧约·箴言》里的一段话（《箴言》第八章，第二十七至三十一节）画出的，但又与《箴言》原意不同。《箴言》里说的是上帝创造宇宙的神话，而布莱克画的是巨人再造宇宙的预言。意思是：欧洲需要再造，宇宙也需要再造。

在《欧罗巴》发表后的十年之中，布莱克写了不少先知诗篇，神话越来越繁复，语言越来越隐晦，但主要题目仍是：再造世界，再造宇宙。

四

作为一个诗人、艺术家，不论从内容或形式来谈，布莱克是最富于独创性的。他说："我必须另造一个系统；要不然，就得当别人的系统的奴隶了。"[①] 现成的神话系统，不论是希腊罗马的，或北欧的，或希伯来的，他一概不用；他另造一套自己的系统，用来表达他对人类社会的看法。诗的形式也独创一格。他初期的诗，一般采用传统格律。从《法国革命》长诗起，传统格律缚不住了。看起来有点像无韵体，但各行音步多寡不等；有点像散文诗，但又比散文诗略为整齐。这是一条新的道路，后来美国进步诗人惠特曼走的是这条道路。

我们先谈他一七九四至一七九五年的《先知书》：《由立生书》（一七九四）、《阿汉尼亚书》（一七九四）、《罗斯书》（一七四五）、《罗斯歌》（一七九五）。这些诗篇里的中心人物就是上面提到的由立生。由立生，很像但丁《神曲》里有些角色一样，是一个多方面的反面人物。他代表旧时代、旧传统、旧信仰、旧礼教、旧思想。布莱克是反对这一切旧东西的；他主张自由，主张把人类从这些东西的沉闷、窒息、黑暗里解放出来。在他的神话里，跟由立生对立的是一系列反抗性、斗争性的人物，其中突出的是奥克（已见《亚美利加》）、福松 (Fuzon)、罗法 (Luvah)、罗斯，都是摧毁旧秩序的革命者、解放者。布莱克认为启蒙时期的唯理主义不足以解决当前严重问题。他重视想象、灵感、热情、远见。他的正面人物，特别是罗斯，是代表这些品质的。

《旧约·创世记》有人类沉沦之说，说什么人类的祖先亚当与夏娃，因吃了禁果才从伊甸乐园谪落人世。布莱克反对这说法：他另有一种

① 布莱克：《耶路撒冷》，第 1 章，第 10 节。

人类沉沦之说。他认为人类沉沦是由于出了一个由立生。这由立生是原始时代的一个暴君，也是原始时代的一个教主，他役使人类来造成大一统的局面。他的智慧局限于感官，局限于理性。为了便于统治，他创造了科学与宗教，但他的科学全是些沙砾，他的宗教全是些蛛网。在他的统治之下，人类变了样子！热情与理性分裂，肉体与精神对立，人变得渺小了，不完整了，局限于抽象的哲学、抽象的法典。跟由立生进行殊死战的，主要是福松与奥克。在斗争中，奥克暂时失败了，给由立生用“妒忌”的链索系在一块大石头上；福松打伤了由立生，后来给由立生用“神秘树”压住了。但奥克已在法兰西燃起了熊熊大火，蔓延到全欧洲，也蔓延到亚洲。这火焰是熄灭不了的，胜利的日子总会来到。这是《由立生书》、《阿汉尼亚书》、《罗斯书》、《罗斯歌》里神话的主要线索。这神话是被统治者向凶恶的统治者进行斗争的故事，同时也表达了被统治者终必取得胜利的信念。

这些诗篇，经过疏证，仍有不少地方晦涩难明。但也有不少章节是显豁的。《罗斯歌》里统治阶级的独白是一个例子。这独白是亚洲帝王们在革命浪潮中的叫嚣，暴露了统治阶级的心理：

难道帝王们不该从草原唤来灾荒，
祭司们不该从沼泽唤来瘟疫，
来限制，来困惑，来消灭
山地和平原的居民，
在饱食无事的繁荣日子，
在歌声洋溢的夜晚？

难道大臣们不该给劳动者
套上贫困的缰绳，
便于限制劳动的价值，
并创造难以置信的财富？
难道治理人民的官吏们
不该在城市里放火，
弄成一堆堆冒烟的灰烬
在浮华的、放浪的夜晚？……[①]

这显然不是神话，而是当时统治阶级压迫人民、剥削人民、骑在人民头上作威作福的现实情况的反映。

《由立生书》里的神话，在另一先知书《四巨人》（一七九七—一八〇二）得到充分发展。这诗包含九个幻景。诗名《四巨人》可能源出《旧约·以西结书》里的“四大活物”，但其意义与《以西结书》完全不同。所谓“四巨人”是由立生、罗法、泰默斯(Tharmas)与由索那(Urthona)。照布莱克的说法，这四个人物代表理性、感情、感官和心灵，是在人类沉沦以后由一个整体分裂出来的。但此外另有象征意义，在特殊场合中影射具体事物。在这一点上，学者们聚讼纷纭，尚无一致看法。至于这篇诗的轮廓，那是比较明确的，就是描绘人类社会的蜕化与改造的过程，也就是从沉沦或堕落经过一系列的斗争走向理想世界的过程。

这篇先知书的主要反面人物仍是统治者由立生。他调动一切力量来建立他的帝国。他致力于科学技术，致力于海外贸易，“发明复杂的齿轮”，逼使人们出卖劳动力，昼夜不停地给他造宫殿，造枪炮。军火工

---

① 参阅袁可嘉译文，见《文学研究》，1957 年第 4 期，第 25—26 页。

人为了赚一片面包，消磨了整个青春；砖瓦工人在皮鞭威胁之下，用眼泪来掺和泥土。这是他对劳动人民的态度：

他们皱眉，你就笑笑；他们笑笑，你就皱眉；
有人做工挨饿，面色苍白，你就说他又健康，又愉快；
他的孩子生了病，你就让他死去，因为孩子们
生得够多了，太多了，要不用些巧计，就有人满之患了。
如果你要穷人省吃俭用，那么当你给他每片面包的时候，
就得装模作样，你得用漂亮的诡计来夸大小恩小惠；
你得把他弄穷，逼他乞讨，然后装模作样地对他施舍。
他在叹气，你就说他笑了；他脸色灰白，你就说他很红润。
要宣传节俭；就说他喝得太多了，喝得变糊涂了。
虽则你明明知道他只能吃点面包，喝点清水。
你得恭维他的妻，怜惜他的孩子，一直等到每个人，
只能由你摆布，好像受过训练的猎犬一样。①

这显然不是什么神话，而是当时资本家剥削劳动人民的有力的反映。《四巨人》里有不少模糊的章节，但同时也深刻地揭露社会现实，这是诗篇中最有价值的部分。

《四巨人》有一个圆满的结局。到了第九个幻景，也就是最后一个幻景，来了一个大翻身的场面。整个大地摆脱了多年的束缚，骑在人民头上的奴隶主给打倒了。幻景里出现了阿尔比昂 (Albion)——大概是英国人民的代表——替人民说了话。布莱克采用了《新约·启示录》的形式。耶稣出现了，对君主、教士与官吏进行了末日审判。于是开始

① 参阅袁可嘉译文，见《文学研究》，1957 年第 4 期，第 35 页。

了改造工作——改造人类社会的工作。公子王孙被逼参加劳动，“把全世界的土地翻了一遍”。然后，播下新种子。最后，丰收季节来到，大家讴歌这世界。他们脚下是“一个地球、一个海洋”，他们头上是“一个太阳，早晨催农民下地，傍晚唤牧童回家”。《四巨人》就在这歌声中结束。布莱克借罗斯之口赞颂这理想世界：“战争创伤现在过去了；各种黑暗的宗教也过去了；美丽的科学统治着世界。”

《四巨人》可以说是布莱克的创作高峰。《四巨人》之后，他还写了一些，包括两篇长诗：《弥尔顿》（一八〇四— 一八〇八）和《耶路撒冷》（一八〇四— 一八二〇）。他的后期作品，跟他的早期作品显然是不完全一样的。从《法国革命》到《四巨人》的一系列的诗篇，都突出地体现了他的战斗精神。到了《弥尔顿》与《耶路撒冷》，这战斗精神是衰退了。很明显，布莱克对法国革命以后的欧洲反动局面是不满意的。在《弥尔顿》的序诗里，他说要在英国青葱可爱的土地上建造耶路撒冷圣地，也就是《四巨人》结尾中显示的地上天国。可是这地上天国是“以怜悯为基石，以温情为砖瓦，以慈爱为油漆”的。布莱克一向反对传统的基督教义，但他的意识形态始终没有超脱宗教的圈套。到了晚年，越来越重视基督教义的一个方面，就是慈爱以及由慈爱而来的怜悯与宽恕。他爱谈“浪子回头”的故事，好像世界上的剥削者、压迫者都可以像那故事里的浪子那样醒悟过来，改邪归正似的。这样，在他的后期作品里，“温和善良的救世主”代替了扫荡乾坤的革命巨人——虽则他始终没有放弃改造社会的意愿。

五

从布莱克的创作过程，我们可以清楚地看到英国进步浪漫主义的产生与发展。他的最早的诗集《诗歌素描》不论在内容或形式上，跟十八世纪中期的前浪漫主义诗人还有一些联系。但是，从《天真之歌》到《经验之歌》，他愈认识现实，愈接触到革命的风暴，就愈觉得启蒙运动的一套理想（主要是唯理主义的思想），在新的条件下，不是艺术地认识世界的最有效手段。他的思想从启蒙运动的唯理主义里完全解放出来。他反对启蒙时期的思想家如洛克、伏尔泰，以及启蒙运动的远祖培根。[①] 他重视想象，重视灵感。他要凭灵感来直接体验世界，用幻景来刻画世界——现实的世界和理想的世界。在他看来，灵感与想象就是艺术创造的一切。他说："灵感与幻景，过去是，现在是，我希望将来也还是我的活动范围，也还是我永久的安身立命之处。"[②] 在那不很重视灵感与想象的唯理主义时代，他认为这是打开一条新的出路，这是艺术地认识世界的唯一方法。这与启蒙时期现实主义的美学是完全不一样的。但这里必须指出：布莱克的这一理论是有很大缺陷的。如果脱离了现实来空谈灵感与想象，那是唯心主义的美学。布莱克的理论与实践，特别在他后期作品里，具有这样的倾向，这是应该批判的。

启蒙时期现实主义作品里的典型人物，主要是当时社会上的"凡人"，譬如笛福的鲁滨逊、菲尔丁的汤姆·琼斯、贺加斯的糜烂贵族、彭斯的纯朴农民。布莱克则不然。他的画面宽阔得多了，是宇宙性的画

---

① 凯恩斯于1947年发现的布莱克的《培根文集》的批注本，可以帮助我们进一步认识布莱克当时的思想倾向，见伦敦《泰晤士报》文学副刊，1957年3月8日，第152页。

② 《布莱克诗文集》，凯恩斯编，1927年，第1011页。

面。在这画面上出现了神话式的巨人，如由立生、罗斯、罗法、奥克，以及人化的自然力量。这在欧洲文学史上叫作“巨人主义”，而布莱克实开“巨人主义”的先河。拜伦的该隐与曼弗雷德，雪莱的普罗米修斯，以及济慈的海庇里安是这一类的巨人。但拜伦、雪莱、济慈的巨人，在十九世纪第二个十年之中才逐一出现，而布莱克的巨人，在法国革命时期已经塑造成功了。

幻想与憧憬——这是布莱克诗歌的特色，也是十八、十九世纪西欧浪漫主义的特色。这些幻想与憧憬，初看起来是浮夸的、荒诞的，但在现实生活里也不是没有一些坚实的支柱。它反映现实社会的严重问题，同时也展示理想社会的美好境界，其中还包含着一些天才的臆测。布莱克在一系列的作品中显然接触到当时社会里阶级的与民族的最尖锐的矛盾。他没有试图分析这些矛盾，解释它们的起源、发展和趋势，从而找出解决矛盾的途径。他是一个“探索者”。像后来的浪漫主义诗人拜伦、雪莱一样，他探索资产阶级社会的奥秘，也探索揭露这个社会的艺术。在他探索性的作品中，他引导读者背弃黑暗现实，为追求美好的理想而斗争。资产阶级文学史家总把英国浪漫主义时期叫作“华滋华斯时期”，这是不完全恰当的。华滋华斯确实有过一段革命的历史，但是后来渐趋消沉了。如果有人把这时期叫作“拜伦、雪莱时期”，这是有理由的。不过拜伦、雪莱的创作与活动，到了一八一〇年左右才开始发生作用。可以肯定，至少在诗歌的领域里，英国第一个进步浪漫主义者是布莱克。布莱克的作品及其意义已经开始得到正确的理解，这是世界文学史研究工作上的一件大事。我们觉得：英国浪漫主义时期可以称为“布莱克、拜伦、雪莱时期”。

一九五九年十月

约翰逊论莎士比亚戏剧

三百多年来，出现了各种各样的莎士比亚研究者，形成了一个十分巨大、庞杂的“莎学”队伍，其中塞缪尔·约翰逊(Samuel Johnson，一七〇九——一七八四)占有一定地位。约翰逊着手研究莎士比亚是在十八世纪四十年代。一七四五年，他发表《麦克白悲剧杂论》，并建议重新编印莎士比亚戏剧。由于版权问题没有解决，这个建议搁了下来。十一年后，他旧事重提，再次发表建议。此后九年中，断断续续地工作着，付出了不少劳动。他于一七六五年发表的八册《莎士比亚戏剧集》，除长篇序言外，每一剧本有校注，有疏证，也有人物讨论，可以说总结了他二十多年有关莎士比亚研究的心得体会。

约翰逊的莎士比亚研究是多方面的，一般说可分三项：一是版本的校勘，二是字义的疏证，三是作家与作品的评论。本文着重讨论约翰逊对莎士比亚及其戏剧的评论，偶尔也提到与评论有关的字义疏证。至于他在版本校勘方面的贡献，当今校勘学界差不多已有定论，[①] 因此略而不谈。

一

在讨论本题之前，我们简略叙一叙约翰逊的前辈和同辈们对于莎士比亚的评论，因为约翰逊和这些评论有批判和继承的关系。

文艺复兴时期的批评界，承袭了亚里士多德的模仿学说，认为艺术的功能是在于巧妙地摄取客观事物、客观世界的真相；因此，他们常说，艺术好比一面镜子。他们把客观事物、客观世界，包括形形色色的时代现实和社会现实，统称为“自然”(nature)。莎士比亚也持同样见解。在《哈姆雷特》第三幕第二场里，他假哈姆雷特之口，说了这样一段话：“该知道演戏的目的，从前也好，现在也好，都是仿佛要给自然照一面镜子；给德行看一看自己的面貌，给荒唐看一看自己的姿态，给时代和社会看一看自己的形象和印记。”[②] 一六二三年——莎士比亚逝世后七年——演员朋友汉明和康德尔收集莎士比亚的遗著，编印了那部有名的“第一对折本”。他们在序言上说，莎士比亚善于模仿自然，又善于表达自然，既能得之于心，又能应之于手。[③] 这是用当时流行的审美标准（也可以说，用莎士比亚自己的语言）来说明莎士比亚的成就。

① 见《布莱克诗文集》，凯恩斯编，1927 年，第 1011 页。

② 卞之琳译：《哈姆雷特》，人民文学出版社，1958 年，第 87 页。关于“自然”一词，参阅洛夫乔伊 (A. O. Lovejoy)：《自然一词作为审美标准》，见《思想史论文集》，1948 年，第 70—71 页。

③ 《莎士比亚评论文选》，涅谷尔·史密斯编校本，1926 年，第 2 页。

文艺复兴时期文学批评家们着重讨论的是作品和客观现实的关系，并从而说明作家的成就，这是具有现实主义倾向的。但是，他们是资产阶级的代言人，有着明显的阶级局限。他们只能笼统地指出作品和客观现实（“自然”）的关系，而还不可能从阶级观点来分析作家所模仿和表达的客观现实，特别是社会现实。汉明和康德尔是这样，四十多年以后《论剧诗》的作者德莱顿 (John Dryden) 也是这样。德莱顿曾对莎士比亚进行比较系统的批评。但是，当他谈到莎士比亚和客观现实的关系时，也只说：莎士比亚“在所有近代或甚至在古代诗人之中，具有最广大、最能包举一切的心灵。自然的意象总是在他面前，他采取它们，轻而易举，并不费力。他描写自然的任何事物，你不但能看得见，还能觉得到……他同其他诗人相比，好比松柏之于灌木”。[1] 这里，有亚里士多德的模仿说，有文艺复兴时期文学批评家惯用的镜子说，他只是继承了前人的论点而作了一般的批评。

但是，文艺复兴时期和十七世纪批评家对于莎士比亚的评论，还有一个方面：就是，在说明作家作品成就之外，也指出其缺陷。在十七世纪末和十八世纪初的作家中，经常和莎士比亚相提并论的是本·琼生 (Ben Jonson)。琼生在他给莎剧“第一对折本”写的题诗里，对莎士比亚揄扬备至。他说，莎士比亚不仅超越了同时代的人，也超越了古代伟大的戏剧作家，如悲剧家埃斯库罗斯、索福克勒斯、欧里庇得斯、塞内加，和喜剧家阿里斯托芬、泰伦斯、普劳图斯。可是，琼生说，他们已经过时了，而莎士比亚是不朽的。他甚至说，莎士比亚，“不属于一个时代，而属于一切时代”。可是，当时演员们对于莎士比亚的颂扬往往变为盲目崇拜。演员中有一种传说，说：“他不论写什么，一经属稿，从不涂抹一

---

① 《莎士比亚评论文选》，第 17 页。

行。”琼生觉得这太过分了，于是接着说：“但愿他涂抹了一千行！”尽管演员们发生误会，以为恶意中伤，琼生却坚持己见，认为演员们所称颂的正是莎士比亚的弱点所在。他认为，艺术创造中神速的想象需要适当的节制。他说，莎士比亚是诚挚的、爽朗的，既富于想象，又善于表达；但有时提笔直书，疏于检点，遣词造句，缺乏斟酌。他还举了例子，说明问题。[①]

德莱顿 (Windy Dryden) 也指出莎士比亚的缺陷，而且比琼生更进一步，说：“他往往平凡乏味；有时调侃之词流于俏皮；有时严肃之语变为臃肿。”在《论悲剧批评基础》一文里，又指出：莎士比亚往往词浮于义，难于索解。又说，莎士比亚铸造新词异句，乱用日常话语，堆砌各类比喻，可见其狂热的想象超越了判断的界限，又似乎把臃肿的风格误认为真正的雄伟，等等。但是，德莱顿又说了回来，认为这种种瑕疵并不掩盖莎士比亚的伟大。他说：“如果把这些装点的东西全部烧掉，熔炉底里仍然会有银子。”[②]

总起来说，从汉明和康德尔到德莱顿，人们对莎士比亚的评论，主要是在两个方面：在内容方面，阐明莎剧是“自然的镜子”；在形式方面，称颂莎士比亚的表现才能，同时也指出其存在的缺陷，特别在语言方面的缺陷；但其基本目的不在指责莎士比亚，而是企图恰当地阐明莎士比亚的成就。

可是，就在德莱顿的时代，英国文风发生了巨大变化。在英国资产阶级革命期间，剧院长期封闭，伊丽莎白时代的戏剧传统已大为削弱。

---

① 《莎士比亚评论文选》，第 3—6 页。

② 《德莱顿论文选》，卡尔编注本，1926 年，第 1 卷，第 227 页。

同时，新古典主义[①]文学已在法国崛起，不但有拉辛、高乃依和莫里哀代表的创作队伍，还有一个以布瓦洛为首的文学理论集团，倡导古代戏剧，为新古典主义辩护。他们引申亚里士多德的《诗学》，为戏剧创作制定了一整套规律。例如，戏剧里的动作应限于一个地点（“地点一致律”），并不得超过二十四小时（“时间一致律”）；戏剧的布局限于一套完整的动律（“动作一致律”）；悲剧和喜剧须严格区别，不宜混在一起（“剧种不应混合说”）；剧中人物须符合古典作家规定的一定身份，如帝王须有帝王气派，士兵须有粗直性格（“措置得体说”）；戏剧结局须贯彻“善必赏、恶必罚”的原则（“诗的正义说”），等等。这一套文学理论影响到整个欧洲的戏剧创作与戏剧批评。剧作家还按照当时风尚，“修饰”莎剧，德莱顿也参与其事。[②]但是德莱顿的戏剧理论并未完全受到新古典主义的束缚。当时坚持按照新古典主义的规则来进行创作和鉴定文学遗产的是托马斯·赖默(Thomas Rymer)。赖默集中精力，向莎士比亚开火，于是引起了长期的争辩。

很明显，新古典主义的规则与莎士比亚戏剧是格格不相入的。我们举赖默对《奥赛罗》的评论为例。赖默指出：就戏剧类型来说，《奥赛罗》名为悲剧，但其中有打诨说笑，不合严肃气氛；就戏剧人物来说，伊亚谷一角，机诈百出，不合士兵的粗直性格。但赖默认为最大问题在于手帕。手帕是一件俗物，不宜用于严肃的悲剧，更不宜作为悲剧冲突的关键问题，像在《奥赛罗》里那样。赖默问道：为什么当初不干脆把它叫作“一块手帕的悲剧”？索福克勒斯的所有悲剧里找不到一块手帕，

① 有些文学史家把它称为“古典主义”。这里沿用“新古典主义”这个词，以便与希腊、罗马文学的古典主义有所区别。

② 参阅斯宾塞：《修饰过的莎士比亚》，1927年。

为什么在《奥赛罗》里这一小东西会有这样重要的性能？

赖默挖苦地说，作者的用意可能是提高娘儿们的警惕，要她们留心自己的手帕！赖默按照所谓的“常识”进行分析，最后得出这样的结论：《奥赛罗》的“悲剧部分显然不是别的，而是一出流血的滑稽戏，毫无道理，毫无意义”。[①] 这样的议论是可笑的，德莱顿曾准备反驳。[②] 但是赖默是皇家史官，在历史文献的搜集与整理上著有声誉；同时，一般地说，新古典主义的学说在整个欧洲已成为公认的准则；因此，他的莎士比亚评论发生了一定影响。从十七世纪末年到十八世纪中叶，英国批评家一般是依违于德莱顿与赖默之间：有的说，赖默说得过火了，但又不否认新古典主义的原则；有的拥护新古典主义的原则，但又说莎士比亚是一个例外，是一个奇迹；有的说，新古典主义的原则适用于“小天才”，但是对于像莎士比亚那样的“大天才”不应生搬硬套。[③] 这样，在莎士比亚遗产的评价上存在着分歧，多年没有得到解决。

正在这时，欧洲出现了一个有力的新古典主义的代言人——伏尔泰。伏尔泰是欧洲启蒙运动的大师，但是他最佩服的是古罗马文学与十七世纪法国的新古典主义文学。他在戏剧创作与戏剧评论上坚持贯彻新古典的原则。在一七三三年的《英国通信》（法文本后出，名《哲学通信》）里，他说：“莎士比亚号称一个有力而多产的天才：他是自然的、高超的，但是毫无高尚的艺术趣味，也不懂得戏剧规则。”又说：“莎士比亚的影响断送了英国戏剧，他的悲剧只是一些奇怪的滑稽戏。”[④] 伏尔泰对莎士比亚的攻击，愈到后来愈加激烈。如果说，在《英国通信》

---

① 《十七世纪文论选》，斯宾加恩编校本，1908—1909 年，第 2 卷，第 255 页。

② 涅谷尔・史密斯：《莎士比亚在十八世纪》，1928 年，第 13—15 页。

③ 涅谷尔・史密斯曾详细论述，见《十八世纪莎士比亚评论文选》导言，第 15—20 页。

④ 《英国通信》第 18 函，见《哈佛名著》，1910 年，第 34 册，第 133—134 页。

里，莎士比亚还是一个什么天才的话，那么，在一七六一年《论英国戏剧》一文里，他只是一个“怪物”、一个“喝醉了酒的野蛮人”、一个“挑水夫”、一个“乡村丑角”；而在一七七六年的《哲学辞典》里，他只是一个野蛮的走江湖的骗子，他的作品只是一个大粪堆，不过上面点缀着几颗珠子！[①]当时法国批评家中指责莎士比亚的还有马尔蒙特尔、拉·哈普以及有名的《百科全书》主编狄德罗，[②]但以伏尔泰为最有权威。莱辛说过：“对伏尔泰先生提出抗议；这有什么用处呢？只要他一说，大家都相信了。”[③]

就在这场文学遗产评价的争论中，约翰逊发表了他的《莎士比亚戏剧集》。

二

约翰逊对莎士比亚的评论，散见各处，其中最主要的是《莎士比亚戏剧集》的长篇序言。评论内容可分三项。首先，在某些方面，约翰逊为莎士比亚进行辩护；其次，在另一些方面，他对莎士比亚也有所批判；再次，更值得注意的是，他对莎剧的评价。下文依次讨论。

新古典主义的清规戒律，对莎剧的正确理解与评价，是一大障碍。约翰逊针对当时情况，对于这些清规戒律进行了有力的驳斥。首先是

---

① 《伏尔泰全集》，路易斯·莫朗编校本，1877—1883年，第24卷，第193—203页；第50卷，第58页。

② 参阅威莱克(Rene Wellek)：《近代文学批评史》，1955年，第1卷，第67—68，59—60页。此书对伏尔泰的莎士比亚评论也有简要论述。

③ 莱辛：《汉堡剧评》，第10—12页，见《拉辛全集》，柏林1954年，第6册，第60页。

“地点一致”和“时间一致”两条规律。约翰逊对这两条规律的看法是有一个发展过程的。他在一七四九年发表的《艾里尼》(*Irene*)悲剧完全是新古典主义的产物。但是过了不久,他对“时间一致”的规律提出疑问:既然舞台上的三个小时可以表示实际生活的十二小时或二十四小时,那么为什么又不能表示更长时间呢?他认为幕与幕之间的间歇可以用来表示一段较长的时间,而且观众也不会觉得突兀,除非他受了“机械批评”的先入之见。[①] 在《莎士比亚戏剧集》序言里,他更是畅所欲言。他指出:舞台表演既然建筑于幻想之上,那么我们就不能为幻想规定范围。一个小时可以用来表示好多小时;同样,一个舞台也不妨用来表示好多地方。观众进入剧院,就进入另一境界。他们看到亚历山大与凯撒,心移神往,好像见了旧相识;同时,烛光照耀的舞台变成当年亚历山大战胜波斯国王的地方或凯撒击败庞贝的战场。在这一境界里,他们可以不受“人世间的种种限制”。他们是不是害了错觉病呢?不是的。约翰逊说:

> 事实是:观众一直是神志清醒的,他们从头至尾知道舞台不过是舞台,而演员也不过是演员。他们来到剧院,无非是为了要听演员们用适当的动作以及悦耳动听、抑扬顿挫的声调来背诵某些段落的诗句。这些诗句总和某种动作有关,而动作总发生在某一地方;但是构成全部情节的那些不同的动作可能发生在彼此相距很远的地方;因此,让一个场所先代表雅典,随后又代表西西里,这又有什么可笑呢?因为观众一直知道那个场所既不是西西里,也不

① 见《漫游者》,第156号(1751年9月14日)。

是雅典，而只是一个近代剧院。[①]

因此，“时间一致”和“地点一致”的规律是人为的，在道理上是说不通的。“动作一致律”也是这样。约翰逊只承认一条，即亚里士多德所说的，悲剧必须有开头、中段和结尾。至于文艺复兴以后理论家逐渐引申出来的规律，如布局只能有一个，悲剧和喜剧必须严格区分，他都表示反对。他承认古代作家有的专写悲剧，有的专写喜剧；但是莎士比亚兼具两种才能，不但既写悲剧又写喜剧，而且往往在同一剧里兼收并容，这又有什么不可以呢？实际生活不是既有善也有恶，既有喜也有悲，不是错综复杂、变化无穷吗？莎士比亚的戏剧正表现了生活的多样化，是一种混合体的戏剧。这种悲喜交替的表演，较之光是悲剧或光是喜剧，更接近人生的面貌。[②]

在“三一律”的问题上，凡是看过德莱顿的评论的人，可能觉得约翰逊和德莱顿差别不大。其实不然。德莱顿是这样说的：人们总说“三一律”来自亚里士多德，但是我们不能光看亚里士多德说了什么，还应当知道亚里士多德只是从索福克勒斯和欧里庇得斯的作品中找出了悲剧范本，如果他看到英国戏剧，也许就不那么说了。[③] 德莱顿只是说“三一律”不宜用来批评莎士比亚的戏剧，而并没有把这条规律全盘否定。我们知道，他还曾把莎士比亚的《安东尼和克莉奥佩特拉》改编为典型的新古典主义悲剧《一切为了爱情》呢。至于约翰逊则不然。新

---

① 《十八世纪莎士比亚评论文选》，第119页。本文所引《莎士比亚戏剧集》序言，曾参考李赋宁和潘家洵的译文，见《文艺理论译丛》，人民文学出版社，1958年第4期。

② 同上，第109—111页。

③ 《诗人传》，希尔校注本，1905年，第1卷，第474页。

古典主义者总说，“三一律”既在亚里士多德的《诗学》上有所依据，因而是合理的，约翰逊不以为然。他并不轻信权威，而是“诉之于自然”，也就是从艺术与生活的关系来研究评论的原则。在“三一律”问题上，他综合了德莱顿以后许多英国批评家的意见，论证了这条规律是不合理的，从而给予一个有力的驳斥。必须指出，约翰逊在“三一律”上的议论，曾在欧洲文艺界发生显著影响。十年以后，法国翻译家勒都尔纳(Letourneur)开始发表他的莎士比亚戏剧译本（这是第一个比较完整的法语译本），还写了一篇讨论英国戏剧的文章作为导言，导言内容几乎全部译自约翰逊的序言。五十多年后，法国浪漫派作家司汤达对所谓“古典主义枢石”的“三一律”进行有名的抨击：但其论点和论证，也几乎完全采自约翰逊的序言。[①] 因此，“三一律”之所以在近代欧洲戏剧史上失去其意义，那或多或少是由于约翰逊的有力的辩正。

但是，必须指出，他并不是一味为莎士比亚辩护的。他在《莎士比亚戏剧集》的序言里表明了态度。他说：“既非恶意中伤，也不迷信崇拜。”同时，在私人通信里又说：“我们对自己喜爱的作家，必须承认其缺点；然后，当我们称颂其优点的时候，才能使人信服。”[②] 他对莎士比亚，既有所辩护，也有所批判，虽则他的辩护曾引起伏尔泰等人的反感，而他的批判又引起多少代莎士比亚崇拜者的斥责。

约翰逊指出的莎士比亚戏剧的缺点，可以归纳为若干大类。例如，有些剧本，情节不免松懈；有些剧本，结尾显得潦草；有时，时间地点任意安排，不合情理；有时雄辩滔滔，力求华赡，不够简练；有时语涉猥琐，

---

① 司汤达：《拉辛与莎士比亚》，1822 年，第 1 部分，第 1 章。该书第 2 部分也曾提到约翰逊。

② 约翰逊于 1765 年致伯尼函，见《约翰逊书信集》，查普曼编校本，1953 年，第 1 卷，第 178 页。

有伤大雅；有时提笔直书，并无教育意义，等等。其中有不少项目，前人早已提过，但是约翰逊说得更细，更畅。例如，本·琼生和德莱顿都曾指出，莎士比亚的语言有浮滥现象。约翰逊进一步申说道："在悲剧方面，他似乎使劲愈多，往往成效愈少……每当他勉力提神或过分着力的时候，艰苦创作的结果只是浮滥、平凡、冗长和晦涩。"[①] 又如，德莱顿曾对莎士比亚过分使用双关语和俏皮话提出批评，约翰逊更是畅所欲言。他说了下面一段常被称引的话：

> 双关语就是金苹果；为了它，他随时会从大道步入歧路，或从高山跌入幽谷。一个双关语，不论其如何贫乏无味，都给他莫大愉快，甚至使他置理性、情理与真理于不顾，而恣情追逐。对他来说，双关语是倾国倾城的克莉奥佩特拉；为了她，即使丢了江山，也在所不惜。[②]

此外，约翰逊指责莎士比亚的缺点，与前人相比，不但比较充畅，也比较直率。以前的批评家，除赖默之流而外，在指出莎士比亚缺点的同时，总是给他多方开脱。按照德莱顿的说法，莎士比亚的时代比较粗野，其戏剧中的缺点错误应由时代负责。按照蒲伯的说法，莎士比亚时代的演员与观众缺乏艺术修养，莎士比亚既在演员中活动，又与观众有广泛接触，不免沾染粗俗习气，而且其剧本经当时的演员与剧院一再窜改，因此，其中缺点错误应由剧院、演员和观众负责。约翰逊不以为然。他

---

① 《十八世纪莎士比亚评论文选》，第 115 页。在别的场合，约翰逊还说了不少指摘的话。例如，"莎士比亚的写作本身是不合语法的、模糊的和晦涩难明的"。见《莎士比亚戏剧集》序言。甚至说："莎士比亚从来不会写六行诗而不犯一个错误。"见鲍士韦尔：《约翰逊传》，第 2 卷，第 110—111 页。

② 同上，第 116—117 页。

认为蒲伯等人的态度是“热情有余而判断不足”，他认为莎士比亚本人是不能辞其咎的。[①] 这一论点激怒了后来浪漫时期的批评家。例如柯勒律治说：莎士比亚“引用一个字或一种思想，从来没有无效果的或不恰当的；如果我们不懂，那是我们的过错，或是抄写者和排印者的过错”。[②]

黑兹利特 (W. Hazlitt) 也是这样。他在《莎士比亚戏剧人物》(一八一七)一书的序言中表明了态度，其主要内容是称颂史雷格尔(德国的莎士比亚崇拜者)和谴责约翰逊。他说：“对于莎士比亚，过分热忱总比缺乏热忱容易得到谅解；因为我们的钦佩很不容易超过他的天才。”到了卡莱尔的《英雄与英雄崇拜》(一八二九)，莎士比亚评论变为莎士比亚颂歌。于是，约翰逊的评论被认为是一种不可忍受的亵渎，而约翰逊的莎士比亚研究受到不应有的贬斥。

约翰逊对于莎士比亚的语言有比较正确的认识。十八世纪的英国语言跟莎士比亚时代的语言相比，已有显著区别，特别是若干词与词组已不很通用，或完全不用，须经疏证，方能正确理解。早在十八世纪初年，蒲伯的朋友阿特伯里 (Atterbury) 便说，莎剧里有上百处，看起来已不甚明了。他认为乔叟还比莎剧的某些场面较为易懂。他说，莎剧里有许多暗指语，简直不知其所指。甚至说，莎士比亚比古希腊悲剧家埃斯库罗斯更需要注释。[③] 约翰逊有编辑《英语大词典》的经验。在编辑大词典时，他曾从莎士比亚作品里摘引了大量的“一般生活中的常用词语”。在编订《莎士比亚戏剧集》时，又在解释字义上花了不少气

---

① 《十八世纪莎士比亚评论文选》，第 114—115 页。

② 《柯勒律治的莎士比亚评论》，莱瑟 (T. M. Raysor) 编校本，1930 年，第 2 卷，第 145 页。

③ 蒲伯：《通信集》，舍伯恩编校本，1956 年，第 2 卷，第 78—79 页。

力。他说："在全部集子里，我没有发现一段舛夺的文字而不设法订正，也没有发现一段晦涩的文字而不尽力阐明。"他也很爽直。他说："许多地方，我和别人一样没有成功；许多地方，经过一切努力，只好知难而退，自认失败。"[①] 那么，为什么莎士比亚的语言比别的作家的语言困难呢？在这一问题上，约翰逊有精当的体会，远远超过了后来的评论家柯勒律治。柯律勒治说：

> 莎士比亚并不属于任何一个时代。要想从本·琼生、鲍茫、弗莱契等人的作品里摘引文句来疏证他的话语，那是白费心机的。他的语言完全是他自己的语言，而当时年轻的戏剧家是模仿他的……我相信，除了一些无关紧要的暗指当时当地事物的话语而外，当时人们对莎士比亚语言的领会一点也不比现在有教育的人来得容易。[②]

这一段话，除了指出莎士比亚对当时年轻一代戏剧家有影响一句而外，显然是不符合历史实际的。遗憾的是：柯勒律治没有参考约翰逊在一七五六年发表的《编订〈莎士比亚戏剧集〉建议》。在那《建议》中，约翰逊说，莎士比亚的语言比别的作家困难，那是因为他的戏剧需要运用一般通俗的语言，因此收容了许多暗指语、省略语以及当时流行的格言、谚语。他使用这些话语，正如后代英国人使用他们熟悉的话语一样：这些话语，因为是大家熟悉的，谁都不会想到会变得陌生；又因为其意义是明显的，谁也不会想到会变得晦涩。在《莎士比亚戏剧集》序言里，他指出：莎士比亚的语言是从当时一般谈话中提炼出来的语言。这是

① 《十八世纪莎士比亚评论文选》，第 148 页。
② 《柯勒律治的莎士比亚评论》，第 2 卷，第 358 页。

完全符合历史实际的。现代语文专家做了不少细致精密的工作，充分证明约翰逊的论断是正确的。[①]

三

《莎士比亚戏剧集》序言里有下面几段话，表达了约翰逊的基本论点：

> 莎士比亚，在所有作家之上，至少在所有近代作家之上，是自然的诗人 (poet of nature)；他这诗人向读者们举起习俗和生活的真实镜子……[②]

> 对莎士比亚应该这样称颂：他的戏剧是人生的镜子……[③]

> 他的注意力并不限于人的行动；他对非生物界也是一个精密的观察者；他的描写总有一些特点，而这些特点是由对实际存在事物的观察中得来的……不论题材是人生或自然，莎士比亚明白地表示他都是亲眼看到的。他把自己获得的物象直接表达出来，没有通过另一个人的脑子，因而没有遭到削弱或歪曲；他的描述，在无知识的人看来是恰当的，在有学问的人看来是完整的。[④]

---

① 威尔逊 (F. P. Wilson)：《莎士比亚与一般生活的常用话语》，1941 年，参阅《莎士比亚评论文选》(《牛津世界名著丛书》本)，1963 年，第 90—116 页。

② 《十八世纪莎士比亚评论文选》，第 106 页。

③ 同上，第 108—109 页。

④ 同上，第 129—130 页。

这里约翰逊也谈“自然”，也谈“镜子”。他所谓“举起习俗和生活的真实镜子”，也就是汉明和康德尔所说的“模仿自然”和“表达自然”，也正是德莱顿所说的“摄取自然的一切意象”和“描写自然的一切事物”，其理论基础是亚里士多德的模仿学说，初看起来，并无多少新颖之处。但是约翰逊的议论还是值得注意，因为他比前人说得更明确，更充畅。这和十七、十八世纪的唯物主义思想有密切的关系。约翰逊继承了霍布斯的感觉论和洛克的经验论，认为一切知识（也许除了道德与宗教的观念）来自感觉，来自经验，来自感觉到和经验到事物的逻辑推理。因此，他的思想具有唯物主义的倾向。他曾一再驳斥当时主观唯心主义者贝克莱的“存在是被感知”的臭名昭彰的命题。[①] 他曾说：“如果不把什么东西装进脑袋，那么，脑袋里不会产生什么能供人们来合理享受的东西。”[②] 由于他具有唯物主义的认识论，他评论文艺时带有一种朴素的现实主义观点。他从客观实际出发，认识到新古典主义的一些清规戒律是不合理的。在《莎士比亚戏剧集》序言里，他从同一观点出发，说明莎士比亚戏剧与生活实际的关系，并着重阐述了莎士比亚戏剧的巨大成就是在于它真实地表达了生活实际。

但是，尽管这样，约翰逊的认识仍然有很大局限。他虽能突破新古典主义的某些狭隘成规，但还没有能够完全摆脱它的束缚。他对所谓“诗的正义说”的态度是一个明显的例子。“诗的正义说”曾得到赖默、邓尼斯等人的支持。按照邓尼斯的说法，人世间的事情都由上帝安排，善有善报，恶有恶报，一时虽不见动静，将来总有分晓；至于戏剧里

① 鲍士韦尔的《约翰逊传》里有两个有趣的故事：一个是驳斥事物并不客观存在这一谬论；另一个是驳斥事物不被感知就不存在这另一谬论。见该书第 1 卷，471 页；第 4 卷，第 27 页。

② 克鲁奇：《塞缪尔 · 约翰逊》，1944 年，第 322 页。

的情节，则限于舞台与剧本，因此，剧作家应遵循天意，务使正义得以伸张。约翰逊不同意这种牵强的说法。他说，在实际生活中，善人善事往往未必得到奖励，而恶人恶事又往往未必得到惩处；文艺既是“生活的镜子”，那么如实表现，也不能说违反了什么规律。[①]但是他又说了回来。多少年来，一般读者和观众总喜欢看到赏善罚恶的原则得到贯彻。于是戏剧家按照这一原则进行创作，甚至也按照这一原则改编莎士比亚的剧本。以《李尔王》为例。从一六八一年起，一直到十九世纪三十年代，英国舞台上演出的《李尔王》都不是莎士比亚的原本，而是泰特、加立克、柯尔曼等人的改编本。各种改编本，互有差异，但都以李尔王复国、考狄利娅的幸福生活等大团圆的场面来结束。约翰逊也有同样心情，他认为《李尔王》原本的结局凄楚，不堪卒读。因此，他又对“诗的正义说”作了让步。[②]他说，赏善罚恶的结局既为一般观众所喜爱，那么，也就不妨这样安排。这样，在这一问题上，他没有超越当时的艺术风尚，因而和他“艺术是生活的镜子”的理论发生了矛盾。

正因为约翰逊没有超越当时的艺术风尚，他对莎士比亚的细致的描绘也不能充分欣赏。他和新古典主义的诗人一样，认为状物写生应着重一般特点，而无需胪举细节。他在小说《拉塞勒斯》(*Rasselas*)第十章里曾经指出：诗人的任务不在审察个别事物，而在审察事物的类型，注意事物的一般特征和显著现象。他还举例说，诗人写郁金香，用不着数出花上到底有几道纹理；写林木，只说郁郁葱葱就行了，用不着

---

① 《莎士比亚评论文选》，第137页。

② 同上，第137页。约翰逊还曾为《一报还一报》中安哲鲁逍遥法外表示愤懑。但必须指出持有这种见解的并不限于新古典主义时代的读者与观众，现代资产阶级评论家也常有同感。参阅诗人布里奇士(Robert Bridges)：《观众对莎士比亚戏剧的影响》，1907年，第7，9—12页。

推敲颜色的浓淡深浅。他就根据这理论来评点莎士比亚的剧本。他欣赏概括的描绘,而贬低细致的刻画。《李尔王》第四幕第六场里有一节描绘多佛海峡的白垩峭壁。诗中提到壁腰有人攀附岩隙,采集茴香,半空中有鸟雀盘旋,状如甲虫,壁下有高舟寄桩,渔人漫步。约翰逊说,写得很好,但是又认为这一段的目的在于描绘峭壁之险,只须写登临俯视,一片廖廓,也就行了,至于鸟雀、渔舟等细节徒然使完整的印象变得零乱。《麦克白》第三幕第一场里有一节描绘苍茫的暮色。诗中提到蝙蝠飞舞,乌鸟归巢。约翰逊又认为这些细节减弱了灰黑沉郁的气氛。他偏重他所谓概括的庄严性 (grandeur of generality),而忽视具体刻画的生动活泼。

约翰逊对人物的描写,也有类似主张。在人物的共性与个性之间,他偏重共性。在《莎士比亚戏剧集》序言里,他说:

> 在其他诗人的作品里,一个人物往往只是一个人;在莎士比亚作品里,他总是代表一个类型。①

这里所谓"代表一个类型",显然是指共性。在同一文里又说:

> 也许没有一个诗人能比莎士比亚把多少人物写得更明显地各不相同。②

诚然,约翰逊对新古典主义的另一戒律,即所谓"措置得体说"也

---

① 《十八世纪莎士比亚评论文选》,第 106 页。

② 同上,第 108 页。

有所辨正。上文提到赖默的议论，但在十七、十八世纪，按照这一戒律来指责莎士比亚戏剧的还大有人在。约翰·邓尼斯指出，《科利奥兰纳斯》里罗马元老院成员米尼涅斯像一个小丑，不合元老身份。伏尔泰说得更多。他在《奥瑟罗》、《麦克白》、《李尔王》、《罗密欧与朱丽叶》、《哈姆雷特》、《亨利五世》等多种戏剧中找出措置失当的人物与事件。他特别指出，《哈姆雷特》里的丹麦国王克劳狄斯酗酒作乐，不合国王身份。约翰逊说，作出这样指责的批评家是按照比较狭隘的原则来判断的；又说，这些是心胸渺小的人的吹毛求疵。他认为：莎士比亚刻画人物形象总是抓住主要性格，却不很注意各种偶然性的区别。莎士比亚知道罗马正同别的城市一样，有各种性格的人；而他需要的是一个丑角，于是就往元老院里去找，因为元老院必然会给他提供这一性格的人。同样，当他描绘一个可憎可鄙的篡位者和杀人犯的时候，就在这一性格上加上酗酒这一特点，因为他知道国王也同别人一样，喜爱喝酒，而且也知道酒在国王身上会发生恶劣的作用。[①]

但是，约翰逊的根本性局限还是在于他是一个资产阶级人性论者。同历来的资产阶级评论家一样，他错误地认为人性是普遍的、共同的、不变的。[②]同时，正如上面指出的，又错误地认为人的社会地位（“身份”）只是一些偶然性的标志。正因为这样，他所谓的人是脱离了社会的人；他所谓的人性是脱离了阶级性的人性。这在阶级社会里实际上是不存在的。他就用抽象的共同人性来解释莎士比亚戏剧里反映的各种历史现象与社会现象。同当时欧洲资产阶级评论家一样，他还不能认识在

① 《十八世纪莎士比亚评论文选》，第 109 页。

② 约翰逊在《漫游者》期刊第 125 期上说：“理性和自然是一致的，而又是不变的。”在《冒险者》期刊第 99 期上说：“人性总是一样的。”意谓人性是终古不变的。

阶级社会中只有带阶级的人性。他错误地认为莎士比亚的不朽是在于他恰当地表达了共同人性和共同习俗（或共同生活）。他在《莎士比亚戏剧集》序言里写道：

> 他的人物不受特殊地区的、世界上别处没有的风俗习惯的限制；不受那只能在少数人身上发生作用的专业或职业特点的限制；也不受那一时通行的风尚或一度流行的见解所具有的偶然性的限制；他们是共同人性的真正产物，是这世界常能供给，也是我们的观察常能发现的人物。他的人物的行动和言语都受那激动所有人的一般感情和一般原则的影响，而他又使生活的整体持续不断地进行着。①

这样，约翰逊只是从"共同人性"，只是从"所有人的一般感情和一般原则的影响"来认识和解释莎士比亚的艺术形象的。

当约翰逊编订《莎士比亚戏剧集》的时候，欧洲文学批评界正在谈论悲剧发展的动力问题。究竟什么是悲剧发展的动力呢？一般认为是各种情欲，但是有些人又认为不是任何情欲都能引起普遍的激动。在十八世纪法国新古典主义的悲剧中，爱情差不多成为唯一主题，于是法国批评家都·博斯 (Du Bos) 说："在一切情欲之中，只有爱情最为普遍。" 英国诗人、剧作家威廉·梅森 (William Mason) 也有类似说法。但是，说得最绝对化的是伏尔泰。伏尔泰认为：戏剧中要么不用爱情，一用爱情，则必须使它具有统摄一切、支配一切的力量。约翰逊反对这一意见，他说：

---

① 《十八世纪莎士比亚评论文选》，第 106 页。

在所有其他舞台上，普遍使用的动力是爱情，一切善行和一切罪恶都由爱情来摆布，每一行动也由爱情的力量来加速或推迟。在故事里安排一个男人、一个女子和一个情敌：把他们纠缠在互相矛盾的义务之中，使他们为了利害冲突而受到困扰，为了不可协调的欲望而受到折磨；使他们相见时销魂，别离时断肠；把夸张的欢乐和极度的忧伤放到他们嘴里；使他们受到人类从未受过的痛苦；又使他们从痛苦中得到人类从未得到过的解脱；这一切是近代剧作家惯用的手法。为了这个，情节的或然性给违反了，生活给歪曲了，语言给败坏了。可是，爱情只是许多情欲之一，因为它对生活的总和并无巨大影响。因此，它在［莎士比亚］这样一个诗人的戏剧里所起的作用是不大的，因为这一诗人的思想来自活的世界［即自然］，他所表现的也不外乎实际看到的事物。他认识到任何其他情欲也会导致幸福或祸患，至于其为福为祸，这要看这情欲是有节制的或过度的而定。[①]

这在《莎士比亚戏剧集》序言里，笔酣墨畅，显然是一段得意文字。初看起来，似乎比伏尔泰等人说得较能符合莎剧的实际情况。因为，莎剧中固然有若干种是以爱情为其主要题材的，例如《罗密欧与朱丽叶》、《安东尼与克莉奥佩特拉》，但也有不少种没有爱情故事而也同样激动观众，《李尔王》和《麦克白》是突出的例子。但是，不论伏尔泰等人也好，约翰逊也好，都没有从阶级与社会的矛盾冲突中去寻找悲剧发展的动力，而都是从抽象的“一般感情”来讨论问题的。在这一方面，约翰逊同他的论敌伏尔泰等人之间只有五十步与百步的差别。

① 《十八世纪莎士比亚评论文选》，第107—108页。

这样，约翰逊谈论悲剧发展的动力时，没有联系悲剧所发生的社会与阶级，因此说来说去，不能说明问题。同样，他谈论戏剧人物时，没有结合人物所处的社会地位与阶级关系，因此他的人物论总是表面的、笼统的、抽象的。他在《莎士比亚戏剧集》里对若干重要人物如哈姆雷特、波洛涅斯、福斯塔夫等的评述在资产阶级文学批评界曾发生显著影响。[①] 但是他的人物论，实际上只是把人物在戏剧里表现的各种特点加以归纳、概括和综合，而没有结合人物所处的历史时期以及人物与人物之间的阶级关系来说明其社会意义。我们以福斯塔夫为例。这是马克思主义创始人一再谈起的人物。很明显，福斯塔夫是属于一定时代和一定阶级的。恩格斯提到“福斯塔夫的背景”，并指出这个光头、大腹、胆小如鼠、毫无建树而又大吹大擂的爵士是封建关系崩溃时期的一个特出的形象。[②] 约翰逊呢，他也注意这一人物及其伙伴，并在他的身上花了不少笔墨。但是经过反复讨论，只得出这样的概括：福斯塔夫具有“到处寻欢作乐的性格和永能逗人发笑的能力”。他没有谈起福斯塔夫的时代及其社会关系。这显然把一个代表一定时代、一定阶级的共性而又具有鲜明、突出的个性的人物形象变为一个抽象的思想典型了。这样的论述显然是表面的、抽象的，而不是本质的。这是一个根本性的局限。

---

① 柯勒律治攻击约翰逊不遗余力，但是他对波洛涅斯的论述，却完全袭用约翰逊的话。参阅《柯勒律治的莎士比亚评论》，第 2 卷，第 267 页。

② 《给拉萨尔的信》，见《马克思恩格斯论艺术》，人民文学出版社，1960 年，第 1 册，第 40 页。

四

约翰逊的莎士比亚研究给予我们一些有益的教训。约翰逊同他的前辈本·琼生、德莱顿一样,是具有资产阶级局限的。他的后辈如柯勒律治、黑兹利特、斯温朋等,在批评态度和批评方法上和他并不相同,但也同样没有摆脱这一局限。这一事实说明了:文学评论必须根据正确的理论指导,才能得出正确的结论。只有站在历史唯物主义的立场和观点的高处,用批判的态度来对待文学遗产,才能看清楚人物形象的本质,才能全面地、透彻地看清楚整个作品在内容和形式上的优点和缺点,从而给以恰如其分的历史的和科学的评价。三百五十年来,资产阶级的莎士比亚评论家提出过不少问题,也积累了大量资料。他们究竟有无贡献,或有多少贡献,那就要看他们是否能结合时代、结合社会来研究莎士比亚戏剧。因为,如果不是这样,那么,只能抓住一些现象的、片面的,甚至琐细的东西,而看不见作品的本质和作品的历史意义和社会意义。

我们阅读约翰逊的莎士比亚评论,不难发现类似历史主义的一种观点。在一七四五年的《麦克白悲剧杂论》中,他说,为了正确地评价一个作者,必须审察他的时代的精神以及同时代人对他的意见。在一七五六年的《编订〈莎士比亚戏剧集〉建议》中,他提出了一个工作计划:他准备把伊丽莎白时代的语言同伊丽莎白时代以前和以后的语言作比较研究,从而阐明莎剧的语言。在一七六五年的《莎士比亚戏剧集》序言中,又说,为了正确评价一个人的作品,必须审察他所处时代的一般情况以及他自己的特殊机会。可见约翰逊也曾有意结合历史条件来考察莎士比亚的创作。在一七七九年,在编写《诗人传》的时候，他又说："为了正确地判断一个作家，我们必须把自己放在他的时代，审察哪些是他同时代人所需要的，以及他如何适应那些需要。"[①] 这些主张和他的朋友，第一部《英国诗史》的作者托马斯·华顿(Thomas Warton)的见解颇多相似之处。[②] 但是，约翰逊虽对作家、作品与时代的关系有所认识，却没有把这认识付诸实践。他对伊丽莎白时代的历史背景与社会背景，没有做过深入研究；因此，实际上也就无从贯彻这些主张。而且，即使他主观上有意把作家放在一定的历史条件之下来考察，他还不可能认识到，对于一个阶级社会的作家，更必须把他放在其所属的阶级，方能具体地说明其问题。

在这些时代局限与阶级局限之中，约翰逊之所以能取得一些成就，是在于他在认识论上具有唯物主义的倾向。首先，他对大作家"既不恶意中伤，也不迷信崇拜"，这在莎士比亚评论史上是难能可贵的。他的《莎士比亚戏剧集》序言，亚当·斯密曾认为是"一篇最有男子汉气概的评论"。其次，他能摆脱新古典主义的某些狭隘成规，并对若干问题(例如"三一律")，能从实际出发，独抒己见。此外，他往往能把当时莎剧评注家愈解释愈模糊，愈疏证愈繁琐的段落，三言两语，直截了当地说明其要点，或指出其问题所在，从而适应广大读者的需要。[③] 在这一方面，他确实作出了显著的贡献。

一九六四年三月

---

① 《诗人传》，第 1 卷，第 411 页；第 3 卷，第 238 页。

② 参阅任乃葛(Clarisa Rinaker)：《托马斯·华顿评传》，1916 年，第 47 页。

③ 参阅伊斯特曼(A. M. Eastman)：《约翰逊的莎士比亚与一般读者》，见《美国近代语文学会会刊》，第 65 卷，1950 年，第 1112—1121 页。

论拜伦与雪莱创作中现实主义和浪漫主义相结合的问题

"革命现实主义和革命浪漫主义相结合"这一原则的提出,不仅阐明了我们社会主义文艺的新的艺术方法,同时也指出了研究文学史上艺术方法的新的途径。周扬同志在《我国社会主义文学艺术的道路》一文中说,历史上许多伟大的杰出的作家、艺术家"总是常常在他们的作品中表现出现实主义和浪漫主义这两种精神、两种艺术方法的不同程度的结合",并列举中外古今的优秀作品作了原则性的说明。这对文学史的研究工作者给予莫大的启发。本文拟就国内比较熟悉的两位英国诗人——拜伦与雪莱——来考察进步现实主义与积极浪漫主义的结合,包括结合的形式与结合的程度,并具体说明这个两结合与我们的两结合的区别。

一

在讨论拜伦与雪莱的创作之前，先谈一谈英国浪漫主义这一文学流派与前一时期——启蒙运动时期——的继承关系。在英国文学史上，十八世纪通常被称为启蒙运动时期，十八世纪末年至十九世纪三十年代通常被称为浪漫主义运动时期。传统文学史家往往把浪漫主义文学与启蒙时期文学看作两种对立的、互相排斥的流派，好像浪漫派作家抛弃启蒙时期文学传统，或一反启蒙时期作家之所为而为之——这与历史发展的实际是不尽符合的。

关于启蒙运动的性质，马克思列宁主义的经典作家已有原则性的阐释。恩格斯指出：启蒙运动的基本精神是理性主义。[①] 列宁指出：启蒙运动是资产阶级社会进步阶层反对封建，反对封建残余的斗争。[②] 恩格斯所论述的主要是法国的启蒙运动，列宁所论述的主要是俄国和法国的启蒙运动，但他们指示的原则，在精神实质上，对英国的启蒙运动也是适用的。

英国的启蒙运动和法国、俄国的不同：它不是发生在资产阶级革命之前，而是发生在资产阶级革命之后；英国的启蒙运动是十七世纪英国资产阶级革命的产物。但是，英国的资产阶级革命是极其不彻底的，它是以“新兴的中产阶级和以前的封建地主之间的妥协”来作为“新的出发点”的。[③] 因此，十八世纪的英国保留着大量的封建残余，这是英国

① 恩格斯：《反杜林论》，人民出版社，1970 年，第 14—15 页。

② 列宁：《我们究竟拒绝什么遗产？》，《列宁选集》，第 1 卷，人民出版社，1960 年，第 126 页。

③ 恩格斯：《社会主义从空想到科学的发展》，《马克思恩格斯选集》，第 3 卷，人民出版社，1972 年，第 392 页。

启蒙运动者斗争的主要对象。同时，英国资产阶级革命比较早，英国资本主义的发展比较早，人民群众在贵族资本主义制度下所受的痛苦也是比较早、比较多的。因此，英国启蒙运动者，在对封建残余进行斗争的同时，很自然地接触到资产阶级社会的实际问题，从而进行揭露，进行批判。他们的思想武器，主要是恩格斯所指出的理性主义，他们的艺术方法就是以理性主义为基础的现实主义。

我们举十八世纪中期作家中最能代表资产阶级民主阶层的菲尔丁为例。菲尔丁不但反对封建贵族，同时也揭露资产阶级的恶习败行——虚伪、自私、趋炎附势、贪得无厌。在艺术上，他是“按照现实的本来面貌去描写现实的，并不迎合某些人的爱好”。(果戈理)他与当时反现实主义的文艺作家展开激烈的斗争，并在斗争中发展他自己的艺术。他要求作家们从实际生活出发，观察、体验、概括、塑造人物，不超过现实生活的可能的、或然的范围。他强调细节的真实性与人物的典型性，为后来的批判现实主义奠定了理论基础。他同启蒙时期其他先进作家一样，相信理性主义，从理性主义出发来认识现实、批判现实。他向自己认识到的不合理的现象展开斗争，并且满怀信心地认为通过斗争，理性原则与社会正义是可以实现的。英国启蒙运动的主要贡献，在思想上是理性主义，在艺术上是现实主义。文学中的现实主义因素，可以说是古已有之的；但是，作为一个显著的文学流派，那是在启蒙运动时期发展起来的，至少就英国文学来说，是这样的情况。

英国的资本主义向前发展。到了十八世纪中叶，开始了工业革命。由于巨大的资本主义工业的发展，英国社会的面貌发生剧烈变化。各阶级向两极分化，互相对峙，一方面是资本家、企业家，另一方面是资本主义的掘墓人——工业无产阶级。英国的资产阶级，在其革命时期，具有摧毁封建制度、推动生产发展的积极作用。但当它完成了革命、变成了统治阶级以后，渐渐走上反人民的道路。在法国革命时期，它的反动性暴露得最为明显：它“竟成了反革命同盟的首领”。[①] 就在这时期，英国的文化界产生了浪漫主义运动。从十八世纪末年起到十九世纪二十年代，欧洲的民族运动与民主改革运动的浪潮汹涌澎湃，而英国始终是反动阵营的策划者、组织者，始终是那些进步运动的阻挠者、扼杀者。在这阶级矛盾、民族矛盾异常尖锐的年代，浪漫主义运动得到长足的发展。

浪漫主义不是一个统一的运动，而包括着两个不同的集团。一个集团代表资产阶级的落后阶层，不是向前看，而是向后看，与封建贵族相接近。他们也一度同情或参加革命，但过了不久，背弃了启蒙运动的理性主义的思想与现实主义的艺术方法。在那暴风雨袭击的年代，有的人（如华滋华斯）在平静的乡村生活、落后的生产关系中找到安身之处；有的人（如柯勒律治）在幻想的中世纪神秘故事里找到象牙之塔；也有人（如骚塞）干脆与反动统治同流合污，成为御用作家。这些“湖畔派”诗人代表消极的或反动的浪漫主义。与这个集团相对立的是积极的或进步的浪漫主义集团，代表社会的先进力量。在政治上，他们渴望实现十八世纪启蒙教育的民主理想，因而对现存的反动统治以及为反动统治作辩护的消极浪漫主义进行不断的斗争。在文学艺术上，他们在启蒙时期现实主义传统的基础上发展自己的美学。他们重视启蒙运动的成就，但也看出启蒙文学的缺陷，特别是缺乏感染性的热情与鼓动性的想象。他们倡导热情，倡导想象，凭热情与想象来艺术地认

---

① 列宁：《第三国际及其在历史上的地位》，《列宁选集》，第3卷，人民出版社，1960年，第811页。

识现实社会，批判现实社会，同时也凭热情与想象来艺术地刻画理想社会。拜伦与雪莱是这一集团的杰出的代表。

资产阶级文学史家把十九世纪的浪漫主义与十八世纪的现实主义笼统地看作两个互相排斥的文学流派，这是错误的。按照历史实际，与十八世纪现实主义互相排斥的是消极的浪漫主义，而不是积极的或进步的浪漫主义。可以说，积极的或进步的浪漫主义是启蒙时期先进思想的继承与发展。在艺术方法上，它与前一时期的现实主义各有偏重，但它也吸取了前一时期现实主义的精神。优秀的进步浪漫主义作家们在某种场合也运用现实主义的艺术方法，而且在不少优秀作品里表现出浪漫主义与现实主义的结合。拜伦是这样，雪莱也是这样，虽则他们的创作实践各有其独特之处。

二

拜伦（一七八八— 一八二四）跟启蒙时期的诗学有密切联系。英国浪漫主义的诗人，一般是从启蒙时期的作风出发，逐渐转向浪漫主义。拜伦则不然：他始终跟启蒙时期的文学传统保持着联系。

拜伦对启蒙时期的古典主义诗人蒲伯予以高度的评价。在十九世纪初年，消极浪漫主义诗人华滋华斯攻击过蒲伯。到了十九世纪二十年代，蒲伯的遗产又引起热烈的争辩。这时拜伦挺身而出，为蒲伯辩护。拜伦从未停止对消极浪漫派的尖锐的批评，同时也从未停止对蒲伯的高度赞扬。拜伦是不是仅仅因为反对当时消极浪漫主义作家而为消极浪漫主义作家所攻击的对象进行辩护呢？不是的。他跟蒲伯，时代不同，对事物的看法也不一样，但是蒲伯对贵族资产阶级社会的讽刺有它一定的现实意义，这是拜伦所借鉴之处。其实，拜伦所称道的古典主义诗人不止蒲伯一人，除蒲伯而外，还有蒲伯的前辈德莱顿与蒲伯的后辈约翰逊。[①]很明显，拜伦从这些古典主义诗人那里吸取的是：刻画现实、批判现实的讽刺艺术。拜伦经常强调创作的现实性。在一八一七年他写信给朋友说："哪怕是最缥缈的空中楼阁也必须有事实来做基础，至于纯粹杜撰，那只是骗子的伎俩而已。"[②]一八二一年他在日记里提到英国现实主义散文小说的奠基者菲尔丁，给以高度的评价。他说，菲尔丁是"散文的荷马"。[③]

但是，这是拜伦诗学的一个方面，他另有一个方面。首先他重视热情。他在书简里一再谈到诗的创作。他说："难道热情不是诗的粮食，诗的薪火吗？"又说："诗是感情激动的表现。"又说："诗本身就是热情。"[④]《堂·璜》里有一节谈到热情，极尽形象化之能事；他说，诗人心中压抑不住的热情，发而为诗歌，好比汹涌的波涛冲击着海岸一样。[⑤]拜伦论诗，除热情而外，也谈到想象，但对他来说，想象和热情是分不开的。譬如他说：诗是"想象的熔岩，必须让熔岩喷吐出来，火山才能免于爆发"。[⑥]启蒙时期诗人论诗，总说诗是自然（现实）的模仿。拜伦也强调现实，但不受古典主义模仿学说的束缚。把诗比作海岸上冲击着的波涛，或则把诗比作火山里喷吐出来的熔岩——这不是启蒙时期

① 拜伦：《堂·璜》，第1篇，205节；第13篇，第7节。
② 拜伦：《书简与日记》（莫雷版），1898—1904年，第4卷，第93页。
③ 同上，第5卷，第147—148页。
④ 同上，第5卷，第55，318，582页。
⑤ 拜伦：《堂·璜》，第4篇，第106页。
⑥ 拜伦：《书简与日记》，第3卷，第405页。

的诗学了。拜伦的诗是以气势磅礴著称的，所谓“才气大，力气大，口气大”(daring, dash, grandiosity)——这是浪漫主义的作风。

拜伦的创作有浪漫主义抒情与现实主义讽刺的两个方面。在许多作品里，总是这一个方面或那一个方面起主要作用，但是最后表现出两个方面的奇异的结合。

就创作发展来说，最早使拜伦在英国文坛上引起骚动的是长篇讽刺诗《英国诗人与苏格兰评论家》(一八〇九)。这诗显然是以蒲伯的《愚人记》(一七四二)为蓝本的，诗律是蒲伯的诗律，手法也是蒲伯惯用的手法。在这诗里，拜伦攻击华滋华斯、骚塞等消极浪漫诗人，也攻击杰弗里等反动评论家，初次显示出他巨大的论争力量。此后十年中，他又写了一些讽刺诗，数量不大，而政治斗争性大大加强，诗律渐渐摆脱蒲伯的成规。他写了《编织机法案编制者颂》(一八一二)，痛斥反动统治对路德党人的屠杀，为工人阶级说话。他写了《闻摄政王谒陵有感》，刻画摄政王(后为乔治四世)的荒淫残暴，把他比作十七世纪资产阶级革命中被砍了脑袋的查理一世。到了二十年代初年，他又写了几篇有名的讽刺诗，不但揭露英国的反动政权(《审判的幻景》，一八二二；《爱尔兰化身佛》，一八二一)，也抨击当时欧洲扼杀民族独立运动的神圣同盟(《青铜世纪》，一八二二)，其中《审判的幻景》最为成熟，在艺术上也是最完整的英国政治讽刺诗之一。

一八二〇年，长期害着疯癫病的英王乔治三世死了。桂冠诗人骚塞写了一篇诗，取名《审判的幻景》，说乔治三世到了天堂里去了。拜伦就采用骚塞的诗题，通过幻想，描写乔治三世是如何升天的。在这天堂审判的幻景里，有天神，有撒旦，有鬼魅，有自由的敌人乔治三世，也有胁肩谄笑的诗人骚塞。庭上展开了一场大辩论。干瘪的乔治等待升天，撒旦不同意，指出乔治已为自己铺筑了一条通往地狱之路。庭上传召证人，证人们也反对乔治升天，独有骚塞背诵歪诗，喋喋不休。守门神圣彼得忍耐不住，举起天堂钥匙，向骚塞一击，骚塞跌入湖中（骚塞为"湖畔诗人"之一）。庭上神鬼杂遝，秩序大乱，于是乔治乘机溜入天堂……拜伦不仅攻击骚塞，也攻击乔治三世，不仅攻击反动政权，也攻击宗教迷信。这幻景有时像闹剧，有时像喜剧，忽而风云叱咤，忽而滑稽突梯。这幻景，熔铸现实与幻想于一炉，比德莱顿或蒲伯的讽刺诗具有更具体的人物形象，更鲜明的感情色调，因而表现了更浓重的战斗气氛。

拜伦在讽刺诗方面的成就是巨大的。但是，在他创作初期，在英国与欧洲大陆引起更大骚动的不是单纯的讽刺诗篇，而是带有讽刺成分的浪漫抒情诗篇。在一八一二年间，拜伦说过一句豪迈的话，叫作"一觉醒来，成了大名"。他指的是《恰尔德·哈罗德游记》第一、第二两篇出版后轰动一时的情况。诗的内容是，诗人于拿破仑战争期间，在一八〇九至一八一一年间，漫游葡萄牙、西班牙、地中海、希腊、阿尔巴尼亚等地的所见所闻。诗的副标题是："一个浪漫故事"。这里有叙事，有描绘，但主要是哈罗德（或诗人自己）的抒情。过了四年，拜伦发表《游记》的第三篇（一八一六），又过了两年，发表《游记》的第四篇（一八一八）。这两篇的内容是诗人于滑铁卢战争以后在比利时、瑞士、意大利等地的见闻和感想，主要仍是抒情。《游记》里也有直接刻画现实、讽刺现实的章节，其中有些是十分尖锐的，曾被出版家剪裁、割裂。[1] 但是，诗中反映现实的方法，一般是通过孤独忧郁的流浪者哈罗

---

① 例如《游记》第 1 篇，第 24—25 两节抨击英国统帅们在葡萄牙反人民的行为。当时出版家怕被迫害，未予发表。

德的浪漫抒情。这骑士对各种形式的暴政(如拿破仑的侵略政策、英国政府对欧洲民族独立运动的干涉)表示愤怒,对各种形式的美丽(如莱茵河、阿尔卑斯山、地中海、莱芒湖等自然美,以及意大利的建筑与雕塑等艺术美),表示喜爱,对于在历史上发生进步作用的伟大人物(如卢梭、伏尔泰等)表示尊敬,对于当时争取独立、争取自由的人民(如西班牙的游击队员、阿尔巴尼亚的战士、希腊与意大利的爱国者)竭力鼓动,同时把自己对周围环境无限失望的心情彻底吐露。愤怒、喜爱、尊敬、鼓动,以及吐露心情,都表现了诗人的奔放的热情。人们把这《游记》称为"抒情史诗",不是没有理由的。

《哈罗德游记》的前半部与后半部是在两个不同的时期写的,中间隔了好几年。在这期间,拜伦写了《异教徒》(一八一三)、《阿比徒斯的新娘》(一八一三)、《海盗》(一八一四)等六篇诗,统称为"东方故事"。如果说,《游记》是带有刻画现实、讽刺现实章节的浪漫抒情作品,那么"东方故事"可以说是单纯的浪漫抒情故事了。"东方故事"名为故事,但实际上除个别的而外(如《海盗》与《巴里雪那》,一八一六),都没有完整的故事。拜伦的"故事"跟当年以故事取胜的司各特的浪漫故事有所不同。① "东方故事"的重点不在故事的线索或曲折,不在故事的首尾完整,也不在通过故事来描写现实或刻画现实的面貌,而在抒写故事主人公与现实之间不可调和的矛盾。故事的环境是不具体的,主人公的奋斗目标也是不明确的,但是主人公对环境、对现实不肯屈服的抗议却表达了神圣同盟反动时期进步知识分子要求自由、渴望解放的心情。这不是现实主义的艺术,而是新型的浪漫主义的艺术。

---

① 拜伦也不是不能作叙事诗的。1818年写的《马集伯》,可以与司各特的故事诗媲美。但整个说来,这不是拜伦创作的主要特征。

在写“东方故事”的年代，拜伦还创作了诗剧《曼弗雷德》（一八一六—一八一七）。《曼弗雷德》比“东方故事”成熟得多了，有人把它与歌德的《浮士德》相提并论，但其艺术手法主要仍是浪漫主义的抒情。

拜伦的浪漫主义诗篇在当时和后代都有巨大影响。从这些诗篇里涌现出一系列的抗议者、叛逆者的形象。这些形象，大略可分两类。一类就是“拜伦式的英雄”——“对生命感到厌腻的公民”（哈罗德）、无家可归的流浪者（异教徒）、强盗（《海盗》中的康拉德、《阿比徒斯的新娘》中的塞里姆）、造反者（莱拉）、叛徒（《围攻柯林斯》中的阿尔普），以及否定一切、走向自我毁灭的曼弗雷德。他们都是个人自由、个性解放的追求者。他们在现实社会的层层束缚之中找不到出路，感到无比的愤慨与无穷的痛苦。他们都是那个社会的坚决的抗议者，在当时还有一定的积极意义；同时，他们又都是不断的诉苦者，好像拖着一颗血淋淋的心到处呻吟，往往陷入悲观失望的深渊而不能自拔。他们是害着“世纪病”的人，对当时，对后代都曾产生过消极作用。曼弗雷德是一个突出的例子。[①]

但是，拜伦还塑造了另一类人物形象。有些时候，特别在他创作后期，拜伦能体验到他所谓“对人类应尽的责任”。[②] 他从人类幸福着眼，塑造了几个更值得怀念的英雄形象。普罗米修斯是其中之一。拜伦一向爱好古希腊悲剧家埃斯库罗斯的《被缚的普罗米修斯》，他在诗里经常提到那造福人类的巨人“偷火贼”普罗米修斯。[③] 他自己也说，这一

---

① 高尔基曾作透彻批判，参阅《个性的毁灭》，见《文艺理论译丛》，1957 年第 1 期，第 154—155 页。

② 拜伦：《书简与日记》，第 5 卷，第 136 页。

③ 拜伦在诗里提到普罗米修斯，前后达十七次。参阅布什 (D. Bush)：《神话与浪漫主义传统》，1937 年，第 78 页。

形象总在他的脑子里盘旋，影响了他的人物创造。[①] 一八一六年，他写了歌咏普罗米修斯的诗。诗是不长的，但人物形象十分鲜明。拜伦的普罗米修斯也是一个叛逆者。可是他跟哈罗德、莱拉、曼弗雷德等有所不同，他不仅是个人自由的追求者，同时也是为了人类幸福而受苦的巨人。[②] 到了一八二一年，在同一思想的指导之下，他写了诗剧《该隐》。按照《旧约》传说，该隐——亚当与夏娃的长子——亵渎了上帝，杀害了弟弟，得到永恒的诅咒。拜伦指出：上帝的意旨、上帝的安排，包括所谓"原始罪恶"的责罚，是极端荒谬的，不可忍受的，而该隐是反抗专制统治的战士，他反抗上帝，不仅为了自己，更是为了子孙万代，为了整个人类：

> 所有现在活着的几个人，
> 以及所有数不清、数不完的人，
> 千千万万，万万千千的人。[③]

普罗米修斯与该隐的形象塑造以及对于这些巨人形象的热情歌咏——这是拜伦的浪漫主义创作的巨大成就。

这样，拜伦反映当年的社会，采用了两种艺术方法：一种是刻画现实的丑恶面貌，使人们痛恨它，厌弃它，这是现实主义的讽刺。另一种是塑造一系列不满现实、反抗现实的人物形象，来对现实提出热烈的抗议，这是浪漫主义的抒情。其中有些讽刺作品（如《审判的幻景》）带有浪漫气氛，而有些浪漫作品（如《恰尔德·哈罗德游记》）包含讽刺

---

① 拜伦：《书简与日记》，第 4 卷，第 174—175 页。

② 拜伦：《普罗米修斯》，第 35—38 行。

③ 拜伦：《该隐》，第 1 幕，第 1 景。

章节，表现了两种艺术方法的结合。但是这两种艺术方法结合的典型作品是《堂·璜》(一八一九— 一八二四)。拜伦写以前的作品，"游记"也好，"故事"也好，"幻景"也好，戏剧也好，总是偏重一种艺术方法。在《堂·璜》里，他运用多种艺术方法来表达他的思想、感情、愿望。恩格斯在《英国工人阶级状况》里说了一句有名的话，揭示了拜伦的特征："满腔热情的、辛辣地讽刺现社会的拜伦"。[①] 这满腔热情的吐露与对现实社会的辛辣的讽刺，在《堂·璜》里有极其充分的表现。

"堂·璜"这个名字，在西班牙文学传统里，本是一个浪漫气氛十分浓重的人物。但是，拜伦用这个名字，并不依照传统。他的目的是在创造一个反映当代社会的大型史诗。主人公堂·璜只是一个幌子，一个出发点。拜伦展开他的社会画面可以通过他的主人公，但也可以不通过他的主人公，而由自己直接刻画。他特别强调作品的现实性，在写作过程中不惮烦地一再说明他的意图。他说："我这诗是一个史诗……我和那写作史诗的前辈先生之间只有一点小小的区别……他们总是把故事装点得像迷宫一样，使人生厌，而我这个故事是极其真实的。"[②] 又说："《堂·璜》里写的差不多全是真实的生活——我自己的生活，或则我所熟悉的人们的生活。"[③] 又说："我的意图是表现事情到底怎样的，而不是表现事情应该怎样的。因为，我觉得，不把事情的真相弄清楚，那是没有多少好处的。"[④] 这些话不是说着玩的。他确实相信：剥除假象，刻画真相，对社会才有作用——他在临死前不久还是这样主张的。[⑤]

---

① 《马克思恩格斯全集》，第 2 卷，人民出版社，1957 年，第 528 页。

② 拜伦：《堂·璜》，第 1 篇，第 200—202 节。

③ 拜伦：《书简与日记》，第 5 卷，第 346—347 页。

④ 拜伦：《堂·璜》，第 12 篇，第 40 节。

⑤ 拜伦：《书简与日记》，第 6 卷，第 429—430 页。

在这一思想的指导之下，他对贝克莱等形而上学家、神学家，总是采取否定的态度，对骚塞等反动浪漫派总是采取鄙夷的态度。[①]

《堂·璜》揭露了当时欧洲社会的各个方面，并不限于统治阶级，但是它的重点是讽刺上流社会，也就是当时统治欧洲的社会，特别是统治英国的社会。拜伦曾对他的朋友肯尼迪说过："这个社会的体面的外表的成就掩盖了、装裹了它内部的秘密的罪恶。"又说："你在那高贵的社会里没有混得像我那么久。可是，你一旦充分地混了进去，并且亲眼看到发生着的事件，你就会相信：撕破了它好看的假象，揭露它本来的面目，正是时候了。"[②] 拜伦在《堂·璜》里做的正是这样的工作。《堂·璜》里有一个大型的虚荣市场、浮华世界。拜伦运用启蒙时期现实主义者的讽刺艺术，通过嬉笑、调侃、挖苦、怒骂等正面冲破或旁敲侧击的方式，来刻画那外表辉煌而内部糜烂的社会。有些场面很像贺格斯的油画。有些人物（如遭时窃位的亨利勋爵与秽德彰闻的裘丽亚）很像菲尔丁的喜剧与小说里的阔老爷、贵夫人。拜伦对伦敦的贵族资产阶级社会的腐化生活，有穷形尽相的描绘。他把伦敦叫作"魔鬼的客厅"——这跟斯摩莱特把伦敦叫作"魔鬼的厨房"，有同样深刻的意义。拜伦的历史地位是在启蒙时期现实主义作家与十九世纪批判现实主义作家之间。但是跟启蒙时期现实主义作家相比，他的画面广得多了；跟批判现实主义作家相比，他的胆子大得多了。批判现实主义作家，如狄更斯与萨克雷，在这方面有巨大成就，但是他们有不敢说、不便说的苦衷，跟《堂·璜》的作者相比，显然是逊色的。

但是，拜伦在《堂·璜》里最大的成功，还不在现实主义的讽刺描

① 拜伦：《堂·璜》，第 11 篇，第 5—6 节；第 15 篇，第 88—92 节；第 1 篇，第 205 节。

② 转引自柏拉特 (Pratt)：《堂·璜集注》，1957 年，第 4 卷，第 311 页。

绘，而在现实主义的讽刺描绘与浪漫主义的抒情鼓动相结合。他在创作后期越来越注意欧洲的国际政治问题。他反对维也纳会议与神圣同盟所产生的反动局面及其反动思想。他拥护当时蓬勃发展的民主改革运动与民族独立运动。他一方面揭露当时的反动统治，另一方面对当时进步运动表示同情。他在《堂·璜》里指出：英国不仅是一个最不道德的国家，它还是一个现金统治的国家，是世界的海盗，是欧洲的狱卒，是自由的敌人。[①] 他渴望意大利的解放，支持希腊人民的独立运动。在这期间，他有时仍流露忧郁、彷徨、消沉的情绪，在《堂·璜》里也有表现。但是《堂·璜》里的基调是战斗精神。他不再通过普罗米修斯或该隐的形象来表达他的理想，而是亲自高举自由的旗帜，进行热情的鼓动。多年传诵的《希腊群岛》——一般译为《哀希腊》——是他的战歌，音调是战斗的音调。他号召善良的人民、各国人民起来扫网灭蛛，改变那个不道德的、人压迫人的"古老世界"。[②] 他说：

如有可能，我一定向顽石说法，
要它们起来反抗世上的暴君。[③]

他又说：

我要和一切用思想来作战的人
作战，至少用文字（一旦时机到来，

---

① 拜伦：《堂·璜》，第 3 篇，第 14 节；第 10 篇，第 65—68 节，第 81 节；第 12 篇，第 5—6 节。

② 同上，第 8 篇，第 137 节；第 9 篇，第 28 节。

③ 同上，第 8 篇，第 135 节。

也要用行动）……[1]

这就是鲁迅先生在《摩罗诗力说》里所谓“立意在反抗，指归在动作”。一八二四年，拜伦在密索隆吉为了自由而捐躯，他履行了自己的誓言。

拜伦在他最后几年，因为参加当时进步运动，思想方面有很大发展。这思想发展推动了他的创作发展。《堂·璜》里现实主义的讽刺描绘与浪漫主义的抒情鼓动相结合，这是他创作的高峰。

三

我们接着讨论拜伦的战友雪莱（一七九二— 一八二二）。雪莱的创作发展跟拜伦是不一样的。首先，雪莱比拜伦有一套更系统、更完整的诗论。我们就从他的理论著作《诗辩》谈起。这里不需要对《诗辩》作全面介绍，只谈其中与创作方法有关的部分，特别是关于诗的心理基础与诗的社会作用。

雪莱认为诗的主要的心理基础是想象。《诗辩》一开头就把想象与理性两相比较。雪莱认为：理性重分析，想象重综合；理性“罗列已知的各种事物”，想象却能看到这些事物的个别的和整体的价值；理性与想象的关系就好比工具与人、身体与精神、影子与实体的关系。他提出：“一般而论，诗可以说是想象的表现。”他认为，诗人是最富有再造能力的人，而这再造能力的来源就是想象。雪莱对启蒙时期理性主义的大师们是熟悉的，并给以适当的评价。他说：“洛克、休谟、吉朋、伏

① 拜伦：《堂·璜》，第9篇，第24节。

尔泰、卢梭和他们的门徒们拥护被压迫、被欺骗的人类，应该受到人类的感激。”但是，他接着说，在这些人之中，除了卢梭在本质上是个诗人而外，其余都只是说理的人。[①] 雪莱并不轻视理性主义（他的思想是从理性主义的基础上发展起来的），但是他认为这还不足以说明诗的力量与作用。他的提法——“诗可以说是想象的表现”——超越了启蒙时期的诗学。

什么是想象？雪莱有他自己的说法。他说，一个人，为了要为人类做些好事，必须为旁人，为许多人设身处地，必须把旁人、许多人的痛苦与欢乐当作自己的痛苦与欢乐。这就要靠想象。其次，他所谓想象是一种不但能指导现在，而且也能憧憬未来的心理活动。他认为：诗人不仅深切地看到现存事物的真相，不仅发现现存事物在安排上所应遵循的规律，而且也从现在中看到未来，诗人的思想是后代“花朵的幼芽”。[②] 因此，诗人在过去某些时代、某些国家，被认为是立法者或先知者。在雪莱时代的英国，有人从狭隘的功利主义观点来攻击诗与诗人。他们说，诗在当时没有什么实用价值。又说什么运用想象虽能产生很大的快感，但运用理性却能发生更大的作用。这里所谓“理性”是个幌子，实际上是资产阶级功利主义。雪莱驳斥了这一论点。他说，功利主义者不能认识想象的作用。他指出：功利主义者只能使“富人愈来愈富，穷人愈来愈穷，而国家这条船就被逼在无政府状态与专制制度这两个

① 《十九世纪英国批评文选》，琼斯 (E. D. Jones) 编，(《世界名著丛书》本)，1929 年，第 153 页。雪莱写作《诗辩》时刚读过柏拉图的《伊安篇》，颇受其影响。《诗辩》具有唯心主义的外廓，但雪莱的主要意图在于从历史主义观点来说明诗的社会作用。

② 同上，第 124 页。

怪石之间进退失据。”[①]

雪莱进一步申说：诗（作为想象的语言）与人类精神的觉醒有密切的联系。他以《诗辩》的三分之一的篇幅从历史上予以论证，从古希腊一直说到自己的时代。他认为：英国文学总在全民意志巨大的、自由的发展前后，或在这发展的同时，得到长足的发展。十七世纪的资产阶级革命——雪莱把它叫作“争取公民自由、宗教自由的全民性斗争”——就在这样的一个时代。他提到弥尔顿，对弥尔顿的大无畏的天才表示钦佩。他觉得自己正面临着又一个这样的时代，就是制度需要变革、思想需要变革的时代。他说：“现在英国文学又站起来了，仿佛得到了一个新的生命。”他对现存秩序是不满意的，认为它必须变革，他对未来具有无限的信心。“诗人是号召战斗的号角。”“诗人是世界上无名的立法者。”[②]《诗辩》末尾充满着浪漫主义的乐观精神。

《诗辩》可以说是积极浪漫主义的宣言，同时也可以作为雪莱自己创作实践的总结。跟拜伦不同，雪莱对创作采取了极其严肃的态度：他严肃地认识自己对历史、对时代所负的使命。他表现了丰富的想象能力——这是他的创作的特征。他写过憧憬未来社会的浪漫主义作品，写过批判当代社会的现实主义作品，也写过两种艺术方法相结合的作品，就是：在对现实进行批判的基础上，或在对现实社会进行批判的同时，憧憬理想社会，并热情地歌咏这社会。

我们以雪莱的早期作品《麦布女王》（一八一三）为例。这无疑是个浪漫主义的作品，但在浪漫主义的描绘里交织着深刻的现实主义的批判。《麦布女王》采取了幻景方式——历史性的幻景，宇宙性的幻景。

---

① 《十九世纪英国批评文选》，第 152 页。

② 同上，第 163 页。

年轻的、美丽的姑娘伊昂珊睡着了，梦中给麦布女王带到天上，看到三个不同的世界：过去的世界，当前的世界，未来的世界。雪莱写前两个世界，着重描绘人类的灾难。过去的世界是君主、教士、政客三位一体统治的世界，在战争破坏之后成为一片留着血迹的废墟。当前的世界是现金交易、一切都可以买卖的世界，是一个"有产业的人会得到更多的产业，而没有产业的人就连原有的一点也会被人夺去"(《诗辩》中语)的世界。雪莱在创作过程中参考了三十五个作家，其中三十个是唯物主义的或带有唯物主义倾向的作家。[①]他没有，也不可能用阶级观点来考虑社会问题，但是他集中地、概括地刻画了几千年来人类社会的罪行和灾难。苏联的杰密希干指出："《麦布女王》有不少地方可以作为马克思和恩格斯的《共产党宣言》的极好的引证。"[②]这是幻景的一个方面。在幻景的另一方面，雪莱描绘了一个未来的美好世界。一切都变了。两极的冰川解了冻；瀚海成为良田，甘果常熟，好花常放；狮子豺狼不再噬人，像羔羊一样。人也变了。君主、教士、政客都没有了，可恶的宗教也没有了。新社会到处弥漫着智慧、理性、友爱、和平的气氛。雪莱在描绘现实社会的时候，一再暗示这秩序是必然要变革的(但他没有说明如何变革)；在幻想未来社会的时候，他热情歌咏，正好把丑恶的现实鲜明地衬托出来。雪莱的这部青年时期的作品，一般批评家认为技巧还不够成熟的作品，在当时空想社会主义者的队伍里，以至在好几代工人阶级的队伍里，不但得到广泛的流传，并且被认为是必读之书。[③]

创造幻景，通过幻景来反映现实社会，特别是通过幻景来憧憬未来

---

① 参阅美国近代语文学会：《浪漫运动：研究与评论》，1956 年，第 206 页。

② 苏联科学院：《英国文学史》，第 2 卷，第 1 分册，1953 年，第 321 页。

③ 怀特 (N. I. White) 曾作比较详细的介绍，见其《雪莱评传》，1947 年，第 2 卷，第 405—409 页。

的理想的社会——一般说，这是雪莱创作构思的主要方式。他写《麦布女王》是采用这方式的。四年后写《伊斯兰的起义》(一八一七)亦复如此。当然，创作的意图并不完全一样。《麦布女王》给我们揭示两种不同社会的图画，并着重说明社会变革必然性的规律，但是没有提到如何从一个社会转入另一个社会的过程，而《伊斯兰的起义》里揭示的正是这样的一个过程。《伊斯兰的起义》有一个副标题，叫作"十九世纪的一个幻景"，这幻景就是社会变革的幻景，革命的幻景。雪莱在这诗的序言里说明了他的意图：当时有不少人在法国革命以后看到法国革命的理想并没有实现，因而灰心丧气，对革命缺乏信心。雪莱批判了这个"时代的流行病态"。他"要在读者胸中燃起对自由和正义的高贵热情，对美好事物的信心和希望"。他并不直接描述法国革命，而是通过黄金城(即君士坦丁堡)的起义来说明革命的曲折过程。革命中的挫折是难免的，但是这并不意味着革命的失败。雪莱在序言里说："如果过去的革命总是一帆风顺，那么到了现在，我们对暴政和迷信的仇恨就会连一半也没有了。"他塑造了两个鲜明的英雄人物：莱翁和西丝娜。莱翁和西丝娜是人类的解放者，人类幸福的追求者。他们在革命挫折中牺牲了生命，但始终没有丧失对革命的希望。

雪莱认为人不仅是具有智力与道德的动物，更主要的是具有想象能力的动物。[1] 他认为激发人们的想象比说理、说教可以收到更大的效果。在《伊斯兰的起义》里，他运用了一系列象征性的表象。这诗一开头，描写鹰与蛇的格斗。鹰代表专制、代表恶；蛇代表自由、代表善。这场格斗被写成为一个宇宙震荡的局面。风云雷电等自然力量被用来加强格斗的声势。在格斗中，蛇被征服了，掉在海里，但是它没有死，以后

① 《雪莱的文学及哲学论文选》，肖克洛斯 (J. Shawcross) 编，1932 年，第 69 页。

会重新起来战斗。雪莱认为:语言里许多词语,由于长期沿用,往往带着乏味的联想。他要运用新鲜的象征性的表象来"唤醒人们的希望,启迪人们的头脑"。这样的创作方法跟拜伦的完全不同。在当时的诗人中,只有久被淹没的布莱克跟他有些相像。这是典型的浪漫主义的做法。

雪莱在他生命的最后三四年,思想更趋活跃,因而创作也有很大发展。和拜伦一样,雪莱是西班牙、意大利、希腊各国民族解放、民族独立运动的拥护者、支持者。同时,他虽旅居国外,也经常留心英国的政治斗争。英国从一八一五年起,阶级矛盾日益尖锐:政府越来越反动,而民主改革运动越来越高涨。在一八一六年,在伦敦市民亲自主持的一个大会上,人们公开地说:英国正面临着两条道路,一条是流血革命,另一条是军事独裁。[①] 到了一八一九年,似乎已经到了爆发点,似乎只要点一根火柴就会引起熊熊大火。就在那年八月中旬,出现了臭名昭著的曼彻斯特大屠杀案("比铁卢"),颇有革命前夕景象。雪莱认为人民与统治阶级之间的冲突是不可避免的,他真诚地站在人民的一边。[②]

一八一九到一八二一年,是他创作最丰盛的年代。创作的总目的是:鼓舞人们的革命斗志,加强人们对革命的信心。就艺术方法来说,这些作品可以分为两类:一类主要在揭露现实,表达对现实的痛恨;另一类主要在刻画理想,表达对未来社会的热爱。

在一八一九年,在听到曼彻斯特大屠杀之后,雪莱写了六七篇政治讽刺和政治鼓动的作品。这些诗的篇幅是不长的,但雪莱能在寥寥数行之中勾勒出统治阶级的丑恶面貌。乔治三世是年老的、疯癫的、瞎眼

---

① 怀特:《雪莱评传》的上引书,第 2 卷,第 104—105 页。

② 雪莱:《诗歌全集》,牛津出版社,1927 年,第 583 页。

的、万人鄙视的、垂死的国王，贵族是“污水里淌出来的泥浆”。[①] 首相卡瑟瑞、内务大臣席德默斯（民主改革运动的镇压者）是渡鸟、鸱枭、鲨鱼、鲸鱼、兀鹰、蝎子、豺狼。[②] 在《暴政的假面游行》里，卡瑟瑞、艾尔顿、席德默斯是“谋杀”、“欺诈”、“伪善”的化身。在诅咒统治阶级的同时，雪莱用极其明白的语言指出为什么种田的没有饭吃，织布的没有衣穿，造房子的没有房子住，铸造武器的不能用武器来护卫自己。他鼓动人们为自由而斗争。所谓自由，他也提得极其具体：自由就是面包、衣服、炉火和享有一个快乐而整洁的家庭。雪莱是主张通过议会改革来进行政治斗争的，但是如果这还办不到，那么就进行武装革命。[③] 在《暴政的假面游行》里他一再号召：

起来吧，像睡醒的狮子，
你们是个征服不了的数字。
摆脱你们的链锁，
像沾在身上的白露，
他们人少——你们人多。

这些诗，特别是《致英国人之歌》，在十九世纪四十年代宪章运动中，被作为战斗的进行曲。

---

① 雪莱：《诗歌全集》，第570页。

② 同上，第335页。

③ 雪莱诗里，对政治斗争，好像有两种不同主张：一是消极抵抗，一是武装革命。其实，他的主张是分层次的。他主张议会改革（议会改革是当时政治运动的主流），但是如果这办不通，则进行武装暴动。他在1819年写过一篇论文，名为《政治改革的哲学观》，当时未完成，也未发表，直至1920年始被校印出版。参阅怀特：《雪莱评传》，第2卷，第149—150页。

雪莱的某些后期作品确有现实主义倾向。就在写政治讽刺与政治鼓动诗的那年，他完成了他的历史剧《沉西》(一八一九)。他在给李·亨特的献词里写道："我以前发表的作品多半是些幻景，体现了我自己对美好的、正直的事物的理解……它们是事物应当怎样或可能怎样的梦想。至于我现在献给你的这部戏剧，那是悲惨的现实。"《沉西》的序言里又重复说明他的意图。[①]《沉西》描绘文艺复兴时期意大利的一个家庭惨剧，忠于历史现实，同时对雪莱的时代来说，这戏剧反对暴政，反对教会专横、采用暴力，有极大现实意义。[②]雪莱在写完这戏剧以后又说："这本戏没有什么枝蔓、不紧凑之处，没有多少不切实际的意象，没有多少模糊的、一般化的东西以及哈姆雷特所谓的'废话、废话'。"[③]可是，如果我们由此作出结论，以为雪莱已从浪漫主义转向现实主义，那是与实际情况不相符合的。雪莱的那些现实主义倾向的作品，政治讽刺、政治鼓动诗也好，历史悲剧也好，都是在《解放了的普罗米修斯》的创作过程中挤出时间来写的，而《解放了的普罗米修斯》是他最典型的浪漫主义作品。这说明：一个作家同时可以写使用各种艺术方法的作品。同时也说明：积极浪漫主义与现实主义完全不是两种互相排斥的艺术方法。

诗剧《解放了的普罗米修斯》是雪莱的代表作品。普罗米修斯的故事是欧洲广泛流行的一个民间神话。从古希腊剧作家埃斯库罗斯起，一直到浪漫主义时代的歌德与拜伦，曾有不少作家运用过这神话来表达自己的理想。但是雪莱有他自己的体会，在形象塑造上也有他自己

---

① 雪莱：《诗歌全集》，第 271，273 页。

② 苏联科学院：《英国文学史》，第 2 卷，第 1 分册，第 350—353 页。

③ 雪莱笔记中语，转引自怀特：《雪莱评传》，第 2 卷，第 142 页。

的贡献。歌德的普罗米修斯是理智的象征，拜伦的普罗米修斯是坚忍不屈的象征，而雪莱的普罗米修斯则是智慧、坚忍、慈爱的象征，是人类解放者的象征。雪莱在诗剧的序言里说，神话人物中跟普罗米修斯有些相似的是撒旦，但普罗米修斯比撒旦高贵得多了：普罗米修斯没有撒旦的妒忌、报复心与个人野心；他的坚忍不拔，不是为了个人，而是为了最好、最高贵的目的——人类的解放事业。[①] 诗剧一开头回溯普罗米修斯受苦的岁月。从第二幕起，着重描写他得到解放的过程。诗剧采取雪莱惯用的幻景方式，展开了一个极其宽阔的宇宙性的画面。这里有天帝（代表专制），有大地（代表人民），有各种精灵（有的代表希望和信心，有的代表不可避免的变革，有的代表正义感），同时大自然的全部力量都用上了，天上的星星都卷入了这场斗争。斗争是胜利的。雪莱在最后一幕着重刻画斗争胜利后光明、欢乐的宇宙，使我们联想到布莱克的《四巨人》（一七九七— 一八〇二）的结局。雪莱的浪漫主义憧憬达到了顶点。

十九世纪四十年代宪章主义文学评论家指出雪莱有一种可贵的能力，就是在最理想的作品中他从来没有脱离一个实际的目的。[②]

他写《解放了的普罗米修斯》最后一幕的时候，正是"比铁卢"之后英国政府对民主改革运动加强血腥镇压的时候。[③] 但是，雪莱丝毫也没有丧失信心与希望。有名的《西风颂》正是在那个时候写的。这也是一篇象征性的作品。西风是旧秩序的摧毁者，也是新秩序的播种者，一等春天来到，种子就抽芽了，茁长了。

---

① 雪莱：《诗歌全集》，第 201 页。

② 《宪章派文学选集》，柯瓦辽夫编，第 310 页。

③ 麦考贝（S. Maccoby）：《1786 至 1832 年英国的政治激进运动》，1955 年，第 353—375 页。

西风啊，

冬天已经来到，春天还能很远吗？

雪莱深信社会变革，同时令季节的变更一样，是不可避免的。《解放了的普罗米修斯》比《西风颂》更进一步：《西风颂》里写的是秋末冬初的景象，而《解放了的普罗米修斯》里写的则是冬尽春来的景象。大地回春是整个诗剧的基调，乐观是整个诗剧的气氛。雪莱的用意是在说明：忍受艰苦的岁月不是无用的，变革快要到来，革命的人要准备这变革，迎接这变革，使这变革不致落空。[①] 在《解放了的普罗米修斯》里，雪莱的抒情艺术达到了高峰。他酣畅地歌咏变革后的天地：意象时刻在交替，韵律经常在变换，诗的格式也层出不穷——这些使这诗剧具有特殊的音乐性。[②]

通过浪漫主义的想象，憧憬一个“伟大而快乐的、美丽而自由的”世界，来鼓舞人们的斗志——这是雪莱创作的特色。十九世纪四十年代有一个宪章主义文学评论家，曾经把雪莱和拜伦相比，并说明雪莱的贡献：

拜伦忧郁地看了看西班牙与意大利，转过眼去，看看希腊，看到土耳其的旗帜下降了，希腊之星光荣地升起来了，于是他希望着。但是，雪莱更深刻地凝视朦胧的未来，看到自己的乌托邦的美好幻

① 凯末伦 (K. N. Cameron) 曾讨论过《解放了的普罗米修斯》的政治象征性，请参阅《美国近代语文学会会刊》，第 58 卷，1943 年第 3 期。

② 怀特：《雪莱评传》，第 2 卷，第 133 页。怀特指出，《解放了的普罗米修斯》中诗的格式共有三十六种，并说英国诗中无此先例。

景实现了——不但希腊脱离了土耳其的统治，不但意大利恢复了统一与独立，而且整个人类有了团结与友爱，希伯来的预言与希腊的神话（也就是柏拉图所梦想的与耶稣所揭示的）得到实现，那时个人将与集体结合，而莫尔的“乌托邦”与哈林顿的“海洋洲”有了一个确切的地址与一个真实的名字。[①]

这就是为什么恩格斯说雪莱是“天才的预言家”。[②]

四

以上我们就拜伦和雪莱的创作发展来考察现实主义和浪漫主义两种艺术方法的运用。很明显，他们的创作大大地丰富了启蒙时期发展出来的文学艺术，而又为文学艺术的向前发展扩大了基础。

启蒙时期现实主义作家，开导了人们的头脑，启迪了人们的智慧，对他们的时代是有巨大贡献的。但是，当我们读过拜伦和雪莱的作品之后，回过头去再读启蒙时期的文学，它就显得单调、平凡了。它缺乏拜伦和雪莱的作品里所表现的那种洋溢的热情与飞腾的想象。英国也曾出过一些善于抒写热情的诗人，如十六世纪末年的马洛，又如十七世纪初期的韦伯斯特和福尔德，可是从十七世纪中期起，这作风差不多是衰歇了。至于想象，启蒙时期的诗学虽不排斥想象，但是不能充分认识想象在艺术创造中的作用。这在人物塑造方面表现得最为明显。启蒙

① 《宪章派文学选集》，柯瓦辽夫编，第322—323页。

② 恩格斯：《英国工人阶级状况》，《马克思恩格斯全集》，第2卷，第528页。

时期现实主义作品的典型人物，主要是当时社会里所谓的“普通人”，如笛福的那个一路经商、操奇计赢的鲁滨逊，菲尔丁的穷牧师、穷小子安德鲁斯与弃儿汤姆·琼斯，名画家贺加斯笔下的糜烂的贵公子、阔少爷，苏格兰民族诗人彭斯所歌咏的纯朴率真的庄稼汉……拜伦和雪莱的做法就不一样了。他们的画面并不限于一个小家庭、小市镇或小集团，或个人的小天地，像启蒙时期现实主义小说里描写的那样，而可以扩大为宽阔无比的、宇宙性的画面。在这画面上出现了平凡的人，也出现了奇特的人，以至如该隐、普罗米修斯等旋转乾坤的巨人以及人化的自然力量。这些都是启蒙时期作家没有，也不可能想象的。

但是，拜伦和雪莱都并没有因此而抛弃现实主义的传统。高尔基在讲到像巴尔扎克、屠格涅夫、托尔斯泰、莱斯科夫、契诃夫等古典作家时说：“我们很难完全正确地说出，他们到底是浪漫主义者，还是现实主义者。在伟大的艺术家们身上，现实主义和浪漫主义时常好像是结合在一起的。”① 我们可以说，这一论断也同样适用于拜伦和雪莱。高尔基对拜伦曾作过全面的评价：他推崇拜伦的积极浪漫主义，有时把它叫作社会浪漫主义，来强调它的革命积极性，同时高尔基还认为拜伦是最伟大的、无可指摘地真诚而严厉的统治阶级恶习的揭露者之中的一员。② 至于雪莱，虽则他的主要特征是对未来社会的浪漫主义的憧憬，他也写过政治讽刺诗、政治抒情诗，也写过现实主义的诗剧《沉西》。再者，他们不但在一个作品里运用浪漫主义艺术方法，在另一个作品里运用现实主义艺术方法，而且在某些作品里同时兼用两种艺术方法。拜伦的《审判的幻景》、雪莱的《暴政的假面游行》，特别是拜伦的《恰尔

---

① 《文学理论学习参考资料》，第 624—625 页。

② 伊瓦肖娃：《十九世纪外国文学史》，第 1 卷，人民文学出版社，1958 年，第 550 页。

德·哈罗德游记》和《堂·璜》，是明显的例子。进步现实主义主要在刻画现实、揭露现实，积极浪漫主义主要在抒发热情、表达憧憬，但它们的目的还是一致的。高尔基在提到积极浪漫主义时说："积极浪漫主义则企图加强人的生活的意志，唤起他心中对于现实，对于现实的一切压迫的反抗心。"[1] 我们觉得这几句话也同样适用于进步现实主义。因此，那两种艺术方法在某些作品里合流，是一件极其自然的事。

但是，必须指出：拜伦和雪莱的创作中浪漫主义和现实主义的结合是有很大的局限的。这不仅是艺术上的问题，而主要是思想上的问题，归根到底是作家们的世界观问题。拜伦和雪莱的思想，在他们短短的生命中，是有进展的。拜伦是他自己的时代的叛逆者，为争取个人自由、个性解放而斗争；但在创作后期也深切地关怀个人对人类应尽的责任，他揭露现实、鼓舞斗志是从这些观点出发的。雪莱是以人类解放事业为己任的，对人类前途有美好幻想，而且愈接触政治现实，愈觉得这幻想对社会变革具有莫大的启发作用，他憧憬未来世界是从这些观点出发的。拜伦也好，雪莱也好，都没有，也不可能超越资产阶级的意识形态。由于时代与阶级所规定的思想认识水平的限制，他们不能更深刻地认识和反映时代的真实，也不可能科学地预见走向理想社会的道路。他们知道现实是丑恶的、不公正的、非正义的，于是提出热烈的抗议。他们认识到现实是必须变革的，于是对革命运动表示热烈的拥护。至于现实变革之后，将是怎样情况呢？拜伦是心中无数的。雪莱呢，凭着主观想象，"凝视朦胧的未来"，刻画一个理想社会，一个乌托邦。对他们来说，理想与现实是一个无法统一的矛盾，因此产生了无限痛苦。悲观失望是拜伦经常流露的心情，这对当时，对后代，都

① 《文学理论学习参考资料》，第 624 页。

曾产生消极作用。雪莱也不是没有弹过凄凉的曲调。“我跌在生活的荆棘上，我流血了！”——这是《西风颂》里的话。对于拜伦和雪莱，现实和理想是对立的、矛盾的，他们也意识到这矛盾，但又无法摆脱这矛盾。他们在艺术上也反映了这矛盾，往往现实主义作品是一个样子，浪漫主义作品另是一个样子。要是一个作品里兼用两种艺术方法，这作品总是表现出不协调、不和谐的气氛。拜伦的《堂·璜》是一个例子。《堂·璜》的调子，一会儿高亢，一会儿低沉，往往一节之中，前半节高亢，后半节低沉。传统文学史家无法解释这现象，把它叫作“杂拌体”，是一种艺术上不协调、不和谐的作品。这种艺术上的不和谐说明了两种艺术方法没有得到有机的结合，而两种艺术方法不能得到有机的结合，说明作家意识形态上的矛盾。这是创作方法受制于作家世界观的一个极其明显的例证。

我们今日就完全不是那种情况了。我们今天的事业是理想与现实的统一，是以现实为基础，以理想为引导的。毛泽东曾教导我们要实事求是。他说：“我们马克思主义者是革命的现实主义者，绝不作空想。”[①]同时，他的著作里处处闪耀着高瞻远瞩的革命预见、革命幻想的光芒。毛泽东根据马克思、列宁主义的原理，文艺发展的规律和我们社会主义文艺的特色，提出了“革命现实主义和革命浪漫主义相结合”的原则。这原则概括了全部文学史的经验，但与历史上的两结合有根本性不同。在马克思列宁主义世界观指导下的革命现实主义与革命浪漫主义相结合的创作方法，保证了我们的作家有可能深刻地在艺术中反映现实的革命发展，并生动地表现出现实必然发展所提出的崇高的革命理想，从而达到文学中从来不曾达到的现实深度和思想高度，创造出现实与理

---

① 《毛泽东选集》，第 4 卷，人民出版社，1960 年，第 1132 页。

想完美统一的艺术形象来。

我们这样谈并不是以我们今日的标准来要求拜伦与雪莱，但是我们必须从辩证唯物主义和历史唯物主义的高度来认识他们的创作。他们揭露阶级压迫、民族压迫，号召人们起来为自由解放而斗争的精神，值得我们怀念。他们的创作，丰富了艺术方法，也值得借鉴；同时，我们只有正确地认识他们的思想局限与艺术局限，才能体会到我们今日艺术创作的道路是无限广阔的。

一九六一年十一月

狄更斯与美国问题

狄更斯曾经两次游历美国:第一次是在一八四二年,第二次是在一八六七年到一八六八年。每次游历都在他的信札里留下他的印象和感想,而第一次游历后还写了《美国札记》(一八四二),并在长篇小说《马丁·朱述尔维特》(一八四三— 一八四四)里,通过主人公在美国的活动,刻画美国社会的面貌。本文根据这些材料,特别是狄更斯第一次游美前后的材料,探讨下列问题:狄更斯反映了美国的哪些社会现实?提出了哪些社会问题?发表了哪些感想、哪些见解?这些问题的探讨可以使我们认识十九世纪中叶美国的资本主义社会,这对我们认识现代美国也有帮助。同时,我们研究狄更斯的描绘与言论,也可以从而认识狄更斯的思想面貌。

一

狄更斯早有游历美国之意。一八三九年，在《老古玩店》出版之前，他已经有了初步打算。[①] 他想在写作期间抽出几个月的时间到美国游览一番，并根据所见所闻，写一套描述性的文字。那时，狄更斯已在美国建立声誉，《老古玩店》出版后，声誉更大。《老古玩店》里耐儿之死吸引了广大的美国读者。据说，加利福尼亚的矿工们曾在露天的营火旁边含着眼泪静听耐儿的故事；纽约码头上的群众一见进港的外洋船舶，就对旅客高声叫喊："耐儿真的死了吗？"[②] 狄更斯和美国作家也已有了联系。《老古玩店》出版后，《见闻札记》的作者华盛顿·欧文 (Washington lrving) 曾专函致意，并力劝赴美一行。美国虽不是什么"自由乐土"，但毕竟是莎士比亚所谓的"美好的新世界"。从一八三九到一八四一年，狄更斯每次提到这新大陆，便心向往之。他的目的是：观光、采风，回国后写一本值得一读的书。[③]

在十九世纪四十年代，大西洋上已有汽船行驶，但是旅程还是不舒适的，一般需要花两个到三个星期。狄更斯夫人是不爱远行的，一提美国便有情绪，而且家里已有四个孩子，旅行期间难于照顾。但是狄更斯对美国总是怀着向往的心情。他写信给他的朋友福斯特说："不论白天或夜里，美国幻景总在我脑子里盘旋。要是错过这机会，实在太可惜了。凯特 [狄更斯夫人] 一听到这事就哭丧着脸。可是只要天从人愿，我想总有办法安排妥当的。"[④] 他终于克服种种困难，于一八四二年一月

---

① 参阅福斯特 (John Forster)：《狄更斯传》，赖伊编注本，1928 年，第 141，143 页。

② 蒲伯·汉纳赛 (Una Pope Henessey)：《狄更斯传》，1946 年，第 149 页。

③ 《狄更斯书信集》，德克斯特 (Walter Dexter) 编，1938 年，第 1 卷，第 352，354 页。

④ 福斯特：《狄更斯传》，第 195 页。

四日带着夫人和保姆，从利物浦上船西渡。大西洋上有险恶的风暴，狄更斯全家晕船（《美国札记》中有详细描写）。走了十七天，才到达波士顿港，踏上美国土地。尽管这样，狄更斯一点也没有减少他的兴奋。一八四二年一月底，他写信给他的朋友密顿说："这里有许多东西可以作为描绘的题材，我总是把眼睛张得大大的，希望在启程回国的时候多少有些收获。"[①]

狄更斯在美国耽了四个多月，是在旅行中度过的。美国人是以国宾来款待他的：宴会、舞会、接见会等，一个接着一个，简直使他忙于应付。狄更斯从波士顿南行，访问哈德福特、纽黑文、纽约、费城，进入蓄奴地区，经过巴尔的摩、华盛顿，一直到里奇满。狄更斯本来打算继续南行至南卡罗来纳的哥伦比亚，自雇车马越过阿帕拉契亚山脉进入田纳西和肯塔基，然后转向西北，直趋大湖区域。[②]但在华盛顿时，碰到当时有名的政界人物亨利·克莱。克莱认为南部气候不佳，沿途一片荒芜，没有什么可看的，劝他改道。于是狄更斯折回巴尔的摩，穿过阿帕拉契亚山脉西行至匹兹堡，由俄亥俄河顺流而下，经过辛辛那提至俄亥俄河与密西西比河的汇流处开罗，再由密西西比河上驶至圣路易斯，参观中西部的大草原。然后折回辛辛那提，经过俄亥俄州的首府哥伦布，乘伊利湖的汽船至尼亚加拉，瞻仰有名的大瀑布，进入加拿大。最后由纽约上船回国。这旅行有时坐火车；有时坐汽船；有时坐内河木船，牵拉上行；有时坐邮车，在泥泞沼泽中蹒跚而前。狄更斯没有能到极南的几个州，也没有能到"大西方"，但是他走的路程不是太短的，每到一处逗留几天，接触面也不是太窄的，一般是走马看花，但在某些地区也能

---

① 《狄更斯书信集》，德克斯特编，第 1 卷，第 381 页。

② 福斯特：《狄更斯传》，第 222 页。

下马看花。他不想在美国作更多的旅行。初到美国时本有一股豪兴，但在到达纽约以前，这豪兴逐渐消失了，逐渐给憎恶的心情替代了。

狄更斯在出国之前，已与出版家约定回国后写一本游记，由他们出版。但是他觉得这游记实在难于下笔。他觉得要把旅行的素材提炼成为轻松幽默的文字是一件困难的事——这在回国之前已经体验到了。[①] 经过三个月的努力，《美国札记》终于一八四二年十月底出版。到了第二年（一八四三）他开始创作长篇小说《马丁·朱述尔维特》，分二十个月出版，写到第五个月，他描述主人公马丁在美国的经历，也感到困难。他写信给卡莱尔夫人说："说句老实话，我觉得按照美国人的方向来对他们加以讽刺，简直是不可能的。"[②]——意思是说，在他看来，美国生活本身已经是一个讽刺。《美国札记》是一部据事直书的"见闻录"，至于《马丁·朱述尔维特》里的美国部分是想象的创造，但不论事件或人物，都更集中，更典型，因此具有更大的揭露力量。

《美国札记》出版后，美国的一些报刊尽情诋毁。纽约《先驱报》上说：狄更斯这人最粗俗，最莽撞，最肤浅，居然敢对那"独特而光辉的国家"进行批评。又说，他对正在形成中的美国民族性格的看法是心胸狭窄而又自以为是的伦敦佬的看法。又说，在所有旅客之中，他是最浅薄、最幼稚、最没有价值、最可鄙视的人。其他报刊也有类似谩骂，圣路易斯的一个读者竟对狄更斯进行人身攻击。《马丁·朱述尔维特》的出版，在美国引起更大的骚动。狄更斯的朋友卡莱尔说："美国佬都在鼓噪了，好像揭了盖子的苏打瓶子。"[③]

---

① 福斯特：《狄更斯传》，第 270 页。

② 《狄更斯书信集》，第 1 卷，第 564 页。

③ 见达菲爵士 (Sir. Chs. G. Duffy)：《和卡莱尔的谈话》，1892 年，第 245 页。

那时纽约的一家戏院正在上演莎士比亚的《麦克白》的改编本子。这本戏里有这样的一幕:巫婆们绕着燃烧着的巫锅往复歌舞,同时把蛇皮、蝎爪之类的秽物投到锅里。演员们异想天开,竟把狄更斯的小说一并投入,当众焚毁! [①] 不但如此,美国人还制造种种谰言,说狄更斯游美不是为了采风问俗,而是为了谋求利润,但没有如愿以偿,因而怀恨在心,借题发挥。多少年来,美国有不少历史家和传记家,把流言蜚语当作事实。直到二十世纪的五十年代,英国文学的研究者,考核当时文献,才把真相弄清。[②]

二

在十九世纪四十年代,美国已进入工业革命和向西部扩展的时期。在北部各州,表面上和十八世纪九十年代差别不大,原始林莽已清除了不少,但城乡差别还不很显著。有一些运河已经开凿,有一些铁路已经通车,但运河流域和铁路两旁仍有荒芜地带。在瀑布或急流附近涌现

---

① 《狄更斯致布德特·柯慈的信札》,艾格·约翰逊编校本,1955 年,第 48—49 页。

② 美国传记家对狄更斯游美目的有种种臆测。一说是:狄更斯有鉴于当时英国作品被美国书商不断盗印,于是前往美国吁请订立国际版权法规。另一说是:1839 年间,美国伊利诺斯州曾有投机组织,名为“开罗城市和运河公司”,在伦敦市场兜售股票,后来公司倒闭,狄更斯蒙受损失,因此亲往美国,作实地考察。关于第一说,狄更斯确曾一再提出版权法问题,游美之初并无这一打算,他自己对这一流言曾力予驳斥,参阅福斯特的《狄更斯传》,第 293 页。关于第二说,在 19 世纪 30 年代,美国曾有不少投机组织,诈骗取财,后来纷纷倒闭,国内外债权人颇受其累,但是狄更斯当时并无投资活动。美国不少历史家和传记家往往把流言当作事实,为美国辩护,参阅莫利逊 (S. E. Morrison):《牛津美国史》,1928 年,第 2 卷,第 38—39 页。现已证明,这些臆测毫无根据。参阅格勒勃 (G. G. Grubb):《狄更斯的西方旅行与开罗传说》,文载美国《语文研究季刊》,1951 年第 1 期,第 87—97 页。

了一些小城，满布着一排排的红砖砌成的厂房，标志着工业的兴起。那时的纽约还是一个房屋低矮的、平坦的、布局散漫的城市，到处可以望见帆桅。街上有新古典式样的公共建筑和富人的公馆，但是一进小巷子，就是污秽不堪的贫民窟和黑人区。有名的百老汇路上还有成群猪仔到处乱转。南部各州是蓄奴地区，是一大片一大片的庄园，高楼大厦是奴隶主的第宅，破陋的小木屋是奴隶的住处。另有大片土地，由于利用奴隶劳动力强行耕种，不加休整，以致地力枯竭，化为杂树丛生的沙丘。阿帕拉契亚山脉以西的土地已经在开拓了。有些地方点缀着白漆色的田庄；有些地方仍很荒凉，只在林莽、沼泽或草原的边缘有些稀疏的木屋，那是新来移民们的栖身之处；但是较大城市，如辛辛那提，有意大利式的别墅或哥特式的精舍。形形色色，极不调和。立国不是太久，而贫富已很悬殊，自然环境正在改变而艺术趣味远远落在后面。美国有不少风景区，特别是尼亚加拉。在那里，兵营式的旅馆与雄伟壮丽的大瀑布恰恰形成鲜明的对比……这种种在狄更斯的通信和《美国札记》里都有反映。他对自然风物的素描，有时虽寥寥数笔，也很有画意。他对尼亚加拉大瀑布特别感到兴趣，就在那里待了一个星期，大有流连忘返之意。尼亚加拉那里的激流、飞瀑以及水帘上挂着的七色虹霓，激动了他的神思。他说："尼亚加拉立刻在我的心坎打上了一个印象，美的印象；这印象永不变动，永不磨灭，一直要等到我的脉搏停止为止。"[1]

但是狄更斯游历美国，主要目的不是流连自然景色，而是考察民情风俗。美国在独立革命的过程中以及在独立革命后的半个世纪，由于具备了共同的语言、共同的地域、共同的经济生活和共同的文化生活，

① 狄更斯：《美国札记》，牛津插图本，1957 年，第 200 页。

逐渐形成了一个新的民族。[①] 在通信里，在《美国札记》以及《马丁·朱述尔维特》里，狄更斯对美国的资产阶级民族性格，不但反复谈论，还根据亲身体验，具体刻画，对我们来说仍有一定认识作用。

美国这一个民族有哪些特点呢？首先，狄更斯认为美国人是一个爱好热闹、爱好刺激的民族。关于这一点，狄更斯作了极其生动的描绘。狄更斯的船刚到波士顿港，还没靠上码头，一大群口袋里夹着报刊的人蜂拥上船，争先恐后，抢着握手。狄更斯以为他们是报贩，哪知全是报馆编辑。[②] 狄更斯刚走上巴尔的摩到华盛顿的火车，站上人大大小小拥过来了，从车厢外面放下窗子，趴在窗口，伸颈争看，其中有些人还冲进车厢，东看看，西摸摸，评头品足，闹了两个小时。[③] 狄更斯在伊利湖上坐了汽船到尼亚加拉去，船过克利夫兰，那是清晨六点钟，狄更斯在洗脸，他的夫人还没起床，房舱外面挤了一大群人，好像在看热闹似的，站着不走。[④] 美国人不但喜欢看"热闹"，也喜欢管闲事。在匹兹堡的运河船上，有人向狄更斯提了一系列问题：你穿的皮大衣是什么皮？哪里买来的？值多少钱？你戴的手表是买的还是人家送的？值多少钱？机件灵不灵？要不要每天开一次？如果忘了开，那又怎么样？[⑤] 这样追问下去，一直等到无可再问，才算罢休。

狄更斯给福斯特的信里有这样的一段：

---

① 参阅斯大林：《马克思主义与民族问题》，《斯大林全集》，第 2 卷，人民出版社，1953 年，第 292—293 页。

② 福斯特：《狄更斯传》，第 205 页。又《美国札记》，第 23 页。

③ 《美国札记》，第 114—115 页。

④ 福斯特：《狄更斯传》，第 269 页；《狄更斯书信集》，德克斯特编，第 1 卷，第 442—443 页。

⑤ 《美国札记》，第 149 页。

我简直不能做自己要做的事，到自己要到的地方，看自己要看的东西。只要一上街，一大群人就拥上来了。要是躲在家里，访客络绎而来，于是屋里就好像市场。要是带了一个朋友去参观一个公共机关，那机关的董事先生们出动了，就在院子里把我们拦住，宣读长篇演说。如果晚上赴一个会，大家又围拢来了，不论站在哪里，总是给弄得呼吸不便，倦得要命。要是出去吃一顿饭，那么对每一个客人都得谈话，对每件事情都得发表意见。为了求得片刻清静，走进教堂。哪知刚一坐下，邻座的人挤上来了，而教士呢，只是对着我一个人唠叨布道。我走上了火车，车守不让休息。我走下火车，到站上弄一杯水润润喉咙，哪知一张开口，上百个人跑来望着，一直望到我喉咙里面。你看看这是怎么回事！再者，每次邮务员跑来，总是捧了一大束信，其中没有一封是重要的，但是每一封信都要求立刻答复。这个人因为我不愿到他家里做客生气了，那个人因为我不愿一个晚上赴四个会而大大恼火了。这样，我得不到休息、安静，而总是在无休止的烦恼之中。[①]

这是实际经验的总结。为什么总是这样熙熙攘攘、唠唠叨叨呢？《美国札记》和《马丁·朱述尔维特》里有美国人作了明确的解答，他说："我们的人喜欢刺激。"[②]

狄更斯发现：美国这一个民族的另一特征是浮夸，是爱好自我吹嘘。美国人喜欢说美国好，喜欢说什么东西都是美国的好。譬如铁路运输吧，美国人深信美国的是最好的——至少比英国的好。如果你说

---

① 福斯特：《狄更斯传》，第 221—222 页。参阅《狄更斯致布德特·柯兹的信札》，第 35—36 页。

② 《美国札记》，第 23 页。《马丁·朱述尔维特》，牛津插图本，1951 年，第 22 章，第 372 页。

不完全这样，他是不相信的，他说："真的吗？"于是你作一些具体说明。可是他还是不相信，他说："难道真的那样吗？"他相信，美国人总是走在人家前面的。这样，一直纠缠下去，弄得你不耐烦了，勉强表示同意。这样一来，他得意了，他得意地说："这才对啦！这才对啦！"[①] 事物是这样，人也是这样。狄更斯接见了不少人，绝大多数都被介绍为"了不起的人"或"很了不起的人"。[②] 美国人不善于促膝谈心，而善作长篇演说，演说的主题是美国好，什么东西都是美国的好。美国人谈话或演说，喜欢用比拟不伦的夸张手法。《马丁·朱述尔维特》里，对于一个国会议员是这样介绍的：

> 他同我们的山脉一样苍翠，同我们蕴藏矿质的河流一样灿烂，一样流畅，同我们辽阔无边的草原一样不受古老传统的沾染。他也许很粗；我们的熊罴正是这样。他也许很野；我们的水牛正是这样。可是，他是大自然的孩子，是自由的孩子；他对于暴君有一个夸口的答复，就是：他在太阳下山的地方建立了自己的漂亮的家园。[③]

这叫作"哥伦比亚式的修辞"（即美国修辞）。[④] 这种修辞，很漂亮，很堂皇，但是往往与客观现实恰恰相反，与主观思想也不完全符合。譬如，明明是一个盗窃案件，他们可以把它说成是"独立自主的行动"；明明是一个暴徒，他们可以把他描写为"土生土长的、光辉的代表人物"。[⑤] 在

① 《美国札记》，第 63 页。

② 《马丁·朱述尔维特》，第 21 章，第 348 页。

③ 同上，第 34 章，第 534 页。

④ 这是 19 世纪中期美国文风。参阅麦西孙 (F. O. Matthiessen)：《美国的文艺复兴》，1941 年，第 19—22 页。

⑤ 《马丁·朱述尔维特》，第 33 章，第 519 页。

狄更斯看来，当时美国人有双重思想、双重语言的习惯。

此外，在十九世纪四十年代，美国人有一种生活习惯，引起外国游历家的反感，那就是到处嚼烟草和随地吐痰的习惯。[①] 那时，雪茄烟和烟卷还没有兴起，人们总是把烟草削成“栓子”，塞在嘴里，随嚼随吐，还把嚼过的“栓子”喷射出来，好像孩子们玩气枪一样。因此，公共场所总是狼藉满地，连铺着地毯的国会大厦也给糟蹋了。狄更斯打趣地说：嚼烟草的美国人，每个身旁有一圈禁地，可以叫作“魔圈”。[②] 这虽是一项生活细节，却引起游历家的普遍的反感。

美国人嚼烟草和随地吐痰的习惯，几十年后才渐渐消灭。但是，爱好热闹、追求刺激、爱好浮夸、喜欢自我吹嘘的习气，一直流传下来，差不多形成了资产阶级性格的特征。狄更斯在他的作品里也不是没有提起美国人的优点，例如爽直、勇敢、和气、好客等等，但都提得不太突出。[③] 提得突出的是以上几项。

三

但是，狄更斯在游美期间，还观察到一些更为本质的问题，就是美国的社会制度问题。狄更斯一再提到美国的《独立宣言》。毫无疑问，《独立宣言》里的名句曾经引起他对美国的兴趣。《宣言》中说：“我们认为这些真理是极其明显的：人是生而平等的；造物主赋予他们不可剥夺的

① 福斯特：《狄更斯传》，第 249 页。

② 《美国札记》，第 112—113 页；《马丁·朱述尔维特》，第 33 章，第 518 页。

③ 福斯特：《狄更斯传》，第 238 页；《美国札记》，第 244 页。

权利，其中包括生存、自由及谋求幸福的权利。”狄更斯在游美期间认识到这个理想在美国土地上完全没有实现。

首先，关于自由。狄更斯发现美国并不是一块“自由乐土”，像美国人自己所标榜的那样。在美国，一方面有些人有无法无天的自由，而另一方面许多人连起码的言论自由也无法享受。狄更斯在美国到处受到隆重款待，但是觉得禁忌很多，这也不应说，那也不应说。他提起当时美国的社会活动家、历史学家班克洛夫特 (Bancroft)，有人告诉他最好不提，因为班克洛夫特是一个民主主义者，是一个害群之马。他提起当时美国的报刊编辑、诗人布赖恩特 (Bryant)，有人告诉他因为同样理由，也以不提为是。他提到曾经到过美国、写过书的马底诺 (Harriet Martineau)，因此开罪了美国的各党各派。[①] 当时美国法律只保护美国作家的版权，至于外国作品，书商可以随意盗印，获致厚利。美国也有不少作家认为这是不公道、不合理的，但都噤若寒蝉，不敢公开谈论。狄更斯打破顾虑，在宴会上谈了两次，于是报刊上谩骂起来了。[②] 他给他的朋友福斯特的信上说：一个激进分子，除非对所持原则深信不疑的人，到过美国以后，可能变为托利党人。他又说：他很担心，这个国家如果终于失败了，会给自由带来最沉重的打击。[③] 美国哪里有什么言论自由？

这是一方面。在另一方面，美国确实有不少人享受无法无天的自由，这在小说《马丁·朱述尔维特》里反映得比较突出。狄更斯塑造了几个典型形象。新闻界有两个人，一个叫作达埃佛上校，另一个叫作杰

---

① 《狄更斯书信集》，第 1 卷，第 413 页。

② 福斯特：《狄更斯传》，第 119 页。

③ 同上，第 223 页，参阅《狄更斯给麦克瑞台 (Macready) 的信》，见《狄更斯书信集》，第 413 页。

弗逊·布列克。他们垄断新闻报刊，可以制造一个人的名誉，也可以破坏一个人的名誉。企业界有两个人，一个叫作却克将军，另一个叫作斯格德。他们都是土地投机家，可以把一块沼泽洼地宣传为一个繁荣城市，制造圈套，骗取外路人的生活费用，把他们送往蛮烟瘴雨之地，而没有丝毫难色。[①] 另外一个人叫作汉尼泊尔·却劳普。在任何人看来，这是一个恶霸流氓，但在美国被认为"土生土长的光辉的代表人物"。他的朋友们是这样介绍他的：

> 他崇奉理性的自由，因而得到人们的敬重。为了传布这自由，他经常在衣袋里带着两支多管转轮手枪。此外，随身还有些小玩具，其中有一支剑杖（杖中藏剑）、一把大刀。他很会说开心话，把剑杖叫作"抓痒器"，把大刀叫作"开割器"。他跟敌手搏斗时，这开割器有开膛破肚的作用。在好多地方，他使用了这些武器，效果都很显著，报刊上都有记载。有一次，有人敲他的街门，他就戳坏了那人一只眼睛。这一勇武行为使他得到了人们的爱戴。[②]

这就是所谓"理性的自由"！美国也讲法律，也讲道德，但是社会上最讲究的是"门槛精"(smartness)。却劳普是符合这标准的。狄更斯曾跟一些美国人谈起贪赃枉法的人。贪赃枉法的人是不是坏人呢？是不是应该归案查办呢？是的。是不是人所共弃呢？不一定。大家认为：那

---

① 《马丁·朱述尔维特》，第 23 章，描绘所谓"伊甸乐土"，第 377—383 页。很明显，这个"伊甸乐土"的描绘，主要是以狄更斯在俄亥俄河与密西西比河汇流处开罗所见为根据的。参阅福斯特：《狄更斯传》，第 171—187 页。多年来，美国历史家与评论家总说狄更斯夸张失实，但是细看当时关于开罗的记载与图片，狄更斯是反映现实的。参阅格勒勃：《狄更斯的西方旅行与开罗传说》，见美国《语文研究季刊》，1951 年，第 1 期，第 92—93 页。

② 《马丁·朱述尔维特》，第 33 章，第 519 页。

些坏人尽管犯了罪，但毕竟有办法，毕竟“门槛精”。[①] 这是当时的社会风气。

当时美国人的主要活动，总结起来，有一个目的——就是赚钱。狄更斯也得出这条结论。在《马丁·朱述尔维特》里，他说：

> 他们所有的各种关怀、希望、快乐、感情、品德和关系似乎都融解为一块块的金圆。他们谈论的东西，不论有多少内容，一经倒入话语的熔炉，慢慢一煮，熔炉里液汁变得稠密了，和金圆凝结在一起了。人是用他们的金圆来称轻重的，器皿是用他们的金圆来定大小的，生命是可以按金圆来拍卖、估计，规定价格高低的。[②]

美国人所谓的自由，简单说起来，就是资产阶级追求利润的自由。

再说平等。美国是号称法律面前人人平等的国家。在某些方面，它与别的国家有所不同。它没有帝王，没有贵族。侍役 (servant) 改称“助手” (help) ，名称改了，而其实还是一样。但是最突出的是：美国尽管说人人平等，而奴隶制度依然存在。在独立革命期间，杰弗逊等民主派曾一再谴责奴隶制度，但因奴隶主的反抗而没有得到结果。正如恩格斯指出的：“可以表明这种人权的特殊资产阶级性质的是美国宪法，它最先承认了人权，同时确认了存在于美国的有色人种奴隶制；阶级特权被置于法律保护之外，种族特权被神圣化了。”[③] 法国革命以后，西欧各国普遍展开废奴运动，西班牙与葡萄牙也被迫放弃贩奴贸易。美国也为形势所迫于一八〇九年起禁运黑奴入口，但是走私活动继续进行，因之

---

① 《美国札记》，第 245—246 页。

② 《马丁·朱述尔维特》，第 16 章，第 273 页。

③ 恩格斯：《反杜林论》，1970 年，第 103 页。

黑奴数量不是减少，而是增多。到了十九世纪四十年代，保存奴隶制度的除了巴西和西班牙的殖民地而外，只有美国。黑奴问题成为当时美国政治和经济上的主要问题。

狄更斯对美国的奴隶问题极其注意。他抵美后规划旅程，一想到南方蓄奴各州，心里就感觉不舒服了。旅行中他发现火车车厢分为三类，一类是白种妇女坐的，一类是白种男子坐的，另一类奇丑无比的车厢是黑人坐的。在从弗兰得列克堡到里奇满的火车上，他看到一个黑妇人带着几个孩子，母子数口一路啼哭。他们是刚从拍卖场给人买下来的。买主也在车上，每到一站，他就到黑人车厢巡视一番，生怕他们逃走了。狄更斯说，所谓"生命、自由与追求幸福"的捍卫者比《一千零一夜》里船长辛伯达碰到的独眼黑人还要丑恶。[①] 在里奇满，他看见一座桥，桥上悬有布告，禁止车马加速行驶，白人违禁者罚金五元，黑奴违禁者罚抽皮鞭十五下。[②] 就在那里，狄更斯参观了一个一千二百英亩的烟草种植园，主人殷勤接待，但不让察看奴隶居住的地方。狄更斯望见一堆参差错落的小木屋，屋前有成群孩子裸着半身，有的在晒太阳，有的在沙泥里打滚。狄更斯说，这奴隶主不做黑奴贩卖生意，还算是有些良心的。[③]

狄更斯在南部和西部旅行中碰到了不少奴隶主。他们总是为奴隶制度辩护，好像这是造福人类的一种制度。[④] 在圣路易斯，他和一个奴隶主展开了一场热烈的争论。[⑤] 奴隶主总说他们并不虐待黑奴，但是狄

---

① 《美国札记》，第 134 页。

② 福斯特：《狄更斯传》，第 240 页，《美国札记》，第 136 页。

③ 《美国札记》，第 135 页。

④ 《狄更斯书信集》，第 1 卷，第 410 页。

⑤ 同上，第 1 卷，第 433 页。

更斯在报纸上看到招寻逃亡黑奴的广告,广告上说明黑奴的标记:有的只剩一个耳朵,有的拔了几颗牙齿,有的肢体不全,有的身上带着烙铁火印。在圣路易斯,他还听到对黑人进行私刑审判,在光天化日之下,把黑人押往城外,活活烧死。[①] 狄更斯在蓄奴州的旅行不是很广泛的,还没有看到虐待黑人的全部情况。但对黑人的妻离子散、断肢残体、私刑审判的惨状,他已有足够的证据。于是他对美国社会由憎恶变而为愤怒。他的通信与《美国札记》里反映得极其明确,极其具体,因之具有极大的史料价值。

狄更斯除把当时所见所闻随笔记录而外,并在《美国札记》中对奴隶制度专章讨论(第十七章)。这一章揭露当时奴隶主的思想面貌,并加以批判。狄更斯把美国拥护奴隶制度的人分为三类。第一类的人把黑奴当作牲口,当作动产,但是还有一点天良,抽象地承认这制度本身是丑恶的。第二类是死硬派,他们认为对黑奴有霸占、繁殖、使用、买卖之权,尽管虐待黑奴证据确凿,但矢口否认。为了捍卫这奴隶制度,他们就是诉诸武力也在所不惜。狄更斯指出,对这种人来说,所谓"自由",就是"压迫同类、野蛮、残酷、暴戾"。第三类人狄更斯称为"斯斯文文的上等人"。这些人需要有人服侍,白奴既不存在,那只有使唤黑人了,好像只有虐待黑人才能获得他们的"不可剥夺的权利"。[②] 此外,还有不少人认为虐待黑人应受舆论制裁,只要舆论发动起来,问题就迎刃而解了。狄更斯驳斥了这种议论。他指出:蓄奴各州的舆论就是主张蓄奴,就是把黑奴放在法律保护之外,就是对废奴运动者以死刑来威胁。华盛顿城的国会大厦的镜框里还挂着《独立宣言》和《人权法案》,而华盛

---

① 《狄更斯书信集》,第1卷,第434页。

② 《美国札记》,第228—229页。

顿城正严格执行虐待黑人的法律:地方官员对街上任何黑人,不论是否有罪,有权拘捕送狱,通知其主人前来招领,如果无人认领则予以拍卖,因之往往已经赎身获得自由的黑人也被拍卖,再度转入奴隶生活。狄更斯说:"即使在美国,这好像是不可能的,但这是法律。"[①] 狄更斯写到这章的结尾,义愤填膺,充分表现了他的人道主义的精神。

> 我们听了异教徒印第安人自相屠杀的故事而呜咽啜泣,难道对于耶稣教徒的残酷能一笑置之吗?当这些事情还存在的时候,我们难道能面对印第安部落的残余而觉得高出一等吗?难道因为白种人占有了印第安人的土地而感到胜利吗?在我看来,宁可恢复原始的林莽和印第安的村落;宁可卸下星条国旗,让一些可怜的羽毛在风中飘动;宁可拆除街道和广场,换上印第安人树皮草席的小屋。这样,即使空气中充满着上百个骄纵的印第安战士临死的歌声,但和一个不幸的奴隶的哀号比较起来,还算是一种音乐呢。[②]

四

在《美国札记》与《马丁·朱述尔维特》出版以后,狄更斯对美国问题,特别是黑人问题,仍表关怀。他没有作过系统的论述,我们只从他的通信里窥探他的思想。[③] 他的想法,有些是符合实际的,是有参考

---

① 《美国札记》,第 231 页。

② 同上,第 243 页。

③ 参阅艾屈林 (A. A. Adrian):《狄更斯论美国奴隶制度——卡莱尔的思想影响》,《美国近代语文学会会刊》,1952 年 6 月号。狄更斯所办报刊上曾有讨论美国奴隶制度的文章,均未署名,艾屈林认为都代表狄更斯的思想,但无充分论据。这些材料,本文未予采用。

价值的，也有些是与实际不相符合的，是应予批判的。

一八四四年，新奥尔良州有一个人因为害怕"上帝责罚"，拒绝把被捕的逃亡黑奴交付酷刑，因而被法庭判处死刑。狄更斯听到这消息之后，大为激动，写信给福斯特说："那个国家的最大炮火还没爆发——但这炮火迟早总会爆发的。"[①] 这充分说明他具有先见之明。美国黑奴问题的步步发展，导致十九世纪六十年代的南北战争。但是，狄更斯有这样的一种矛盾心理：他主张并倡导社会改革，但反对使用暴力；他能认识革命的不可避免，但又害怕革命的到来。在十九世纪五十年代，美国的废奴运动者和奴隶主不断发生冲突，狄更斯也不断表示焦虑。一八五四年，有一个叫作安东尼·彭斯的逃亡黑奴被马萨诸塞州的联邦法院俘获了，准备依法解往南方，归还其主人。开明人士汤姆斯·赫金逊不顾法院程序，冲入营救，与宪警发生殴斗。营救没有成功，但营救者也未被处罚。狄更斯听到这消息之后，又大为焦虑。他写信给他的美国朋友柯尔顿夫人，说："在那伟大的《独立宣言》之下存在的国家，居然在波士顿发生了强劫人命的案件。世界上没有一件事情比这案子的整个过程显示更异常的道德现象。"[②] 这里所谓"道德现象"是不很明确的。但是可以断言，狄更斯对于暴力劫持和暴力营救，都是不赞同的。

一八六一年二月，美国南部诸州退出联邦，另组南部同盟政府。不久，南部军队占领萨孟特要塞。联邦政府被迫应战，封锁从南卡罗来纳到得克萨斯的沿海港口。这样，狄更斯所谓"最大炮火"爆发了。但是，说来奇怪，他的态度不是兴奋，而是淡漠。他认为联邦政府不会真心作

---

① 《狄更斯书信集》，第 1 卷，第 588 页。

② 同上，第 2 卷，第 575—576 页。

战，南北两方迟早总会达成协议。[1]就当时情况而言，这一断言是可以理解的。在一八六三年以前，联邦政府号召作战的口号是"拯救联邦"，而不是解放黑奴；而且战争开始后，它仍在寻求和南部奴隶主妥协解决的途径。狄更斯的看法代表当时欧洲颇大一部分人的看法。问题在于：他不但对联邦政府失了信任，也对南部同盟寄于同情。在一八六二年三月写给他的朋友萨尔普特的信上，他指出北方人也鄙视黑奴，也憎恶废奴运动者。废奴运动者在北部各州不是也到处受人嘲讪吗？狄更斯断言："南北两方都是一丘之貉，双方都会叫喊、撒狂、打架，一直要等到达成协议为止，至于奴隶问题，将来妥协时可能予以考虑，也可能不予考虑，看那时情况而定。"[2]在林肯总统颁布释奴法令（一八六三年一月）以后，他仍坚持这一主张。甚至一八六五年三月，他给美国朋友坎勃尔夫人的信上仍说："北部诸州反对奴隶制度只是一个借口，和战争的原因无甚关系。"[3]

最大的遗憾是：在美国内战问题上，狄更斯和国际工人运动恰恰走着相反的道路。马克思和恩格斯说，南北战争"不是别的，而是两种社会制度之间的斗争，是奴隶制度与自由劳动制度之间的斗争"。[4]内战一开始，马克思和恩格斯就指出：奴隶主发动叛乱，也就是号召资产阶级加紧对工人阶级进攻。英国上层社会——工业家、银行家、大地主——是同情奴隶主的，而工人阶级则站在反对奴隶主的一边。英国政府曾和南部同盟勾搭，准备对内战进行武装干涉，终以广大劳动群众

① 《狄更斯书信集》，第 3 卷，第 233 页。

② 同上，第 3 卷，第 288—289 页。

③ 同上，第 3 卷，第 416 页。

④ 马克思、恩格斯：《论美国内战》，人民出版社，1955 年，第 79 页。

的反抗而放弃冒险政策。[1]英国政府又曾纵使"阿拉巴马号"巡洋舰张挂南部同盟的旗帜,击沉联邦政府商船多艘。内战结束后,联邦政府向英国政府提出抗议,并要求赔偿,这一事件——历史上称为"阿拉巴马号"事件——的是非曲直是极其明显的,但狄更斯却焦灼不安。他说:"如果在不久的将来,美国人不把我们卷入战争旋涡,那倒不是他们的过错。他们欢喜自我吹嘘、说大话,还要求什么赔偿……我着实为之担心。"[2]

一八六七年十一月,狄更斯再度游美,在美国待了五个多月。狄更斯还只五十五岁,但是精力已经衰竭了,与第一次游美时候大不相同了。二十多年前美国人对他的一些反感已成过去,他受到热烈的接待。这次游美与第一次游美是不相同的:目的不是采风问俗,而是作巡回朗诵。从一八五八年起,朗诵自己的作品已成为他的主要活动之一,也是他个人收入的主要来源。他在美国,从一个城市跑到另一个城市,五个多月里作了三百七十多次朗诵表演。在旅美期间,各种疾病——感冒、脚肿、失眠、鼻膜炎——缠绕着他。因此种种,他不可能像第一次游美时能下马看花,深入考察。他的足迹限于北部和中部的十来个大城市,没有到华盛顿以南,也没有到俄亥俄和密西西比河流域。当然,他也接触到一些社会问题。黑人已经解放了,但是他看出黑人的处境并未获得改善;他正确地断言:四年内战并未解决黑人问题,在巴尔的摩,接触到一些黑人,觉得奴隶制度好像是"阴魂未散"。在教养院里,白人和黑人仍是泾渭分明,连用膳也不在一道。在演讲厅里,在理发馆里,白人不屑与黑人同座。狄更斯一方面觉得黑人是应当解放的,另一方面

---

① 《马克思恩格斯文选》,人民出版社,1962 年,第 1 卷,第 361 页。

② 《狄更斯书信集》,第 3 卷,第 445 页。

又觉得黑人实在太笨拙了，处在爱好流动的美国人中间很难生存下去，哪能享受民主权利呢？那时黑人在法律上已获得了选举权。狄更斯对议会选举制度一向没有好感，认为没有适当教育程度的人不可能实行这制度；因此他断言：给予黑人选举权只是政党为了骗取选票而玩弄的手法而已。[①] 总之，狄更斯看出：黑人的处境和黑人新近获得的自由身份是极其不相称的。但是他的斗争力量衰退了，没有像初次游美时那样义愤填膺了。

狄更斯第二次游美正值北部资产阶级激进主义者对袒护南方奴隶主的约翰逊总统进行弹劾的时期，政治斗争极其激烈，但是狄更斯没有注意。他的信札里记行程，记生活，记收入，而对当时美国问题接触不多，这对我们来说，实是一大失望。一八六八年四月十八日，在巡回朗诵结束以后，他应邀出席纽约新闻界的招待宴会，会上作了讲话。讲话中称道美国人的礼貌、体贴、和气、慷慨，等等，着重提到美国二十五年来物质上、道德上、生活上的变化，也提到自己对美国看法的变化。他说不准备再写关于美国的书了，不再发表“极端化的议论”了，而且宣称将来重印《美国札记》和《马丁·朱述尔维特》时，将以这讲话的有关部分作为后记。[②]这样，狄更斯对美国资产阶级社会作了极大的让步。

五

以上综述狄更斯对十九世纪中叶美国情况的反映以及对若干美

① 《狄更斯书信集》，第 3 卷，第 610—612 页。

② 《狄更斯演讲集》，菲尔丁 (K. J. Fielding) 编校，1955 年，第 380—381 页。

国问题的认识。在一八四二到一八四三年间，他根据所见所闻，通过书信、札记、小说等各种方式，对美国社会尽情刻画、尽情揭露，他提供的材料，在不少方面，比传统历史家所贡献的更真实，更典型，这无疑是有很大进步意义的。他在美国民族性格问题和“民主制度”问题上发表了不少精辟的见解。他认为美国资产阶级一切活动的主要目的是赚钱；他断言美国《独立宣言》中所标举的理想完全没有实现；他觉得南北战争并没有完全解决黑人问题——这些直到今日仍是颠扑不破之论，对我们仍有很大认识作用和教育作用。狄更斯是一个富有正义感的人，痛恨各种形式的暴政，对社会上不公道、不民主的现象，能敢于揭露，也善于揭露。他如实反映的情况，引起了广大读者的注意。在各种美国问题之中，他最表关怀的是黑人问题。他发表《美国札记》还在斯托夫人的《汤姆叔叔的小屋》(旧译《黑奴吁天录》)十年以前，对当时废奴运动起了积极作用。美国诗人朗费罗的《奴役篇》组诗(包括十一篇反奴隶制的诗歌)是在读了狄更斯的《美国札记》中“奴隶制度”等章节之后写作的。

但是，狄更斯毕竟是一个资产阶级激进主义者和人道主义者，他对社会问题的认识是不可能没有局限的。这局限特别表现在他对美国内战的认识上。作为一个资产阶级激进主义者和人道主义者，他能觉察社会上许多不人道、不民主的现象，但对复杂的、曲折的阶级斗争无法作出深入的、正确的分析。美国内战的起源、进程与作用——这是资产阶级历史学者长期争论的题目，有些人为联邦政府辩护，也有不少人为奴隶主的南部同盟辩护，一百年来尚无定论。狄更斯当时也感到惶惑，甚至对奴隶主表示了一些同情。他对美国黑人问题的看法，也是前后不很一致的。在黑奴解放前，他迫切地为黑人呼吁。在内战结束以后，他看到黑人处境并未改善，感到惶惑，甚至对黑人前途失了信心。他是从同情被压迫者的观点来考察这一问题，而不是从被压迫者自己的观点来体验这一问题的。一八六八年他在纽约告别宴会上的讲话，等于撤回自己二十六年前发表的有名的言论，明显地表现了他的局限。

我们指出这些，并不是对狄更斯有所苛求，而是在举行他诞生二百五十周年纪念的今日，当我们怀念和发扬他当年伟大的战斗精神的时候，也必须明确他的阶级局限，并从这局限中吸取有益的教训。

一九六二年五月

《赵氏孤儿》杂剧在启蒙时期的英国

元剧《赵氏孤儿》的传入欧洲以及在欧洲发生的影响，已经有了一些介绍。可是，在这一个中西文学关系的问题上，还有不少事例需要更好的安排，也有不少论点需要更多的考虑，更多的阐发。本文拟就《赵氏孤儿》怎样传入英国，传入英国后引起怎样的批评，经过了怎样的改编，改编本子怎样上演，以及上演后取得怎样效果等问题，提供一些事例，并结合当时历史条件和思想倾向，指出这些事例的意义，从而具体说明这本中国戏剧在启蒙时期英国的影响。[①]

---

① 关于这一问题，陈受颐论述较多，有《十八世纪欧洲文学里的〈赵氏孤儿〉》，见《岭南学报》，第1卷第1期，1929年，第114—146页；另有英文本，名《中国孤儿：元剧》，见《天下月刊》，第3卷第2期，1936年，第89—115页。本文作者曾写《十七、十八世纪英国流行的中国戏》，见《青年中国》季刊，第2卷第2期，1940年，第172—186页。本文修订了一些已知事例，增补了一些新的材料，并就当时历史条件与思想倾向，着重阐发这些批评与改编工作的意义。

一

要谈《赵氏孤儿》怎样传入英国，必须先谈这本杂剧怎样传入法国，因为它是从法国转过去的。在十八世纪初期，英国和中国早就发生了直接关系。中国的茶（武夷、熙春）、瓷器、漆器、南京布、糊壁纸等，通过东印度公司，早就进入英国社会，引起了英国人对东方的兴趣。可是，中国的哲学、伦理、文学，一般是由欧洲大陆——特别是法国——转辗输入的，中国戏剧也是这样。

《赵氏孤儿》传入法国，是在一七三二至一七三三年间。一七三四年二月，巴黎的《水星杂志》——这杂志现还存在——发表了一篇没有署名的信，说是从法国西北部布雷斯特寄来的。信里有几节法文翻译的中国戏剧。信上说："先生，这就是我答应给你的一件新鲜别致的东西。请你告诉我，你和你的朋友们看了这本中国悲剧觉得怎样。此外，还请你告诉我，我之所以对这本戏发生兴趣，是不是由于这样的一种心情，即凡是时代较古或地区较远的东西总能够引起我们的歆慕。"[①] 这里说的中国悲剧就是《赵氏孤儿》杂剧。这时候，巴黎耶稣会的教士杜赫德 (J. B. du Halde) 正在编辑一部关于中国的书，叫作《中华帝国志》，简称《中国通志》(*Description de la Chine*)，早于一七三一年在耶稣会士通信录（第二十集）上登了预告，一七三三年又印了一份说明书，介绍内容。到了一七三五年，《中国通志》出版，对折本四厚册，里面包括《赵氏孤儿》的法文译本。一年以前《水星杂志》上发表的只是一些片段，这次《中国通志》上登载的是法文译

① 参阅黎翁 (H. Lion)：《伏尔泰的悲剧及其戏剧理论》，1895 年，第 223 页。

本的全部。[1] 译者是在中国传教的一个耶稣会士，华名马若瑟(Joseph Maria de Prémare)。[2]《赵氏孤儿》是第一个传入欧洲的中国戏剧；就十八世纪来说，它是唯一在欧洲流传的中国戏剧。

我们说，《水星杂志》上发表的只是马若瑟的片段译稿，而《中国通志》上登载的是马若瑟的全部译稿。可是，马若瑟的全部译稿，不是《赵氏孤儿》的全部，而是经过删节的。元剧本以歌唱为主，歌唱里有很好的文章。马若瑟的法文译本则以宾白为主，"诗云"之类刊落大半，至于曲子则一概不译，只注明谁在歌唱。这样一来，《正音谱》所谓的"雪里梅花"，王国维所谓的"元剧之文章"，都看不见了。再者，有些地方，宾白脱离了曲子，好像也可以前后贯串；但也有不少地方，宾白脱离了曲子，就上下不很衔接——在这些"曲白相生"之处，经过了割裂，前后脉络就不明显、不自然了。

就马若瑟的汉语程度来说，他好像是可以做出一个较好、较完整的译本的。我们知道，他是在一六九八年(康熙三十七年)到中国来的，从那年起到一七三五年(雍正十三年)卒于澳门止，共留华三十八年，其中在江西各处如饶州、建昌、南昌等处住了二十多年。[3] 他是熟悉汉语的，读过不少中国书，也写过不少东西。除了关于宗教的而外，他译过一些书经与诗经，后来也在杜赫德的《中国通志》上发表。他还用汉

---

① 杜赫德系于1711年起主编《耶稣会士通信录》，该书又名《有益而有趣的信札》(*Letters édifiantes et curieuses*)。《赵氏孤儿》的法文译本见其所编《中国通志》(法文本)，1735年，第3卷，第339—378页。

② 马若瑟的《赵氏孤儿》法译本完成于1731年。王国维的《宋元戏曲史》第16章谓杜赫德于1762年译此剧，误也。关于马若瑟的译稿如何传入法国，参阅科尔迪埃：《西人论华书目》(H. Gordier, *Biblotheca Sinica*, 1904—1924年，第3卷，第1787—1788页。

③ 参阅徐宗泽：《明清间耶稣会士译者提要》，1939年，第402—403页。

语写过一部《经传议论》,分篇讨论六书、六经、易、书、诗、春秋、礼乐、四书、诸子杂书、汉儒、宋儒。在十八世纪初期(康熙年间),到中国传教的耶稣会士,为了便于进行工作,研习中国学问。傅圣泽 (Foucquet) 和白晋 (Bouvet) 研习的是《易经》,而马若瑟研习的是理学。马若瑟在他的《春秋论》一篇的自序上说:"瑟于十三经、廿一史、先儒传集、百家杂书,无所不购,废食忘寝,诵读不辍,已十余年矣。"[①] 在当时教士中,他是一个"中国通"。可是他译的《赵氏孤儿》,只是大体保存了原作品的轮廓,而不是一个完整的本子。很可能,这位"理学"家,对词曲小道不很内行,为了省事,没有全译。至于比较完整的译本,法国人汝利安 (S. Julien) 的散文韵文译本,那要等到一八三四年才得出版——是一百多年以后的事。[②]

马若瑟的《赵氏孤儿》译稿在欧洲的流传,主要是靠杜赫德的《中国通志》的流传。《中国通志》是李明(Louis le Comte)的《中国现状新志》(一六九八)以后有关中国的第一部大书,该书在十八世纪欧洲流行极广。它在欧洲主要语言(如英、德、意、俄)里都有译本,其中最早的是英国的译本。[③] 早在《中国通志》出版以前,伦敦新闻界听到了消息,就已注意了。[④] 后来,《中国通志》在巴黎出版了,伦敦发生了抢译现象。一个以印刷精美得名的出版家叫作瓦茨,另一个以创办《君子杂志》得

---

① 方豪曾论述马若瑟的学习与著述,引文见《方豪文录》,1948 年,第 164—165 页。

② 科尔迪埃:《西人论华书目》,第 2 卷,第 1787—1788 页。

③ 同上,第 1 卷,第 45—51 页。

④ 参阅勃吉尔 (Eustace Budgell):《蜜蜂报》(*Bee*),1733—1734 年,第 24,40,50 期。杜赫德的《中国通志》说明书,四开本四页,系于 1733 年发表,勃吉尔即在同年 8 月份的《蜜蜂报》(第 24 期)作了报道。后来又在 1734 年 2 月份的《蜜蜂报》(第 49,50 期)上作详细介绍。作者曾有论述,见《英国语言文学评论》(*Review of English Studies*, Oxford),1949 年第 4 期,第 143 页。

名的出版家叫作凯夫，都雇了译员，赶着进行工作，凯夫并在《君子杂志》上大为《中国通志》宣传。瓦茨的翻译是一个删节本，进行较快，于一七三六年出版，八开本四册，五年之内印了三次。凯夫的翻译是一个全译本，进行较慢，于一七三八至一七四一年之间分期出版，对折本两大册。从一七三六至一七四一年，这两个出版家，互相指摘，进行争辩。[①] 对我们来说，这些争辩的意义倒不在其是非曲直，而在说明下面一个事实：就是，在十八世纪的三十年代，中国文物在英国的翻译界、出版界，以及读者界，已经引起了广泛的注意与兴趣。

瓦茨和凯夫的两个《中国通志》英译本，都包括马若瑟的《赵氏孤儿》。因此，在十八世纪四十年代之初，《赵氏孤儿》已经有了两种英译本了：瓦茨的是第一本，凯夫的是第二本。就读者来说，懂法文的——这在当时“上流社会”有相当数量——可读马若瑟的原译本，不懂法文的可以看瓦茨的或凯夫的重译本。凯夫的本子，比较晚出，质量也比较好。

可是，在启蒙时代的英国，《赵氏孤儿》的英译本还不止瓦茨和凯夫的两种。在十八世纪五十年代，以采集、编订英格兰与苏格兰民歌得名的汤姆斯·珀西对中国文物发生了兴趣。他选辑有关中国语言、礼俗、宗教、戏剧、园林等文字，合为一集，叫作《中国杂文汇编》，十二开本两册，一七六二年出版。这部《杂著》也包括《赵氏孤儿》。[②] 珀西的《赵氏孤儿》，据说是一个新译，力求保存原作品的一些特点，但实际上是就凯夫的本子作了些润饰。珀西喜欢旁搜博采，也喜欢文字加工。他润

① 凯夫 (Edward Cave) 与瓦茨 (John Watts) 在《中国通志》翻译问题上的争论，作者曾有介绍，见《约翰逊博士与中国文化》，伦敦，1945 年。

② 珀西 (Thomas Percy) 编的《中国杂文汇编》(*Miscellaneous Pieces Relating to the Chinese*, 1762) 的第 1 卷刊载《赵氏孤儿》的译稿。

饰《赵氏孤儿》的英译本,正同他润饰英格兰与苏格兰的民歌一样。他的本子是《赵氏孤儿》的第三种英译本,基本上同于第二种本子。[①] 不过,经过他的加工,文字比较雅驯,更能适合十八世纪中叶英国读者的口胃,这也有助于《赵氏孤儿》在英国的流传。

综上所述,《赵氏孤儿》通过耶稣会士马若瑟的不完整的法文译本,很快就传到了英国,一再转译,广泛流传,从十八世纪三十年代中期到六十年代初期,前后达二十多年之久。

二

马若瑟的《赵氏孤儿》译稿在当时文艺界引起了哪些批评呢? 在讨论这问题之前,我们必须指出:当时欧洲人对于中国戏剧知道得非常之少。从十七世纪中叶起,欧洲有不少人到过中国,有的传教,有的经商,也带回不少消息,耶稣会多卷的通信集是一个例证,可是对于中国戏剧很少提到。因此,在十八世纪三十年代,欧洲文艺界如果留心中国戏剧,除了体会马若瑟的不完整的译稿而外,只能参考杜赫德在《中国通志》上一两页的简短介绍。

杜赫德在巴黎耶稣会做过三十多年的编辑工作,可是没有到过中国。他对中国戏剧的认识,完全得自传闻,而且也是非常有限的。他在《中国通志》上说:在中国,戏剧跟小说没有多少差别,悲剧跟喜剧也没有多少差别,目的都是劝善惩恶。他提到中国戏剧的一些惯例。他说,

---

① 关于珀西的加工问题,作者曾进行讨论,见《英国语言文学评论》,1945 年第 4 期,第 326—329 页。

因为一个演员往往要扮演好几个角色，所以一上舞台，就先作自我介绍。又说，演员在台上，碰到情绪激动，就放声歌唱。他着重指出：中国戏剧不遵守三一律，也不遵守当时欧洲戏剧的其他惯例，因此不可能跟当时欧洲戏剧相比。[①]

在当时文献中，最早对《赵氏孤儿》进行详细的分析批评的，大概是伏尔泰的朋友阿尔央斯侯爵。他在一七三九年出版了一部书，叫作《中国人信札》，里面谈到《赵氏孤儿》。《中国人信札》虽是一个法国作家的书，但在英国流传广、影响大，[②]因此其中关于《赵氏孤儿》的批评，值得在这里介绍一下。阿尔央斯赞赏《赵氏孤儿》的一些片段，如楔子里公主与程婴商量托孤一节，又如第二折里程婴与公孙杵臼商量救孤一节。可是他主要是从戏剧技巧上指出《赵氏孤儿》的缺点，有不少地方跟杜赫德在《中国通志》上谈的没有多大出入，但比较明确，也比较具体。

首先，阿尔央斯指出：《赵氏孤儿》的作者没有遵守那"从前使希腊人那么高明而不久以前又使法兰西人跟希腊人媲美的种种规律"。他这里指的是三一律，特别是时间一致和地方一致的规律。他说：

> 在那本标题为《赵氏孤儿》的中国悲剧里，孤儿出世了，孤儿被

---

① 《中国通志》，1935年，第3卷，第341—343页。陈受颐曾有讨论，见《天下月刊》，第3卷，第2期，第94—95页。

② 阿尔央斯的《中国人信札》(*Lettres Chinoises*, 1739) 有英文译本 (1741)，另有英文仿制本多种，包括哥尔斯密斯的《中国人信札》(1760—1761)。阿尔央斯仿效孟德斯鸠的《波斯人信札》，假托一位姓庄的中国游历家来批评法国社会，特别是法国的教会，有一定进步意义。其中一封信（第23封）是这位姓庄的从波斯写给北京一位姓俞的。就在这封信里谈到《赵氏孤儿》。这封信见英译本 (1741)，第161—164页。

带到远方去了，孤儿被教养成人了，到了二十五岁回到北京，禀告皇帝，说大臣屠岸贾如何残害他的父亲——这些事实全在个把钟头之内一一发生。而皇帝呢？听了孤儿的申诉，就给他恢复了他父亲所被剥夺的一切权利，又把大臣处以极刑。这许多事情，必然是在不同时间发生的，其间一定隔得很远，可是作者随随便便堆在一起，违反了一切的或然规律，因而剥夺了观众的部分快感。如果这些事情处理得妥当一些，安排得巧妙一些，那么观众就可以得到更多快感。其实，作者可以让一些演员陈述孤儿早年的苦难，可是这个应当等孤儿走到北京以后再来追诉；这样一来，屠岸贾的罪恶，一经揭发，就可以成为这本戏的主要内容了。

这段文字，有许多地方，是批评家的误解。譬如，他说孤儿是在远方长大的，然后回到北京，朝见皇帝——这些都跟原剧有出入。又如，他说全剧时间二十五年，这与原剧也有出入。[①] 不过，这些是细节。批评家主要目的是在于指出这本戏的时间不一致和地方不一致。剧中动作是在晋宫、驸马府、太平庄帅府、闹市等五六个地方进行的——这些是地方的不一致。至于时间，从屠岸贾诈传灵公之命把赵朔赐死起至孤儿长大成人，前后二十余年，这也是新古典主义（或称假古典主义）的批评家所不能赞同的。

这是第一点：《赵氏孤儿》违反了三一律。其次，批评家认为《赵氏

① 元曲《赵氏孤儿》的动作是从屠岸贾诈传灵公之命把赵朔赐死开始的，以前种种系追叙过去事变，从这里（楔子后半段）到第三折的《鸳鸯煞》，时间是很短的。公孙杵臼唱的《梅花酒》里说："想孩儿离褥草，到今日恰十朝。"这里说的孩儿指假孤儿（程婴之子），真孤儿当时也不过一个月光景。第三折和第四折之间，隔了二十年。全剧时间只二十年几个月。阿尔央斯说二十五年（后来伏尔泰也这么说），与原剧不合。

孤儿》违反了所谓的“措置得体的惯例”。这本戏里包含着许多不该在舞台上表演的动作。赵朔是“在刀头死”的;公主(赵朔妻)是拿裙带自缢死的;下将军韩厥是刎颈死的;假孤儿(程婴子)是给“剁了三剑”死的;公孙杵臼是在被细棍子、大棍子打了之后自己撞台阶死的;最后,屠岸贾是给“钉上木驴,细细地剐了三千刀,皮肉都尽,方才断首开膛”死的。阿尔央斯举公主自缢一节为例。他承认公主自缢是一个可歌可泣的场面,她表达“母亲的慈爱,英雄的慷慨,以及最勇敢的人临死前也很难免的苦痛”。可是他说:

> 公主[孤儿的母亲]是在台上自缢死的——这是一个十分可怕的动作,无论如何不该让观众们看到的。我并不是说公主之死没有感动人的力量,可是换一个方式来处理,不是也可以达到同样目的吗?

总之,凡令人吃惊的剧烈动作(如自杀、谋杀),不该在台上表演,而应事后追诉。这是当时新古典主义者对于悲剧的一条惯例。理由是:古希腊的悲剧是这样处理的,古罗马的批评家霍瑞斯以及文艺复兴时期的古典主义者也是这样主张的。不这样做是有碍观瞻的。①

此外,阿尔央斯提出《赵氏孤儿》的另一个缺点,就是它违反古典主义的或然律。他举了两个例子。一个是演员上台时的自我介绍。譬如,屠岸贾上台,就说:“某乃晋国大将屠岸贾是也。”程婴上台,就说:“自家程婴是也,原是个草泽医人。”公孙杵臼上台,就说:“老夫公孙杵臼

---

① 这一戏剧惯例,英法文名为 decorum。参阅尼科尔(A. Nicoll):《戏剧理论》,1931年,第59页。

是也……住在这太平庄上。”阿尔央斯针对这些进行批评：这自我介绍是对哪个人说的？是对自己说的吗？那太可笑了。是对观众说的吗？这就表明作者创造力的贫乏；因为除了要演员称名道姓而外，除了这样毫无意义地说明他为何在这一幕出场而外，他竟不知道如何把演员介绍给观众。另一个例子是“曲白相生”。他说：

> 欧洲人有许多戏是唱的；可是那些戏里就完全没有说白；反之，说白戏里就完全没有歌唱。这不是说歌唱并不强烈地表达伟大的情感，可是我觉得歌唱和说白不应该这样奇奇怪怪地纠缠在一起。

这“曲白相生”，他认为也是违反或然律的。

阿尔央斯是从当时奉为圭臬的新古典主义的惯例来衡量《赵氏孤儿》的。说明了中国戏剧跟十八世纪新古典主义的法国戏剧有多么大的距离。阿尔央斯的议论是有一定的代表性的。十八世纪前期的法国是新古典主义的世界，鼎鼎大名的伏尔泰也没有摆脱它的桎梏。在十八世纪五十年代，伏尔泰对《赵氏孤儿》也发生了兴趣，可是（我们将在下面提到）他对这本中国戏剧的布局结构的意见，基本上跟他的朋友阿尔央斯侯爵是一致的。

三

阿尔央斯侯爵对于《赵氏孤儿》的看法是不是启蒙时期欧洲文艺界一致的看法呢？那也不尽然——至少在英国不是（或则不完全是）

那种情况。从十七世纪中期到十八世纪后期，英国戏剧家和戏剧批评家，在法国影响之下，也讲究新古典主义的规律与惯例，不但根据这些规律与惯例来进行创作，也根据这些规律与惯例来改编（当时称为“改善”）莎士比亚的伟大的戏剧。可是，创作家和批评家不断地发出反抗的呼声。就三一律来说吧，十七世纪后期的戏剧家、批评家德莱顿就已指出这根本不是古代希腊戏剧的规律；十八世纪初年的戏剧家法夸尔(Farquhar)进一步说明这些规律的不切实际、不合情理；[①]到了十八世纪中叶，以维护传统出名的批评家约翰逊，也通过名演员加立克，当众宣称这些规律窒息了悲剧的创作。[②]启蒙时期英国的戏剧家、批评家，谁都受到新古典主义戏剧规律的束缚，但谁都没有严格遵守那些规律，而不少人还有意无意地破坏了那些规律。[③]在这种情况之下，如果英国批评家对于《赵氏孤儿》的看法跟法国新古典主义者不一样，那不是一件偶然的事。

在当时英国批评家之中，对《赵氏孤儿》进行比较详细讨论的是理查德·赫德。[④]我们说过，法国批评家阿尔央斯谈《赵氏孤儿》，主要是列举这本戏在哪些地方不合于新古典主义的规律，从而指出它的缺点。赫德则不然。他主要是列举这本戏在哪些地方跟古代希腊悲剧相似或相近，从而肯定它的优点。赫德说，《赵氏孤儿》的故事跟古代希腊悲剧家索福克勒斯的《厄勒克特拉》(*Electra*)很有相似之处。在《厄勒克

① 尼科尔：《戏剧理论》，第 42—44 页。

② 约翰逊：《德罗如瑞剧院开幕词》，1747 年，第 29—34 行。

③ 尼科尔：《十八世纪前半期英国戏剧史》，1929 年，第 51—66 页。

④ 赫德 (Richard Hurd) 于 1751 年发表他编注的《何瑞思致奥古斯特的诗篇》(*Horace, Epistle to Augustus*)，后附《论诗的模仿》一文，其中论及《赵氏孤儿》。这本集子从第 3 版起不收《论诗的模仿》一文，原因不详。但珀西认为该文极有价值，收入其所编的《中国杂文汇编》。

特拉》里，阿伽门侬被他的妻子和她的情人刺死以后，他的孤儿俄瑞斯忒斯不是由于一位老师父的拯救而脱险吗？俄瑞斯忒斯不是由这老师父带往另外一个地方掩藏起来、培养长大起来吗？俄瑞斯忒斯长大成人之后不是也回来替父亲报仇吗？这一故事的轮廓跟《赵氏孤儿》是相似的。《赵氏孤儿》的主题是“怨报怨”，《厄勒克特拉》的主题也是“怨报怨”。再谈到复仇的动机，在《厄勒克特拉》里来自神座的谕旨，在《赵氏孤儿》里则来自父亲临死时的遗命。赵朔自尽前不是嘱咐过公主吗？（“公主，你听我遗言，你如今腹怀有孕。若是你添个女儿，更无话说；若是个小厮儿呵，我就腹中与他个小名，唤作赵氏孤儿，待他长立成人，与俺父母雪冤报仇也。”）赫德指出，《赵氏孤儿》里有多少表达愁苦的词句、格言式的话语、道德性的情绪，很像《厄勒克特拉》。此外，《赵氏孤儿》里，在情感激扬部分，“掺杂着歌曲，提炼而为壮丽的诗句，有些像古代希腊悲剧里的和歌”。[①]

赫德说，《赵氏孤儿》就它的布局或结构来谈，跟希腊悲剧是很相近的。他指出这本戏的“特殊的单纯性，通体没有做作”，特别表现在人物介绍方面：“演员上场，开口就把姓名、角色、任务一一交代清楚。”[②]这样，阿尔央斯认为违反或然律的演员自我介绍，在赫德看来，不但不是缺陷，而且说明了结构的简朴、单纯。赫德说，戏剧结构有两条规律：一是动作需要完整、统一；二是事件需要连贯、紧凑。他仔细考察了马若瑟的译本，认为《赵氏孤儿》是相当准确地符合这两条规律的；他觉得，就这本戏的前面三折来谈，动作是完整、统一的，就是诛灭赵氏，而且这动作“进展得差不多达到亚里士多德所要求的那种速度”。同时，

---

① 《中国杂文汇编》，珀西编，第 2 卷，第 230—231 页。

② 同上，231 页。

赫德也指出，依照古典戏剧的标准，这本戏还不够完善，在技术上还存在着一些缺陷。他说，为了连贯、紧凑起见，戏的动作最好能更接近结局或煞尾。《厄勒克特拉》的动作不是从俄瑞斯忒斯跟老师父回来复仇那里开始吗？因此，他说，这本戏的动作的开始应当跟复仇事件接得更近一些，应当从孤儿定计复仇那一段开始。赫德没有具体指出哪一段，不过他的意思大概是说，应该从第四折的末尾开始。在这一点上，赫德的意见跟阿尔央斯有些相似，可是在那篇论文里，他没有搬用三一律、或然律、措置得体惯例等来机械地衡量《赵氏孤儿》，而且他断言，"中国诗人（《赵氏孤儿》的作者）对于戏剧做法的最本质的东西并不是不熟悉的"。[①]

那么中国戏剧怎么会跟希腊古典悲剧有那些相近或相似之处呢？赫德根据他的文艺理论作了解答。他相信亚里士多德的模仿学说，认为想象的创造（诗的创造）就是模仿自然，而好的作品就是模仿自然的、成功的作品。希腊的《厄勒克特拉》是这样，中国的《赵氏孤儿》也是这样。他认为中国作家，正同希腊作家一样，是自然的学生。正因为如此，尽管条件不同，情况不同，中国戏剧跟西方戏剧在做法上有相似的地方，也有一致的地方。他说：

> 这一个国家，在地理上跟我们隔得很远。由于各种条件的关系，也由于他们人民的自尊心理和自足习惯，它跟别的国家没有什么来往。因此，他们的戏剧写作的观念不可能是从外面借过来的：我们可以肯定地说，在这些地方，他们只是依靠了他们自己的智慧。因此，如果他们的戏剧跟我们的戏剧还有互相一致之处，那就是一个

① 《中国杂文汇编》，第229页。

再好也没有的事实，说明了一般通行的原理原则可以产生写作方法的相似。[1]

这里所谓“一般通行的原理原则”就是他的“诗的模仿”学说。他认为凡是模仿自然的、成功的作品，在写作方法上必然有些相似或一致之处。他就拿《赵氏孤儿》与《厄勒克特拉》来证明这理论，同时也拿这理论来将两者比较。赫德在当时作家中有“巧妙”之名，对任何东西都能说得头头是道。[2] 他的模仿学说曾引起诗人格雷 (Gray)、诗人梅逊 (Mason)、批评家华尔顿 (Joseph Warton) 与历史家吉朋 (Gibbon) 的注意。[3] 他对《赵氏孤儿》的批评也曾引起民歌采集家珀西、谐剧家谋飞，以及当时文艺报刊《每月评论》的注意。[4] 对我们来说，赫德的那篇论文的重要性，倒不在他的理论是否准确，而在于他能够摆脱新古典主义者的机械规律来考虑一个传统不同的外国文学作品。他对《赵氏孤儿》的估价是不低的。他的基本论点是：《赵氏孤儿》是模仿自然的、成功的作品，是中国人民的智慧的产物，是可以跟古代希腊的悲剧相比。这一种别开生面的说法，对中国文物在当时英国的传布，无疑起了一定的作用。

---

① 《中国杂文汇编》，第 222—223 页。

② 鲍士韦尔：《约翰逊传》，第 4 卷，第 189—190 页。

③ 参阅舍伯恩 (G. Sherburn)：《复辟时期与十八世纪英国文学》，见鲍 (A. C. Baugh) 主编的《英国文学史》，1948 年，第 977—978 页。

④ 《每月评论》(*Monthly Review*) 曾介绍赫德的主要论点，见第 9 卷，1753 年，第 122 页。

四

《赵氏孤儿》杂剧传入欧洲以后，不但引起批评家的注意，也引起剧作家的兴趣。从十八世纪四十年代至八十年代，欧洲有四五种改编本子，其中最早的是英国哈切特 (William Harchett) 的本子，一七四一年出版——还在赫德发表《论诗的模仿》的十年以前。这本子的标题是：

> 《中国孤儿》(*The Chinese Orphan*)：历史悲剧，是根据杜赫德的《中国通志》里一本中国悲剧改编的，剧中按照中国式样，插了歌曲。

卷首有一篇献词，开头几句是这样的：

> 异国的产品，地上长的也好，脑子里来的也好，只要有益或有趣，总能够得到人们的欣赏。多少年来，中国把它的农产品供给我们，把它的工艺品供给我们；这一次，中国诗歌也进口了，我相信，大家也一定会感到兴奋。

欧洲戏剧里早就出现过中国式的布景、中国式的人物以及中国传来的故事，[1] 可是中国戏剧的改编，这是第一次。

哈切特的《中国孤儿》卷首有一张剧中人物表，在略为知道一些中国文物的人来看，一定觉得是非常可笑的。元剧《赵氏孤儿》里的人名都给改了，换上一些古怪的名字，但仔细推敲起来，都有其来源。来

---

① 陈受颐曾有简略介绍，见《岭南学报》，第 1 卷第 1 期，1929 年，第 116—118 页。作者曾有补充，见《青年中国》季刊，第 2 卷第 2 期，1940 年，第 172—175 页。

源就是杜赫德的《中国通志》。《中国通志》刊载着《今古奇观》的部分译文，一共三篇，其中两篇是：《怀私怨狠仆告主》与《吕大郎还金完骨肉》。很奇怪，这两篇里的一些人名、地名变成了《中国孤儿》的角色。[①]更奇怪的是，地名变为人名，男名变为女名，女名变为男名，上下数千年历史人物的姓名，随便安排，屠岸贾改成萧何，公孙杵臼改成老子，提弥明改成吴三桂，赵武改成康熙，真是扯得太远了。哈切特还对“康熙”两字作了解释，说是在“苦闷与悲伤”中得胎的。[②]

可是，撇开这些人名，剧情却基本符合原作。剧情是这样。一开幕，医生与医生的朋友讲话，说首相弄权，陷害有功的大将军，把大将军一家三口全都杀了，只剩下大将军、大将军的儿子与媳妇。大将军逃了，他的儿子是驸马，他的媳妇是公主，正待分娩。首相跟大祭师商议，要把驸马杀死。禁卫司令奉命把一条绳子、一个毒药瓶、一把刀子（元剧所谓“三般朝典”）送给驸马，令其自尽。（戏的动作就从这里开始，以前种种是追叙。）驸马拔刀自尽，但临死前嘱咐公主，孤儿诞生后应取名康熙。首相与大祭师知道驸马虽死，而孤儿尚在，于是定计杀孤。就在这时候，医生找到公主，搭救孤儿，公主把孤儿交出后就仰药自尽。以上是第一幕，跟元剧《赵氏孤儿》的楔子和第一折第一部分是完全相当的。

《中国孤儿》第二幕跟元剧《赵氏孤儿》第一折的大部分和第二折是完全相当的。医生抱了孤儿，走出驸马府门，碰到禁卫司令，打了一

---

① 《中国通志》所载《今古奇观》故事，除上述两篇外，尚有《庄子休鼓盆成大道》，均由耶稣会士殷宏绪 (F. -X. d’Entrecolles，1662—1741) 翻译。陈受颐谓《中国孤儿》的角色系由《中国通志》索引中采取（见《岭南学报》，第 1 卷，第 1 期，第 128 页），不很确切。

② 哈切特：《中国孤儿》，1741 年，第 6 页。

个交道,禁卫司令放他们逃走之后就自杀了。首相得到了这消息就通令全国,凡六个月以下的男孩限于三天之内一起交出,否则做父母的就有“生命财产的危险”。医生带了孤儿去找退隐老臣,商议救孤。老臣是“一个真正的中国人”,是因为看到朝廷不讲信实而归隐田园的。商议的结果是,医生拿出自己的孩子,假冒孤儿,与老臣一齐死难,至于真孤儿则由医生抚养。很明显,这些跟元剧没有多大出入。

《中国孤儿》第三幕跟元剧《赵氏孤儿》第三折是大致相当的。这一部分,在元剧里,主要是公孙杵臼与假孤儿的死难,剧情是比较紧张的。在哈切特的戏里,也是这样。不过哈切特在老臣死难以前添了一个场面。医生既然要牺牲自己孩子来替代孤儿,总得和自己的太太商量吧?哈切特就加了医生与医生太太商量、争辩的一个动人的场面。[①]

《中国孤儿》的最后两幕,跟元剧《赵氏孤儿》比较,改动是较多的。第三幕与第四幕之间隔了一段相当长的时间,但没有像元剧那样地隔了二十年之久。[②] 剧情也很有改变。在第四幕里,首相野心勃勃,想用医生的药剂来陷害晋君。医生跟他的朋友商量,把大将军全家死难经过画在一件皇袍上,等候机会。这时朝臣纷纷向晋君控诉首相,晋君需要证据。在第五幕里,中国正同鞑靼发生战争。正当首相与晋君谈论战争失利的时候,医生出示画袍,把前后故事诉说了一番。结果,首相服罪了,晋君把他的财产没收了一部分,分给有功人员,同时还给死难

① 这一场面与明代无名氏《赵氏孤儿记》以及京剧《搜孤救孤》倒有些巧合。参阅《赵氏孤儿记》(《世界文库》本,第 8 册),第 30 出;《搜孤救孤》(《京剧丛刊》,第 8 集),第 2 场。

② 陈受颐谓哈切特的《中国孤儿》的动作约占一个月的时间(参看《天下月刊》,第 3 卷第 2 期,第 99 页)。但依剧情发展来看,一个月的时间是不够的。剧中也没有明确指出。哈切特的这个剧本显然没有遵守时间一致的规律。

老臣(老子)修了一座庄严肃穆的坟墓。全剧就在群众欢呼声中结束。

纵观这个改编本子,尽管在不少地方(特别在最后两幕)跟元剧有出入,但还保存了元剧的轮廓以及元剧的主要段落,如弄权、作难、搜孤、救孤、除奸、报恩。它没有严格遵守三一律。全剧五幕十六场,共有十来支歌曲。哈切特不可能知道元剧的说唱传统,更不可能理解元剧“曲白相生”的妙处,只能依照杜赫德在《中国通志》里的介绍,把歌曲放在剧情激扬的地方,表现忧愁、愤恨、绝望、悲痛、欢乐。① 研究十八世纪英国戏剧的尼科尔教授指出哈切特企图运用东方色彩,不是没有根据的。②

五

但是,如果我们光从戏剧技巧来考虑哈切特的《中国孤儿》,那么意义是不大的。这本戏始终没有上演过,没有受过舞台考验。照吉尼斯特的意见,这戏虽很有趣,对舞台来说,还是不适宜的。③ 必须指出,这本戏的政治意义远超过了它的戏剧意义。这是一本采取戏剧形式的政治讽刺作品。在这本戏的封面上,哈切特引了五行诗,试译如下:

啊,政客!多么地机诈不测,

---

① 杜赫德不了解中国的说唱传统。他说,中国戏剧里一个人恨着另外一个人,他就唱了;或则打定主意要去复仇,他也唱了;或则悲不自胜,快要自杀,他也唱了。请参阅《中国通志》,1735 年,第 3 卷,第 343 页。

② 尼科尔:《十八世纪前半期英国戏剧史》,1929 年,第 112 页。

③ 吉尼斯特 (J. Genest):《英国戏院纪闻,1660—1830》,1832 年,第 4 卷,第 550 页。

狂暴的旋风，蹊跷的礁石，
熊熊的大火，死神的差役，
摇撼的地震，飘浮的疾疫，
这一切，都比不上他的险恶。①

这里，作者好像是一般地攻击"政客"，可是什么政客？哪一个政客？在这戏里都是有具体内容的。

这戏是献给阿格尔公爵 (Duke of Argyle) 的。献词上说：

> 我们必须承认，杜赫德给我们的那个中国悲剧（也就是我们这本戏的根据）是很粗糙、很不完善的，可是我觉得这里有些合情合理的东西，连欧洲最有名的戏剧也赶不上。中国人是一个聪明而有见识的民族，在行政管理方面是非常有名的。因此，毫不奇怪，这戏的情节是政治性的。戏里揭露了一系列的行政腐败，而中国那位作家又把它描写为使人深恶痛绝的东西，好像他在这方面熟悉了您[指阿格尔公爵]的坚贞不屈的性格似的。当然，中国作者也未免过分了，他把一个人描写得不像人而很像魔鬼。不过，这也许是中国诗人的习惯，有意把首相写成魔鬼，免得老实人受骗。

这个献词很明显地提出《中国孤儿》的主题——揭露朝政腐败。这个献词也明显地提出"首相"，作为攻击的目标。元剧《赵氏孤儿》是从"文武不和"谈起的，哈切特的《中国孤儿》也是这样。不过元剧谈的是武臣陷害文臣，而《中国孤儿》谈的是"首相"陷害大将军。这一个改变

① 引自乔治·西威尔的悲剧《勒雷爵士》(G. Sewell, *Sir Walter Raleigh*)。这出戏于1719年开始上演，以后也常演，直至18世纪30年代后期，是一部带有政治意义的作品。参阅尼科尔：《十八世纪前半期英国戏剧史》，第106，354页。

有其现实的、政治的意义。

在十八世纪二十年代至四十年代初年——英国史上的瓦尔帕尔时代——所谓“首相”不是一个普通名词，而是一个专指名词，指的就是瓦尔帕尔(Sir Robert Walpole)。英国的首相制度就是在那个时期发展起来的：瓦尔帕尔是英国第一个首相（当时文献里或称“首席大臣”，或称“唯一大臣”）。从二十年代起，他领导辉格党人，运用贿赂制度、分赃制度来维持长期的统治。瓦尔帕尔弄权忌才，在辉格党里形成一个集团，逐渐把集团以外的人挤走。一七二四年他挤走浦尔特尼(Pulteney)，一七三〇年挤走卡特勒特(Carteret)，一七三三年挤走切斯特菲尔德(Lord Chesterfield)……这样，到了三十年代，辉格党分化了，一部分与瓦尔帕尔合流，称为“在朝党”，另一部分跟托利党结合而为“在野党”，或称“爱国人士”。在野党不但包括上述的政治人物，也包括不少有才气、有文名的作家，如诗人蒲伯，散文家斯威夫特，戏剧家盖依，戏剧家、报章家、小说家菲尔丁，到了后期也包括有军功战绩的元帅阿格尔公爵。哈切特的《中国孤儿》就是献给那位公爵的。

在野党对瓦尔帕尔的在朝党不但在议会里斗争，也在广大人民之中进行各色各样的文字宣传。浦尔特尼与切斯特菲尔德办过好几种小型报刊，如《工匠报》、《迷雾报》、《常识报》。蒲伯写过不少讽刺诗。斯威夫特写过不少小册子。盖依写过《乞丐歌剧》。至于菲尔丁的讽刺戏剧，那更多了，揭露在朝党的贪污腐化；他的《一七三六年的历史年鉴》引起了在朝党压制批评的《戏剧检查法案》。哈切特的《中国孤儿》是这一类的作品。我们不很知道哈切特的生平与活动，可是我们知道他在一七三三年曾把菲尔丁讽刺瓦尔帕尔的《悲剧之悲剧》改编为《歌剧之歌剧》，曾在伦敦各戏院上演多次。[①] 他是在野党的作家之一。上文说过，他的《中国孤儿》没有上演过；实际上，在一七三七年施行《戏剧检查法案》以后，这一作品也很难上演。他的《中国孤儿》是采用戏剧形式的一个政治斗争作品。

由于在朝党压制批评的种种法规，政治讽刺作品往往须采取迂回曲折的方式。斯威夫特通过"小人国、大人国"等海外奇谈来全面地揭露英国社会。十八世纪三十年代《君子杂志》也通过《小人国议会记录》来报道当时政治情况。菲尔丁的《威尔士歌剧》，用的是威尔士的背景，而他的《一七三六年的历史年鉴》，用的是科西嘉的背景。至于东方背景、东方故事，也常被运用。一七三〇年间的《蜜蜂报》大量介绍中国制度，一七三七年间的《工匠报》运用中国的"社鼠"故事来攻击瓦尔帕尔，一七四〇年间一位无名氏还写了一本册子，叫作《一篇非正式论文，是读了杜赫德的〈中国通志〉以后写的，随时可读，但在一七四〇年不可读》。[②] 这些，表面上是海客谈瀛，而骨子里别有所指。哈切特的《中国孤儿》是这一类型的作品。

关于瓦尔帕尔时期的政治，《中国孤儿》里有概括的反映，如首相的专制，朝政的腐败。可是《中国孤儿》里反映的，主要是十八世纪三十年代末年和四十年代初年的情况。当时英国政府在欧洲政治舞台上着着失势。它联络法兰西，没有得到好处，到了一七三九年，又和西班牙为了争夺殖民地贸易发生冲突，一时局势紧张。瓦尔帕尔迟迟不动，引起不满，后来被迫对西班牙作战，战事失利，引起更大的不满。哈

① 参阅尼科尔：《十八世纪前半期英国戏剧史》，第 112，334 页；达登：《菲尔丁：他的生活、著作和时代》，第 1 卷，第 69 页。

② 关于中国故事在 18 世纪 30 年代英国政治斗争中的作用。作者曾有论述，请参阅《英国语言文学评论》（*RES*），1949 年 4 月号，第 141—146 页。

切特的《中国孤儿》反映了这情况。在这戏里，法兰西叫作“莫卧儿”，西班牙叫作“鞑靼”，西班牙战争叫作“鞑靼战争”。第二幕第二场里说：“萧何（首相）得势，中国受苦，他有办法击败国内的敌人，可是他是鞑靼与莫卧儿的傀儡。”[①]

到了一七四〇年，在野党和议会里对瓦尔帕尔政府进行激烈斗争。我们在上面提到的英国元帅阿格尔公爵大发雷霆之怒，在上议院对瓦尔帕尔政府猛烈抨击，因而被免去了一切职务。蒲伯的讽刺诗里曾加以歌咏：

阿格尔，生来握有国家的雷霆，
他震动过疆场，也震动了议庭。[②]

《中国孤儿》第四幕第三场有下面一段愤怒的话：

我们还不是像一个腐尸，任凭侵袭，
文官好比螟蝗，武人好比雄蜂？
各项债，各项税，还不是高可没颈？
还不是信任了，反而受骗；慈爱了，反而成仇？
还不是给人家鄙视，朋友也好，敌人也好？
还不是给每一个方案，不论是花钱的和平
或是花钱的战争，搜刮得干干净净？
啊中国！ 中国！ 你到了怎样的田地！

① 陈受颐谓鞑靼指法国，莫卧儿指荷兰（见《岭南学报》，第 1 卷 1 期，第 130 页），但与当时情况不很贴切。

② 蒲伯：《讽刺诗尾篇》(*Epilogue to Satires*) 1738 年，第 2 篇，第 86—87 行。

这一段，总起来是：文官无用，武人无力，国债增长，赋税加重，外交失势，战争失利。

我们不知道哈切特的《中国孤儿》是在什么时候写作的，只知道一七四一年二月份的《君子杂志》的新书报道里有这剧本。[①] 那时，英国议会里闹得正凶。在野党人卡特勒特在上议院，另一在野党人桑兹(Sandys)在下议院，提议吁请英王“撤换瓦尔帕尔，永不续用”。这案子没有通过，可是反对瓦尔帕尔的斗争继续下去，一直到他一七四二年下台为止。[②]《中国孤儿》的出版是适时的。它通过一个东方故事，历举首相专权的恶果，同时也设想首相下台后的情况。《中国孤儿》，同《赵氏孤儿》一样，也在歌声中结束：

［文官唱］

听啊！几百万有福的生灵，听那可喜的声音！

每一个饭桌上传开了这个痛快的新闻。

举国欢腾

普天同庆！

农民到公侯，

到处在歌讴：

海洋曾由他诃责，

大地曾受他胁迫。

如今他倒台了，

① 《君子杂志》(*Gentleman's Magazine*)，第 11 卷，第 2 期 (1741 年 2 月号)，底页。

② 关于 1741 年 2 月间英国议会中的斗争情况，参阅黎德姆 (I. S. Leadam)：《英国政治史》，1921 年，第 9 卷，第 367 页。

大家都开怀了。
放僻邪侈的低了头,
胁肩谄笑的缩了手,
光荣又将可见
中国不怕鞑靼。

［和歌］
欢乐,欢乐的今天,
他已被剥夺了威权,
对他的灾厄
谁也不加怜惜,
或则寄以同情,
除了中国的敌人。

六

哈切特的《中国孤儿》是《赵氏孤儿》的第一个改编本。十七八年后,英国另有一个谋飞 (Arthur Murphy) 的改编本。可是,谋飞的本子跟哈切特的本子,除了来源相同而外,没有直接联系,而跟法国伏尔泰的改编本——也叫《中国孤儿》——有很大关系。关于伏尔泰创作他的《中国孤儿》的经过,已有详尽的疏证,[①] 这里只作一个简略介绍,以便于对谋飞的作品进行讨论。

① 庇诺 (V. Pinot) 曾论证伏尔泰的《中国孤儿》的材料来源,见《法国文学史评论》,第 14 卷,1907 年,第 462—471 页。又乔堂 (L. Jordan) 曾编订伏尔泰的三幕本《中国孤儿》,疏证甚详。

大家知道，伏尔泰对中国的政教道德有深挚的爱好。可是他对中国戏剧理解不多，因而估价也不高。他的基本论点是当时新古典主义者的论点，跟上面说的阿尔央斯侯爵的意见没有多大出入。中国戏剧技术——就马若瑟的《赵氏孤儿》来说——是很粗糙、很幼稚的。他说："我们只能把《赵氏孤儿》比作十六世纪英国的和西班牙的悲剧，只有海峡那边（指英国）和比利牛斯山脉以外（指西班牙）的人才能欣赏。"又说，这不是什么悲剧，而是一个古怪的滑稽戏，是"一大堆不合情理的故事"。又说，"这戏没有时间一致和动作一致，没有风土习俗的描绘，没有情绪的发展，没有词采，没有理致，没有热情"。总之，《赵氏孤儿》是不能跟当时法国的戏剧名著相提并论的。

可是话又得说回来。伏尔泰指出，《赵氏孤儿》是中国十四世纪的作品，若与法国或其他国家十四世纪的戏剧相比，那又不知高明多少倍了，简直可以算是杰作了。就故事来谈，非常离奇，但又非常有趣；非常复杂，但又非常清楚。十三、十四世纪的中国是蒙古族统治的时期，居然还有这样的作品。这就说明征服者不但没有改变被征服者的风土习俗，而是正相反，保护了中国原有的艺术文化，采用了中国原有的法制。这也就证明了"理性与智慧，跟盲目的蛮力相比，是有天然的优越性的"。[①]好多年来，伏尔泰同卢梭进行论战。卢梭认为自然状态比文明社会好，主张归真返璞。在他的一七五〇年关于文化艺术的论文里，卢梭曾说，蒙古人、满洲人，文化不及汉人，可是汉人一再被他们征服，说明自然状态比文明社会来得强。这论文里还特别提到伏尔泰，夹着一些嘲笑。[②]伏尔泰的意见是：蒙古人、满洲人虽似征服了中国，而最后还是给被征

① 《伏尔泰全集》，莫朗编校本，1877 年，第 5 卷，第 297—298 页。

② 《卢梭全集》，1820 年，第 4 卷，第 13—14 页。

服者的智慧征服了。他深信理性的力量、智慧的力量、道德的力量。[1]

在这样的思想情况下，伏尔泰着手改编马若瑟译的《赵氏孤儿》。他把这故事从公元五世纪的春秋时期往后移了一千七八百年。他又把一个诸侯国家内部的“文武不和”的故事改为两个民族之间的文野之争。在技术方面，他遵照新古典主义的戏剧规律，把《赵氏孤儿》的动作时间从二十多年（据伏尔泰说是二十五年）缩短到一个昼夜。情节也简化了。原剧包括弄权、作难、搜孤、救孤、除奸、报仇等段落，伏尔泰只采取了搜孤救孤。同时，依照当时“英雄剧”的做法，加入了一个恋爱的故事。伏尔泰不但研究了马若瑟的《赵氏孤儿》译本，也看过维也纳的宫廷诗人，意大利歌剧作家麦太斯太西渥 (Metastasio，一六六八—一七八二）的《中国英雄》，[2] 可是，他说，他没有袭用那两本的布局。他的《中国孤儿》原来是三幕，后来采取了朋友的意见，扩大而为五幕，目的在描绘风土习俗，从而激发人们的荣誉感与道德感。

剧情是这样：成吉思汗征服了中国，搜求前朝遗孤，把遗臣盛缔抓了，因为他掩藏了遗孤。盛缔也同程婴一样，献出自己的儿子作为代替。盛缔妻奚氏抑不住母爱，说出真情。据说，多少年前，成吉思汗在中国避难的时候，曾经向奚氏求爱。现虽事隔多年，而旧情未忘。于是提出一个条件：如果奚氏肯离异改嫁，他可以免予追究。可是奚氏爱自己的孩子，也爱丈夫，抵死不从。成吉思汗原来以为蛮力可以征服一切，可是看到了这一对独立特行的夫妇，心里感动了，改变了主意，不但赦免遗孤，还准备把他抚养成人。盛缔夫妇听了不相信。奚氏问他：“是什

① 《伏尔泰全集》，第 5 卷，第 296 页。

② 麦太斯太西渥读了杜赫德的《中国通志》后，创制《中国英雄》(*Eroe Cinese*)，1748 年上演，1752 年出版。

么东西使你改变了主意？”成吉思汗的答语是：“你们的道德。”剧中有战争，有爱情，有道德，但主要的是道德。伏尔泰着重盛缔这一个角色；他说：“盛缔应当像是孔子的后裔，它的仪表应当跟孔子一个模样。”[①]因此，这本戏又名《孔子之道五幕》。[②]

这本戏系于一七五五年在巴黎上演，剧本也跟着出版。同年十一月，伦敦有翻印版，伦敦《每月评论》上有详细介绍。[③]同年十二月，伦敦出现了无名氏的英译本，《每月评论》指出译笔拙劣，跟原作很不相称。[④]可是，对于伏尔泰的原作，一般都有好评。例如一七五六年二月份的《爱丁堡评论》上说：

> 伏尔泰先生也许是法国最有名的多方面的作家。大家承认，他在差不多任何一种的写作上，都几乎可以赶上十七世纪最大的作家，而那些作家主要是致力于一种写作的。在他最近的悲剧《中国孤儿》里，他的创作天才尤为突出。我们读了这本作品，一方面觉得高兴，一方面又觉得奇怪；因为他把中国道德的严肃与鞑靼野蛮的粗犷一齐搬上法国舞台，而同时与法国人最讲究的谨严细致的种种规矩毫无抵触之处。[⑤]

伏尔泰的《中国孤儿》在巴黎舞台上的演出，引起了广泛的注意。一七五五年，巴黎出版界还把二十年前在《中国通志》上发表过的马若

---

① 《伏尔泰全集》，第 33 卷，第 461 页。

② 同上，第 38 卷，第 114 页。

③ 《每月评论》，第 13 卷，第 493—505 页。参阅《君子杂志》，第 25 卷，第 527 页；《苏格兰人杂志》(*Scots Magazine*)，第 17 卷，第 580—584 页。

④ 《每月评论》，第 14 卷，第 64—66 页。

⑤ 《爱丁堡评论》，1756 年第 2 期，第 78—79 页。

瑟的《赵氏孤儿》译稿重新付印，单独发行。[1]这种种直接激发了英国戏剧作家对于这本中国戏剧的兴趣。

七

伏尔泰的《中国孤儿》在巴黎上演和出版以后，英国至少有两个作家打着改编的主意：一个是编辑和杂文作家约翰·霍克斯渥斯，另一个是演员和谐剧作家阿瑟·谋飞，在当时文艺界都很活跃。[2]霍克斯渥斯因为忙于别的工作，原定主意没有实现。[3]谋飞呢，在这上面花了不少时间，不少心血，终于一七五九年完成了计划，也叫作《中国孤儿》。

谋飞编写他的《中国孤儿》是经过不少周折的。据他自己说，最初使他对《赵氏孤儿》发生兴趣的是赫德的批评（一七五一）——就是说，远在伏尔泰发表他的《中国孤儿》以前——可是他也承认从伏尔泰的作品吸取了一些东西。[4]他于一七五六年十一月完成初稿，跟当时德鲁里兰剧院(Drury Lane Theatre)经理加立克接洽排演，没有成功。以后两年中，他跟加立克反复磋商，还闹过意见，进行过笔战，最后经过政治界闻人福克斯(Henry Fox)、文艺界闻人瓦尔帕尔(Horace Walpole)、桂冠诗人怀德海(William Whitehead)等的斡旋、调解，达成协议。在这两年中，谋飞接受了各方面的意见，把原稿修改多次。在一七五九年二月，

① 科尔迪埃：《西人论华书目》，第2卷，第1787页。

② 关于霍克斯渥斯(J. Hawkesworth)与谋飞的文艺活动，可阅鲍士韦尔的《约翰逊传》，第1卷，第252—253，356—357页。

③ 加立克：《私人书信集》(*Private Correspondence*)，1831年，第1卷，第112页。

④ 谋飞：《中国孤儿》（第1版），1759年，第90—91页。

他写信给加立克说："我就好像那个把作品挂在窗子上的画师一样，听取大众的意见，不断加工，涂来涂去，把什么东西都涂得不见了。"[①]经过多少周折，这戏终于一七五九年四月底在伦敦德鲁里兰剧院上演。谋飞本是一个演员和谐剧作家，《中国孤儿》的上演成功又使他成为当时有名的悲剧作家。

谋飞在他的《中国孤儿》上演成功以后，发表了写给伏尔泰一封公开的信。[②]从这信里，我们可以知道他进行改编时的种种考虑。他的主要参考材料是：(1) 马若瑟的《赵氏孤儿》(法文本与英文本)，(2) 赫德对《赵氏孤儿》的批评，(3) 伏尔泰的《中国孤儿》。(他没有提起哈切特的《中国孤儿》。)他同意赫德关于中国戏剧的看法，但对马若瑟译的《赵氏孤儿》和伏尔泰的《中国孤儿》都有不同意见。他不赞成伏尔泰的《中国孤儿》里的一些情节。我们在上面提过，伏尔泰的戏里穿插着一个蒙汉恋爱故事。谋飞不赞成这个穿插，认为把一个粗犷的鞑靼征服者一变而为谈情说爱、唉声叹气的法兰西式的骑士，是非常不自然的。奚氏跟王族没有关系，成吉思汗跟她谈爱情，也没有意义。再者，这一穿插，没有使剧情紧张，而是正相反，使剧情松懈。在谋飞看来，伏尔泰就好比一个划船的人，用尽平生之力，突然地松了劲，连一点精神也提不起来了。谋飞又认为历史剧里穿插恋爱故事，已经成为滥调；他反对这个毫无可取的滥调。

其次，谋飞认为伏尔泰的《中国孤儿》里没有多少"有趣的东西"，而其所以缺乏"有趣的东西"是因为这位法兰西作家把戏剧动作提得

---

① 加立克：《私人书信集》，第 1 卷，第 98 页。关于谋飞与加立克的争论，可阅同书第 1 卷，第 73，81，88，89，91—92，112 页；参阅谋飞：《加立克传》，1801 年，第 1 卷，第 330—341 页。

② 谋飞：《中国孤儿》，第 90—94 页。

太早了。在伏尔泰的戏里，真孤儿也好，假孤儿也好，都是摇篮里的人物，始终没有长大成人，因此不能对剧情有多大贡献。到了剧本煞尾，被征服者还是被征服者，因此救孤一事已失了其重要意义。谁还对孤儿发生兴趣呢？谋飞说，若把戏剧动作移后二十年，那么情况就不同了。那时，孤儿已达成年，可以亲自出来报仇——这样一来，不但增加了不少“有趣的东西”，而且“救孤”也有了意义。在这一点上，谋飞参照了《赵氏孤儿》的做法，同时也似乎采取了赫德的主张。赫德曾说，《赵氏孤儿》最好从孤儿定计复仇开场，以前种种可以在说白里补叙；这样一来，布局就更紧凑，更接近希腊悲剧的规模。谋飞很尊重赫德，认为他是一个“值得钦佩的批评家”。

这是一方面。在另一方面，谋飞对中国的《赵氏孤儿》也有不同意见。他认为题材很好，可惜作者对救孤一节没有好好处理。他觉得，牺牲一个婴孩来拯救另一个婴孩，远不如牺牲一个青年来拯救另一个青年；因为这样，更可以表达为父母者心理上的矛盾、冲突。谋飞提起十七世纪法国悲剧作家高乃依的《厄拉克利乌斯》(*Heraclius*)。在那本戏里，女英雄莱昂底娜不是把自己的儿子跟王子互换姓名来拯救王子吗？可是高乃依把情节搞得太繁杂、太晦涩了，有点像哑谜。谋飞的意见是，高乃依的做法，如能搞得合理近情，而又头绪明显，那么还是可用的。他认为在《赵氏孤儿》里，假孤儿应当同真孤儿一样上场表现。这样一来，就可以有许多热闹场面，而这一对青年的活动在热闹场面里，就更能激动观众的情感。[①]

谋飞的剧本《中国孤儿》体现了以上的种种考虑。剧情是这样：铁木真（成吉思汗）曾入寇中国，把中国皇族杀完了，只剩下一个孤儿。

---

① 谋飞：《中国孤儿》，第 90 页。

遗臣盛缔把他隐藏了，当作儿子，改名爱顿。同时他把自己的儿子哈默特送到高丽，由一个隐士教养。这些是二十年前的事，是在戏里追叙的。这戏的动作是从铁木真再次入寇中国开始的，那时真孤儿和假孤儿都已满了二十岁了。戏开始时，北京城陷落了。哈默特从高丽赶回来，参加卫国战争，不幸给鞑靼人抓住了。铁木真到了北京，正搜求前朝太子，疑心哈默特就是遗孤，于是征召遗臣盛缔，追问底细。如果遗孤搜不到，他要把全国二十岁的青年诛尽杀绝！盛缔赴召，盛缔妻满氏跟着跑去。这时，爱顿——真孤儿——为了拯救哈默特，跑来自首。铁木真拷问盛缔。盛缔该怎么说呢？说真话，还是说假话？说假话吧，儿子死了。说真话吧，太子死了。在这情形之下，盛缔夫妇心理上产生了矛盾：爱子之情与爱国之心的矛盾。这同伏尔泰的《中国孤儿》第二幕里一些场面是相似的。不过，谋飞的真孤儿与假孤儿全是成年人，可以出场表演——这是谋飞所谓"热闹场面"，所谓"有趣东西"，也是他的得意之笔。这些全在第四幕里，最紧张，最能动人，效果也最好。最后，盛缔还是牺牲了自己的儿子。他自己呢，车裂身死；他的夫人满氏跟着自尽。可是，正在这时候，爱顿——真孤儿——杀了进来，铁木真猝不及防，在格斗中被杀。这样，孤儿完成了他的"大报仇"。

历来谈谋飞的人总把他的《中国孤儿》跟伏尔泰的《中国孤儿》比较研究。很明显，谋飞是依据伏尔泰的剧本进行改编的。他的角色与伏尔泰的角色，有的姓名相同（如铁木真、窝阔台、盛缔），有的姓名稍异而身份相当（如伏尔泰的盛缔夫人是奚氏，谋飞的盛缔夫人是满氏）。它的场面，它的台词，也有不少地方与伏尔泰的相同或相似。[①] 再者，伏尔泰的《中国孤儿》又名《孔子之道》，谋飞的《中国孤儿》也到处谈论

① 布鲁斯曾详细阐述伏尔泰对谋飞的影响，见其所著《伏尔泰在英国舞台》，1918 年。

至德要道，说教气氛异常浓重——浓重得使人觉得有些迂腐之感。谋飞的《中国孤儿》有一个序幕，是桂冠诗人怀德海的手笔，一开头就说：

> 希腊与罗马，不用谈了。到了这年头
> 那些陈旧乏味的东西早已过了时候；
> 就是加上一些不相干的玩意，
> 在观众看来，依旧是索然无味，
> 至于庄严的行列，配上纡徐的音乐，
> 谁也不再留意，好比纪念市长的节目。
> 今天晚上，我们诗人附着老鹰的翅膀，
> 为了搜求新颖的品德，飞往日出的地方，
> 从中国的东海之滨给咱们英伦人士
> 勇敢地带回了一些孔子的道理。

可是，我们也应当指出，谋飞在不少地方是直接取材于《赵氏孤儿》的。就故事的轮廓来说，伏尔泰是以《赵氏孤儿》的前三折为基础来改编的，谋飞是以《赵氏孤儿》的后两折为基础来改编的。伏尔泰的戏里保存了《赵氏孤儿》的搜孤、救孤两大节目；而谋飞的戏里，除了搜孤、救孤而外，还包括除奸与报仇。再就人物形象来说，谋飞的铁木真不同于伏尔泰的成吉思汗。伏尔泰的成吉思汗开始时是一个野蛮的征服者，一变而为足智多谋的政客，再变而为柔情蜜意的骑士，到了最后，讲仁义，说道德，做君子之人。至于谋飞的铁木真，始终是个鞑靼人，始终是个征服者，好比《赵氏孤儿》里的屠岸贾始终是个压迫者。这是一方面。在另一方面，谋飞的盛缔比伏尔泰的盛缔，显得更主动、更顽强，和《赵氏孤儿》里的公孙杵臼倒有些相似。谋飞的孤儿，英姿飒爽，心

存家国，是伏尔泰的戏里没有的，却有几分像《赵氏孤儿》。再就整个剧情来说，伏尔泰的《中国孤儿》是以两种对抗势力的协调与统一来结束的，而谋飞的《中国孤儿》是以一种势力跟另一种势力斗争到底，取得胜利来结束的。不论在戏剧结构，或在人物塑造，谋飞有其独创之处，可见马若瑟译的《赵氏孤儿》与赫德对于《赵氏孤儿》的批评，在他的改编工作上显然发生了作用。

八

现在谈谈谋飞的《中国孤儿》的舞台演出。这戏是在一七五九年四月二十日开演的。那时，伦敦舞台的第一季度已近末尾，可是从四月底到五月中旬这戏还是演了九次。从效果来谈，这是一出成功的戏。

关于这戏的如何成功，当时文献里有比较详细的记载。首先，关于舞台上的布景、道具，以及演员们的服饰。我们知道，伏尔泰的《中国孤儿》上演时，巴黎的法兰西歌剧院曾经有意识地运用东方色彩。就法国舞台历史来说，那次上演还标志着舞台布景、道具、服饰的改进。希腊式或罗马式的庄严的游廊给中国建筑替代了，法兰西的精致的襞缘和蓬松的围裙给中国的与鞑靼的服饰替代了。[①] 谋飞的《中国孤儿》上演时，伦敦的德鲁里兰剧院在这些方面也做了很大努力。据熟悉当时剧院情况的詹姆斯·蒲顿说："舞台上出现了一大堆光彩夺目的外国服装——中国人的服装以及比他们更勇武、更有画意的侵略者的服

① 柯莱 (Charles Collé)：《笔札与回忆》，1907 年，第 2 卷，第 116 页。

装。”[①] 谋飞自己也说，德鲁里兰剧院曾经特别制备了一套名贵的中国布景，以及最合适的中国服装。[②] 当时报刊上也有记载。例如一七五九年四月二十五至二十七日的伦敦《劳埃德晚邮报》上说：“服装是新鲜、精巧、别致；布景是宽敞、整齐、妥帖。一开始，就看到宫殿里的一个大厅，大厅深处可以看到篡位者的宝座。戏里也谈到这宫殿是如何地富丽堂皇，但这描写一点也没有超过舞台上的实际情况。此外，还有一个祭坛，是一座新奇精巧的建筑。”[③] 这些说明了：舞台上的“东方色彩”引起了观众们的注意。

其次，关于舞台上的表演。真孤儿（爱顿）是由莫索伯扮的，假孤儿（哈默特）是由霍伦德扮的，成吉思汗是由哈佛德扮的，当时人认为都很成功。《劳埃德晚邮报》上说：

> 霍伦德在这一个角色（假孤儿）上，比他以前在任何一个新的角色上，做得到家。他深刻体会了这一个角色的真正精神，而他的身段与服饰也恰如其分。至于哈佛德，正如以前一样，他的判断力、他的见识使他理会到应该怎样来表演成吉思汗。要表演一个与本人性格完全相反的人物，是需要高度技巧的。可是，在这戏里，哈佛德自始至终是个暴君成吉思汗。[④]

当然，《中国孤儿》里最重要的角色是遗臣盛缔和盛缔妻满氏。扮演盛缔的是当年鼎鼎大名的剧院经理、剧作家和演员加立克。他演喜剧，也

① 波顿 (James Boaden)：《西顿斯夫人回忆录》，1827 年，第 1 卷，第 138 页。

② 谋飞：《加立克传》，第 1 卷，第 338 页。

③ 《劳埃德晚邮报》(*Lloyd's Evening Post*)，第 4 卷，第 25 页 (1759 年 4 月 25—27 日)。

④ 同上，第 4 卷，第 26 页。

演悲剧。他演过莎士比亚大悲剧里的各种角色，被认为莎士比亚的功臣。他在接受谋飞的《中国孤儿》之后，一度想扮演假孤儿，后来接受谋飞的要求，扮演盛缔，因为盛缔是这一剧本的主要角色。[①]加立克非常成功。《劳埃德晚邮报》上说："加立克是一个十足的爱国主义者，勇于捍卫古代的法典与人民的自由。"[②]谋飞更为满意。他说："加立克扮演的盛缔，真是一个德高望重的中国大臣，他在表演种种情绪的矛盾上，显出无限的力量。可以说，他在任何一个角色上（除了李尔王）都没有做得那样出色。"[③]至于盛缔妻满氏，是由叶兹夫人(Mrs. Yates)扮演的。叶兹夫人后来主演莎士比亚戏剧里的女角（例如鲍西娅、克莉奥佩特拉），享有盛名，不过在一七五九年间，还是一个新手。但那次登台很成功，加立克和谋飞都很满意。[④]《劳埃德晚邮报》的记者觉得她扮演得太年轻了，可以跟二十来岁小伙子搭配，而不很像老成持重的孔子信徒的夫人。可是那记者又说了："她把爱国之心，爱子之情，以及英勇的品德，都表现得很好。"[⑤]《中国孤儿》有一个尾幕，也出自桂冠诗人怀德海的手笔。叶兹夫人表演这尾幕，以幽默的口吻谈论中国的家常，特别关于妇女生活，例如如何打扮、如何管家、如何交际，口讲指画，吸引观众。尾幕里有这么一句："各位太太小姐，看到我的服饰，不要见笑，这是道地的中国货色。"这也是"东方色彩"。叶兹夫人在舞台上建立声誉，是从这一次表演开始的。

又其次，关于批评家对《中国孤儿》剧本的意见。这剧本是于

---

① 关于《中国孤儿》中各种角色的分配问题，参阅艾末来：《谋飞评传》，第 47—48 页。

② 《劳埃德晚邮报》，第 4 卷，第 25 页。

③ 谋飞：《加立克传》，第 1 卷，第 338—339 页。

④ 同上，第 1 卷，第 339 页。

⑤ 《劳埃德晚邮报》，第 4 卷，第 25 页。

一七五九年四月底出版的。就在那一年，印了第二版，另在都柏林印了一版。剧本一出版，各大杂志争相报道，除了介绍剧情而外，还转载序幕、尾幕和一些精要片段。[①]《每月评论》上说，这一剧本，与其说是伏尔泰的《中国孤儿》的改编本，不如说是一部新的创作，因为谋飞在结构上作了不少改进。又说，这戏演得很成功，可以跟英国最成功的舞台剧相比，可是还没有达到它应有的成功。[②]最值得注意的是《评论杂志》上哥尔斯密斯的文章。这文章指出《中国孤儿》的一些缺点，如悲愤的情调弹得太重，说教的词语用得太多，但同时也提到许多优点，如生动的表情，鲜明的意象，以及配置恰当的舞台布景。此外，还引了盛缔夫妇的几节对话，说明思想如何有力，吐词如何妥帖，以及作者如何熟悉舞台实际。很明显，哥尔斯密斯不但看过伏尔泰的《中国孤儿》，也看过马若瑟的《赵氏孤儿》译本。我们说过，马若瑟的《赵氏孤儿》只有宾白，是一个不完整的译本。因为这样，这戏显得干枯贫乏，缺乏想象，缺乏热情。哥尔斯密斯也觉察了这些缺点。因此，他说，这本戏经伏尔泰一次改编就完善了，经谋飞再一次改编就更完善了。又说："谋飞先生的剧本，如果不是道地的中国剧本，至少是充分带有诗意的剧本。"[③]

这些说明谋飞的《中国孤儿》如何成功与何以获得成功。舞台效果的良好是它成功的重要因素。谋飞在这剧本的献词里说："观众们

---

① 《环球杂志》(*Universal Magazine*)，第 24 卷，第 245—246 页；《君子杂志》，第 29 卷，第 217—220 页；《一般杂志》，第 12 卷，第 231—234 页；《每月评论》，第 20 卷，第 275—276 页；《评论杂志》(*Critical Review*)，第 7 卷，第 434—440 页；《伦敦纪事报》(*London Chronicle*)，1759 年，第 420 页。

② 《每月评论》，第 20 卷，第 275—276 页 (1759 年 6 月号)。

③ 《评论杂志》，第 7 卷，第 434—440 页 (1759 年 5 月号)。这篇评论已收入哥尔斯密斯的集子，参阅《哥尔斯密斯文集》，吉布斯编校本，1885 年，第 4 卷，第 350—355 页。

对这戏的欢迎远超过我自己的奢望。”可是，我们也必须指出，这戏的成功，不仅由于布景、道具、服饰等的新奇别致，不仅由于加立克与叶兹夫人他们的表演到家，也由于在十八世纪五十年代末的英国这戏带有现实的政治意义。

十八世纪五十年代是英法七年战争的年代。在这战争初期——一七五六到一七五七年间——英国的统治阶级闹着派系纷争，庇特(William Pitt)、福克斯 (Henry Fox) 与纽卡斯尔公爵等几个政治巨头，彼此攻讦，互相排挤。这时英国在地中海吃了败仗，在北美洲又吃了败仗，英伦本部一度还有被侵袭的可能。[1] 在这风声鹤唳之中，谋飞还办过小型报刊，叫作《考验》(*Test*)，参加政治斗争。他的政治路线是福克斯领导的派系。[2] 到了一七五八年，这几个政治巨头勉强凑成内阁，局势趋向好转，但战争还在紧张状态。这时，英王乔治二世已到风烛残年。他的孙子——就是一七六〇年十月登极的乔治三世——是个孤儿，刚刚成年，人们还寄以不少希望。我们在上面说过，就在那一年(一七五八)，谋飞的《中国孤儿》，由于福克斯等人的推荐与支持，德鲁里兰剧院才接受排演。到了一七五九年四月底剧本付印，又由于福克斯的建议，献给蒲特勋爵 (Earl of Bute)——可以说是当时的太子太傅。[3]《中国孤儿》初版上不署作者姓名，可是大家看了献词也就知道这剧本是谁写的了。谋飞的政治路线是明显的。

谋飞的《中国孤儿》里演的是中国抵抗鞑靼侵略的故事，也就是一个民族抵抗另一个民族的侵略的故事。这里，一方面是残暴的侵略者，

---

① 莱基 (W. E. H. Lecky)：《十八世纪英国史》，1891 年，第 2 卷，第 452—466 页。

② 艾末来：《谋飞评传》，第 32—33 页。

③ 同上，第 48 页。

另一方面是向侵略者作殊死斗争的人物：英勇的孤儿以及扶持王室、不惜生命来争取自由的忠臣、义士、爱国者。因此，在七年战争的紧张的年代，这戏曾被认为宣扬爱自由、爱祖国的作品，而作者谋飞曾被认为爱国主义者的导师。[①] 谋飞自己似乎也曾以此自负。一七五九年十一月哥尔斯密斯曾在他的《蜜蜂报》上写过一篇文章，叫作《荣誉之车》。作者梦见有人驾了“荣誉之车”驰往“荣誉之宫”。一大群人争着上车。其中一人举止像演员，向车守鞠了一躬，拿出他的行李——几本谐剧，一个悲剧和一些杂文。车守看了这行李，请他下次再来。那人听了不服气，就愤愤说道：“什么！我在这悲剧里曾为自由与道德而努力，难道这悲剧……”[②] 这里争着上车的是谋飞。他当过几年演员，写过几个谐剧，编过一些小型报刊。他拿出的一个悲剧就是《中国孤儿》——他的第一个悲剧。在哥尔斯密斯的那篇幽默文字里，他还没有能搭上“荣誉之车”，可是他在《中国孤儿》上演后的志得意满的神情是异常明显的。

谋飞的《中国孤儿》对当时具有政治意义和鼓动作用，不但有助于这一剧本在德鲁里兰剧院的成功，也使它经久未被遗忘。在十八世纪后期，这一剧本不但在英国舞台仍能上演，而且也走上爱尔兰舞台与美国舞台。[③] 在一七九八年间，伦敦《每月镜报》的作者说当时舞台给低级趣味的东西如鬼怪剧、手势剧霸占了，以致谋飞的《中国孤儿》不大出现了，言下表示了怀念。[④]

---

① 当时曾有华特 (Willian Woty)《致〈中国孤儿〉作者书》，载《诗府丛集》(*Shrubs of Parnassus*)。此处用艾末来的《谋飞评传》，第 49，181 页上的介绍。

② 《蜜蜂报》，第 5 期（1759 年 11 月 3 日）。这篇文字已收入《哥尔斯密斯文集》，第 2 卷，第 291—292 页。

③ 布鲁斯：《伏尔泰在英国舞台》，第 92—93 页。

④ 艾末来：《谋飞评传》，第 49 页。

九

谋飞的《中国孤儿》，就十八世纪欧洲来说，还不是《赵氏孤儿》的最后一个改编本。德国文学史家们指出，在八十年代，诗人歌德对那本中国戏剧也曾发生兴趣，着手写他的《额尔彭诺》(*Elpenor*)，准备献给他的朋友斯坦因夫人。可是，就英国来说，谋飞的《中国孤儿》是《赵氏孤儿》的最后一个改编本，因此我们的讨论就在这里结束。关于《赵氏孤儿》怎样从法国传入英国，传入英国后得到怎样的注意，引起了怎样的批评，经过怎样的改编，改编本怎样上演，以及上演后取得怎样效果——这些，我们都谈了，还加上了一些疏证和解释，余下来的只有一些结束语了。

我们谈这一个文学关系，很容易低估它的价值。翻译也好，介绍也好，批评也好，改编也好，搬上舞台也好，不但都有缺陷，而且有很多、很大缺陷。翻译不完整；介绍不全面；批评不深入；改编本跟原剧差别很大，仅仅保存了一些轮廓；至于舞台表演，从中国人的眼光来看，在许多地方好像是一个讽刺。这些是很明显的，我们也提供了一些材料。可是，从历史主义的眼光来看，从比较文学的观点来谈，这许多工作——翻译、介绍、批评、改编、上演——都有其意义，因此也都有一定价值。

我们知道，英国和中国的文学关系，不是从启蒙时期开始的。我们可以把它追溯到乔叟：马可波罗的游记曾经给《坎特伯雷故事集》贡献了一些浪漫情趣。后来呢，莎士比亚的戏剧里提到过中国与中国人，弥尔顿的《失乐园》里也提到过中国与中国人。可是，英国跟中国文学艺术作品的接触，只能从十七世纪后期谈起。散文家、批评家坦普尔爵士 (Sir William Temple) 介绍过中国的儒家哲学，也介绍过中国的园林布置；戏剧家赛特尔 (Elkanah Settle) 曾经把崇祯帝吊死煤山的故事搬上舞台；报章家艾迪生与斯蒂尔曾经在他们有名的小型刊物《旁观者》里模仿过中国的高文典册的"东方文体"；自然神论者柯林斯 (Anthony Collins)、廷德尔 (Matthew Tindale)、鲍林勃洛克 (Lord Bolingbroke) 等人在批判启示宗教的著作中都曾谈到中国的哲学与道德；散文家、政论家切斯特菲尔德还运用过《晏子》、《新序》里一些故事来讥刺当时的在朝党……可是，谈到那中国人喜闻乐见的文学作品传入欧洲、传入英国，《赵氏孤儿》杂剧是最早的一个。我们引过哈切特的话："多少年来，中国把它的农产品供给我们，把它的工艺品供给我们；这一次，中国诗歌也进口了。"这里所谓"诗歌"是指诗剧。《赵氏孤儿》的传入英国，的确是中国诗剧的进口，在中英文学关系上不是一件小事。这是第一点，值得我们注意。

其次一点值得注意的是：《赵氏孤儿》在英国"进口"以后得到比较广泛的流传，也引起一些同情的批评。我们说，这与当时的历史条件和思想倾向是分不开的。启蒙时期前期的英国是这样的一种情况：一方面，资产阶级革命的胜利产生了自信、自足、自满的心理，人们惯用现成的尺度来衡量一切；另一方面，前几个世纪的地理大发现，扩大了人们的视野，激发了他们对于域外事物的兴趣。举当时比较保守的约翰逊为例。他是一个传统主义者，可是他也说了：

> 要用远大的眼光来瞻顾
> 人类，从中国一直到秘鲁。

正因为对域外事物有兴趣，人们并不束缚于原有的传统——希腊的、罗马的、希伯来的传统——而以“远大的眼光来瞻顾人类”。就当时介绍和批评《赵氏孤儿》来说，凯夫和瓦茨的抢译《中国通志》并不单纯是两个书贾的企业竞争，赫德和珀西的介绍《赵氏孤儿》并不纯粹是几个作家的偶然好奇。这是一方面。在另一方面，正因为惯用现成的尺度来衡量一切，人们对域外事物的看法总摆脱不了古典主义的规律。赫德对于《赵氏孤儿》的批评就是这样。他企图说明哪些是合乎亚里士多德的理论的，哪些不是的。可是，我们也应该注意，他并不像法国阿尔央斯与伏尔泰那样机械地搬用新古典主义的规律。他也比较恰当地认识中国戏剧的一些优点。他从亚里士多德的模仿学说出发来考察《赵氏孤儿》，指出中国的戏剧艺术与欧洲的古典传统在原则上颇有共通之处，但同时也指出中国戏剧不是从外面借过来的，而是中国人民智慧的产物。他的批评对中国文物在英国的传布上发生了作用。这一点，也值得我们注意。

再次一点是关于《赵氏孤儿》在英国的影响。一般说，它的影响，不在它的艺术形式，而在它的题材。元剧的说唱传统，它的结构体制，它的表演方式——这些，就当时情况来谈，都属不易理解，更是难于移植。哈切特在他的《中国孤儿》里插着歌曲，说是仿照中国格式，但与中国的说唱相去甚远。至于题材则不然。弄权、作难、搜孤、救孤、除奸、报恩——这题材有丰富的内容。这里有外部冲突，也有内部冲突；有残酷惊人的场面，也有凄惋动人的场面；有无可奈何的悲剧世界，也有人民大众喜闻乐见的“诗的正义”。这个题材，到了欧洲剧作家手里，不是一个历史故事，而是一个传说、一个寓言，可以采摘，也可以增删。哈切特采用了绝大部分情节，加以简化，写了他的“历史悲剧”；伏尔泰取用前半部分情节，加了许多穿插，写了他的“孔子之道”；最后，谋飞采用后半部分情节，也加了许多穿插，写了他的“悲剧”。这些改编本子，除了哈切特的而外，都在舞台上演，而谋飞的《中国孤儿》得到很大的成功。

为了具体说明《赵氏孤儿》在英国的影响，我们对哈切特和谋飞的两个改编本作了较详细的讨论，并结合当时社会现实，阐明它们的意义、它们的作用。哈切特的《中国孤儿》是十八世纪四十年代英国资产阶级政治斗争中的产物，在反抗瓦尔帕尔的运动中发生作用。它是采取戏剧形式的讽刺作品之一，表面上是一个东方故事，实际上揭露了瓦尔帕尔专政时代的政治现实——贪污、腐化、搜刮、剥削、政客的险恶与民间的疾苦——在历史上有一定价值。至于谋飞的《中国孤儿》，一向认为是伏尔泰的《中国孤儿》的改编本，我们考察了作者的创作过程，分析了这一剧本的情节发展，说明它与马若瑟的《赵氏孤儿》的关系——说明谋飞也是根据《赵氏孤儿》来进行改编工作的。谋飞介绍了不少中国思想，也运用了一些“东方色彩”，结合了当时英国的内外局势，宣扬了爱祖国、爱自由的思想。

谈文学关系，必谈影响；可是谈影响，往往易于笼统，难于明确，难于具体。我们在这方面作了一些企图。《赵氏孤儿》在启蒙时期英国的这一个问题，不仅是文献考订，也是中英文学关系上一个值得注意的章节。我们贡献一些材料，也设法明确一些论点，以作为全面研究中国文物在启蒙时期英国的影响的参考。

一九五七年五月

中国的思想文物与哥尔斯密斯的《世界公民》

哥尔斯密斯(Oliver Goldsmith,一七三七——一七七四)的《世界公民》是和孟德斯鸠的《波斯人信札》同一类型的作品,其艺术成就仅次于《波斯人信札》。这部作品和我国旧时代的思想文物有一定关系,对我们研究欧洲启蒙运动的思想发展也有一定作用。近四十年来,哥尔斯密斯的研究者疏证这部作品的内容,积累了不少材料,增加了我们对哥尔斯密斯及其时代的了解。本文根据这些研究,补充一些材料,着重讨论中国思想文物与《世界公民》的关系,并从这一角度来重新考虑这部作品的价值。

一

一七六〇年一月十二日,伦敦出现了一份新的报刊,名《公簿报》

(*Public Ledger*),这是当时英国唯一的日刊。《公簿报》是以工商业为主要服务对象的,不是文艺刊物。可是《公簿报》的发展超过了出版家的意图。原先并不注重的“评论或文学”,后来不但逐渐变成经常项目,而且大大地有助于这份报刊的销行。《公簿报》创刊后十二日,发表了两封信:一封是荷兰阿姆斯特丹某商人写给伦敦某商人的信。信很短,除谈钱款交割而外,介绍了带信的一个中国河南省人,说他是一个“哲学家”,为人正直,懂得英语,虽则对英国风俗习惯是不熟悉的。另一封是那位初到伦敦的中国人——名李安济 (Lien Chi Altangi)——写给荷兰人的信。信里谈了他对英国的印象,说伦敦市街空气沉闷,英国号称富裕,实很贫乏。过了几天发表第三函,又过了几天发表第四函,都是那位河南人写给他的北京朋友的。这些信札都用小号字排印,可见在报纸编辑者看来,不是重要材料。可是下一函却有标题:“中国人信札,第四函”。[①] 接着发表第五函、第六函……改用较大字体排印,有时印在报纸的第一栏里,从一七六〇年三月十一日起还占用报纸社论的地位。这样,一篇篇地陆续发表,有的是北京礼部官员写给那河南人的,有的是那河南人写给他流落在波斯的儿子的,但是四分之三以上是那河南人写给北京礼部官员的,共一百一十九函——这就是英国文学史上通常提到的《中国人信札》。到了一七六二年,作者哥尔斯密斯收集旧作,作了修订,并增了四函,合为一百二十三函,印成八开本两册。题名《世界公民》,副标题为:“中国哲学家从伦敦写给他的东方朋友的信

① 这函实系第 5 函,哥尔斯密斯大概是把同时发表的第 1、第 2 函当作了一函。参阅华特尔 (R. M. Wardle):《奥列佛·哥尔斯密斯》,1957 年,第 110—111,306—307 页。

札”。[1] 内附铜版插图一幅，绘着一个中国人，长袍、凉帽、八字须，翘着几根葱管似的手指，站在花园里，和一个英国女子聊天。

哥尔斯密斯发表《中国人信札》，好像是一个偶然事件。其实不然。他运用了当时久已存在的一种文艺形式，在创作之前还经过一段相当长的酝酿过程。早在十七世纪后期，流亡在法国的意大利人马拉那(Marana)，假托一个土耳其的旅行家，发表了一套信札，讽刺欧洲社会。这套信札，题名《土耳其间谍》(*L'Espion Turc*)，一六八四年出版后风行一时，于是开始了欧洲的“间谍文学”传统。[2] 作家们纷纷模仿，其中最有名的就是孟德斯鸠的《波斯人信札》(一七二一)。哥尔斯密斯于一七五三年间提到《土耳其间谍》。[3] 一七五四至一七五五年间，哥尔斯密斯漫游欧洲大陆，广泛地接触到当时法国启蒙运动者孟德斯鸠、伏尔泰等的作品。一七五七年八月，也就是他回到英国的第二年，他给伦敦的《评论月报》介绍伏尔泰的《风俗论》(*Essai sur les moeurs*)，提到孟德斯鸠的《波斯人信札》，同时还引了伏尔泰对《波斯人信札》的一段评论。[4] 在同一期的《评论月报》里，他批评了另一部同一类型的作品——《亚美尼亚人信札》。[5] 这样，在写作《中国人信札》之前，土耳其人、波

---

① 《世界公民》初印本的最后一函标为“第 119 号”，但内有四函号码重复，实计为 123 函。又《公簿报》上各函的编号和《世界公民》初印本颇有出入。本文征引各函的编号依《哥尔斯密斯文集》，吉伯斯校注本，1885 年。

② 参阅柯南特 (M. P. Conant)：《东方故事在十八世纪的英国》，1908 年，第 155—162，267 页。

③ 参阅《哥尔斯密斯书信集》，鲍尔德斯顿校注本，1928 年，第 5 页。

④ 《哥尔斯密斯文集》，第 4 卷，第 281 页。孟德斯鸠的《波斯人信札》有英译本 (1722 年初版，1773 年第 6 版)。另有列特尔顿勋爵 (Lyttelton) 模拟本 (1735)。这模拟本对哥尔斯密斯也有影响，见柯南特：《东方故事在十八世纪的英国》，第 178—186 页。

⑤ 《哥尔斯密斯文集》，第 4 卷，第 285—286 页。

斯人、亚美尼亚人，都曾引起他的兴趣。此外，据一位传记家的推测，他一度曾有意写一套摩洛哥人或法斯人信札。[①] 他最后才决定写作《中国人信札》。

哥尔斯密斯对中国发生兴趣，据我们所知，当时是在他开始发表《中国人信札》的两年以前。一七五七年五月，伦敦出现了一封外国人的信札——《旅居伦敦的中国哲学家叔和致北京友人李安济书》，简称《叔和通信》。[②] 那时英国的政党斗争闹得正凶，内阁垮台，而新阁问题悬而不决，三个党派巨头彼此攻讦，互相排挤，进行非原则的争论，从四月到六月间约有两个半月，英国陷于无政府状态。同时，英国正和法国进行七年战争，在地中海吃了败仗，丢了密诺卡岛，在北美洲也吃了败仗，军事上的着着失利造成了政治危机。正在这时，出现了《叔和通信》。在这信里，那位旅居伦敦的中国哲学家一开头就说："这些人［英国人］是不容易了解的；他们不但和我们中国人不同，和别的欧洲人也不一样。"接着把英国人和法国人比较一番，然后大谈英国政党政治的怪现状。《叔和通信》的作者何瑞斯·瓦尔帕尔 (Horace Walpole)——十八世纪二十年代至四十年代英国首相罗伯特·瓦尔帕尔的幼子——曾说，函中所谈党派纷争确能反映真实情况，作者没有开罪任何一派，同时任何一派也不能否认任何事实。[③]《叔和通信》只有对开本五六面，但在两周之内翻印了四五版，引起评论界的注意，也引起好几种模仿作

---

① 卜莱厄 (James Prior)：《哥尔斯密斯传》，1837 年，第 1 卷，第 360 页。参阅克莱恩 (R. S. Crane)：《哥尔斯密斯散文新编》(1928)，第 1 页。

② "叔和"二字，按当时文献，当系来自"熟读王叔和，不如临症多"一语。王叔和的《脉诀》，在 17 世纪后期有拉丁语译本两种，在 18 世纪 30 年代另有法语及英语译本出版。

③ 《何瑞斯·瓦尔帕尔书信集》，汤因比编校本，1903 年，第 4 卷，第 55 页。

品，如《北京李安济答叔和书》、《不列颠的一个爱国者致李安济书》等，[①]当时哥尔斯密斯是旅居伦敦的一个雇佣作家，正为《评论月报》和《评论杂志》撰稿。很可能《叔和通信》进一步激发了他对中国思想文物的兴趣。一七五八年八月，在他写给他的老同学罗伯特·勃莱恩顿的信里，提到中国。他幽默地说，尽管他住顶楼，卖文为活，连喝一杯牛奶都得赊账，但是总有一天他会建立声誉，总有一天他的作品会传到中国与鞑靼。又说，不久将请一个中国人发表谈话，像英国人一样。[②]很明显，这时他已开始计划后来在《公簿报》上发表的《中国人信札》。

但是，在一七五六至一七六〇年间的英国，使哥尔斯密斯对中国思想文物增加兴趣的并不限于《叔和通信》。英国中上层社会已有不少人在谈论中国了：中国的道德政治、中国的风俗习惯，以及中国的艺术趣味已成为争论的题目。同时，不少人正在编写有关中国的作品，而哥尔斯密斯和这些活动大都有些关系。这里举几个例。一七五六年，游历家兼慈善家韩怀 (Jonas Hanway) 发表了一篇反对饮茶的文章，《论茶》。当时英国各阶级、各阶层（特别是“上流”妇女）都爱饮茶。韩怀认为饮茶对健康有碍，而且茶叶是进口物资，也影响国库，因此主张禁茶，并建议政府对戒茶妇女予以表扬，使起带头作用。这篇文章曾引起饮茶成癖的约翰逊的有名的驳斥。[③]

哥尔斯密斯也在《评论月报》上发表文章，认为饮茶毕竟不是饮烈性酒料，不用大惊小怪。[④]一七五九年二月，教士兼古物收藏家珀西从

---

① 参阅《每月评论》，1757 年 5 月号，第 469 页；1757 年 6 月号，第 564 页；《评论杂志》，1757 年 5 月号，第 466—477 页；1757 年 6 月号，第 558 页。

② 《哥尔斯密斯书信集》，第 39—40 页。

③ 《约翰逊文集》，牛津，1825 年，第 6 卷，第 21 页。

④ 《哥尔斯密斯文集》，第 4 卷，第 273—274 页。

英国北部赶到伦敦。珀西从东印度公司的一个职员那里得到了中国“才子书”《好逑传》的英语和葡萄牙语译稿，如获至宝，准备整理发表。他到伦敦，主要是接洽出版事宜。那年二月底至三月初，哥尔斯密斯和珀西一再会面叙谈，很可能看过这译稿。[1] 就在这时，他在《评论杂志》上介绍一个法国作家的《论法律、文艺与科学的起源及其发展》，指出这部书里包含有关古代中国的历史、风俗、政治、艺术、科学的不少有用材料。[2] 过了两个月，又在《评论杂志》评介谋飞的《中国孤儿》。谋飞在伏尔泰的《中国孤儿》的影响之下，于一七五六年左右着手改编中国杂剧《赵氏孤儿》，一再修改，终于一七五九年四月底、五月初在伦敦上演。这戏连演九次，是当时文艺界的一件大事。后来剧本出版，哥尔斯密斯发表长篇评论，肯定优点，也指出缺陷。[3] 这种种说明了：在发表《中国人信札》之前，哥尔斯密斯对中国事物已很关心。

此外，在这些年代，英国社会对中国艺术的爱好已进入高潮阶段。据当时记载，室内陈设如椅子、桌子、壁炉、镜框，以及大小器皿，都力求仿效中国式样；至于户外布置，中国式的园林建筑已风靡一时，法兰西和荷兰式的几何图案已让位于中国的曲径、拱桥、凉亭、水阁——这在欧洲艺术史上叫作“中国趣味”(chinoiserie)。曾于十六七岁时到过广州的皇家建筑师钱伯斯 (William Chambers) 于一七五七年发表了《中国建筑、家具、衣饰、器物图案》和《中国园林艺术》，其目的在纠正当时对中国艺术的曲解，但同时却推动了“中国趣味”的热潮。[4] 后来，钱伯

① 多布森：《肯辛顿故宫》(《牛津世界名著丛书》本)，1926 年，第 46 页。哥尔斯密斯在 1759 年 5 月号的《每月评论》里曾隐约提到这部即将问世的作品。

② 《哥尔斯密斯文集》，第 4 卷，第 346 页。

③ 同上，第 4 卷，第 350—355 页。

④ 多布森：《肯辛顿故宫》，第 209—213 页。

斯为英王乔治三世的母后奥古斯达在伦敦近郊的里奇蒙地区整治园地，于一七六〇年修了中国台，于一七六一至一七六二年造了一座十层高的滚龙宝塔，哥尔斯密斯也曾提到。[①] 这种艺术上的风气，很自然地影响了文学的各部门。哥尔斯密斯在他评论谋飞的《中国孤儿》的文章里有这样的一段：

> 我们看到许多花园安排成东方的式样，许多房屋的门面点缀着曲折的线条，许多屋子里塞满了中国的花瓶和印度的宝塔。当今主持娱乐活动的人们既然有了这样的癖好，并且开创了一时的风气，那么，诗歌也跟着走了，戏剧也以中国习俗为内容而与观众见面了，这又有什么奇怪呢？——谈到中国习俗，作者即使有了差错，也不用着急，因为读者之中能辨别真伪的毕竟只占少数。[②]

哥尔斯密斯的《中国人信札》就是在这样的一种气氛之中写作、发表的。

二

哥尔斯密斯既对中国发生兴趣，必然会参加有关中国的文艺活动，也必然会浏览当时有关中国的文献。不但如此，在发表《中国人信札》的两年以前，他曾有漫游东印度的计划。按当时文献，所谓“东印度”是一个泛指名词，它可以包括东印度公司活动的远东地区。哥尔斯密斯曾在苏格兰的爱丁堡和荷兰的莱顿，也可能在比利时的卢万或意大

① 《哥尔斯密斯文集》，第 2 卷，第 102 页。里奇蒙的中国宝塔现仍大体保存。

② 同上，第 4 卷，第 350—351 页。

利的帕多瓦，学习过一点医学，据说曾获得医学博士的学衔。他想通过东印度公司到马德拉斯的卡罗孟德尔去做医务工作。一七五八年八月底，他写信给他姐夫霍德逊说：东印度公司已经给予执照，他也作了准备，办了行装。这一计划没有实现。但是他漫游东方的念头，直到一七六一年年底还没有放弃。那年，哥尔斯密斯给英国政府上了一个条陈，申请资助，前往东方考察。[①]很遗憾，他没有能实现他的梦想。

从十七世纪中叶到十八世纪中叶（哥尔斯密斯写作的年代），欧洲人来到中国的大概可分两类。一类是教士，主要是欧洲大陆各国的耶稣会士；另一类是商人和冒险家，其中也包括英国人。他们都带回了关于中国的材料。耶稣会士的目的在于传教，但是因为深入中国，因为与中国"士大夫"有所来往，同时为了传教便利，或多或少地研习了中国的思想文物，这对中国文化在欧洲的传播起了一定作用。至于商人和冒险家，特别是英国的商人和冒险家，他们和中国接触限于南方几个海港，他们的游记一般是记地形，记行程，记港口互市，记海上掠夺，而对中国的民情风俗与文化成就，很少涉及。例如十七世纪末年，英国的环球航行者丹皮尔(Captain Dampier)到过香港和广州；十八世纪四十年代，英国的另一环球航行者安逊子爵(Lord Anson)到过澳门和广州。他们回国以后都曾发表游记，也提到中国，但要么只是寥寥数笔，语焉不详，要么因为没有讨到便宜，无理谩骂，要么摘录耶稣会士的通信来填塞篇幅。这些，对启蒙思想家来说，是作用不大的。启蒙思想家认为人们的正常的研究对象就是人——人的生活习惯，人的社会活动，以及人的发明创造与文化成就。一七六〇年二月，英国文坛上著有声誉的约翰逊曾在他的小型刊物《漫游者》第二十七期上批判了商人和冒险

① 卜莱厄：《哥尔斯密斯传》，第1卷，第383页。

家的游记。他指出，每个国家，在工艺制造、文艺创作、医药卫生、农田水利、风俗习惯、政治政策等方面，总有其独特之处。一个有用的游历家，应当在这些方面带回一些东西，使本国人民熟悉情况，取长补短，有所借鉴。换言之，有用的游历家，不是商人，不是冒险家，也不是教士，而应当是一个有知识、有教养的文化使者。

有用的游历家应当是一个有知识有教养的文化使者——这正是哥尔斯密斯一再提出的意见。在发表《中国人信札》半年以前，他曾在《评论杂志》上发表了一篇文章，批评两个荷兰人写的《欧亚游记》。他告诉我们：这部游记只是重复前人谈过的东西，没有什么新见。接着他谈一般的游记作品，认为游记作家的任务不在描述岩石与河流，不在踏察古庙里的断碑或采集海滩上的贝壳，而在深入民间，描绘风俗习惯、工艺发明和学术水平。[①] 这与约翰逊的见解是大体一致的。

哥尔斯密斯在他创造的中国哲学家的形象上，表达了他自己的理想。在《中国人信札》里，一开头就说，李安济是一个“哲学家”（函一）、一个“学者”、一个“哲学流浪者”（函二）。第七函上说，欧洲旅行家往往不辞劳苦，渡过大海，涉过河流，去测量一个山脉，描绘一股激流，或调查每个国家都能生产的商品。这些可供商人或地理家参考，但对哲学家没有多少作用。哲学家要了解的是人的心，要知道的是每一个国家的人，他要知道那些由于气候、宗教、教育、成见、偏爱而产生的种种差异。他应当捐除无关大体的细节，而注意有助于道德修养和科学发展的东西。又说：“一个人离家远行，目的在改善自己、改善别人的，那是哲学家，要是盲目地受了好奇心的驱使，从一个国家跑到另一个国家，那只是一个流浪者而已。”这都是借中国哲学家之口来说明的。中

① 《哥尔斯密斯文集》，第 4 卷，第 360—362 页。

国哲学家又说："我的生活目的，主要在于追求智慧，而追求智慧的目的则在于使生活过得愉快。"①

哥尔斯密斯写文章，喜欢把一个意见在不同场合一再发挥，加以补充。《中国人信札》第三十函又谈到游历家：游历家应当深入实际。譬如，关于民族特征，不应当用一般名词来描述，而应当运用实验方法，深入了解其具体条件，使人们对于外国可以有更明确、更恰当的概念。《中国人们信札》第一百〇八函，对游历家更是畅所欲言。哥尔斯密斯指出：欧洲人到东方游历，不外出于两种动机：一是经商，二是传教。商人告诉我们商品的价格是怎样的，屯积商品的方法是怎样的，等等；教士告诉我们某一国家有多少人皈依耶教，应当如何传教，等等；他们都没有把每一个国家（不论它如何粗野）的有用知识吸取过来。就是说，他们都没有完成游历家最有意义的任务。为了完成这样任务而选送游历家出国，这应当引起全国人民的关心，因为这在某种程度上可以弥补国与国之间由于野心而造成的裂痕，同时也可以表示现在还有一些人不仅爱自己的国家，而更爱整个人类。接着他指出怎样的人才能担当这一任务：

> 他应当是具有哲学头脑的人；应当善于从特殊事物中引出一般有用的结论；既不骄傲自满，也不固执矜持；既不固守一种制度，也不只熟悉一门学问；既不全是植物学家，也不全是古物学家；他的头脑应当渗透着各式各样的知识，又因为他和人家来往多了，他的举止变得通情达理。在某种程度上，他对这一计划应是一个具有热忱

① 追求幸福生活是启蒙思想家的"固定观念"，参阅阿查德 (Paul Hazard)：《十八世纪欧洲思想：从孟德斯鸠到莱辛》，1946 年，第 1 部分，第 2 章。

的人；他有神速的想象与好动的天性，因而喜爱游历；同时，他有足以忍受一切疲乏的体力，也有不易给危险吓倒的心情。[①]

哥尔斯密斯的中国哲学家的形象是大体符合这些标准的。他对于山有多高、湖有多大、房屋有多少式样等，谈得很少；因为他说："别的游历家在这一科学部门已经谈得够多了。"（函一〇二）他的北京朋友也写道：他的游历只注意欧洲各国的民族精神、政治制度和风俗习惯。他既没有描写如何从一座建筑物到另一座建筑物，或临摹这个遗迹或那个石塔；也没有叙述花了多少刀曼（土耳其金币）买下多少商品，或积储多少器材来准备游览一个蛮荒地区；他谈的只是自己对所见所闻的感想。（函五十六）这中国游历家在来到伦敦之前，经过七百多天艰苦的旅程，看过不少国家、不少民族、不同的生活习惯和不同的文化水平。他既是中国人，当然会从中国人的观点来谈问题，但是他的看法又不完全是中国人的看法。他摆脱了一些乡土观念或民族偏见。他自称是一个"世界公民"。

"世界公民"——这是《中国人信札》合订本的标题。这名词，论其来源，可以追溯到希腊罗马时代的作家，如苏格拉底、柏拉图、西塞罗、普鲁塔克。[②] 十七世纪后期英国政论家坦普尔 (Sir William Temple) 谈到荷兰联邦时说：由于商务上频繁的来往，由于各种不同的教义、习俗与仪式发生了相互的影响，各国人民加强了和平友好的联系，好像变成"世界公民"。[③] 十八世纪初年的散文家艾迪生 (Addison)

① 转载于 1762 年的《年鉴》第 57 页。

② 史密斯 (H. J. Smith)：《哥尔斯密斯的〈世界公民〉》，1926 年，第 29—30 页。

③ 《坦普尔文集》，1770 年，第 1 卷，第 181 页。

也有类似说法。[①] 在哥尔斯密斯的时代，最爱交游的鲍士韦尔自己说是一个"世界公民"。甚至乡土观念很重、民族偏见很深的约翰逊也写过两行诗：

> 要用远大的眼光来瞻顾
> 人类，从中国一直到秘鲁。

一七五二年，法国出了一本书，叫作《世界公民》。一七六二年——那时七年战争尚未结束——英国出了一本小册子，叫作《世界公民吁请各国君主停战书》。这些说明"世界公民"是一般人熟悉的名词。哥尔斯密斯在《中国人信札》里也曾一再提到，[②] 并和中国的政治思想、哲学思想联系起来。他说："孔子说过，读书人的责任在于加强社会的联系，而使百姓成为世界公民。"（函二十四）这一句孔子的话是待考的，但这无疑是欧洲启蒙思想家的理想。

三

这样，哥尔斯密斯的《世界公民》是在十八世纪中叶的思想气氛之中写作和完成的，它表达启蒙运动者的思想倾向。为了写作这套信札，哥尔斯密斯参考了不少有关中国的书籍。哥尔斯密斯的研究者已在这

---

① 《旁观者》，第 69 号（1711 年 5 月 11 日）。

② 《哥尔斯密斯文集》，第 1 卷，第 323 页；第 3 卷，第 74，86—87，530—531 页；第 4 卷，第 41 页。《哥尔斯密斯散文新编》，第 16—17 页。

方面做了不少考证工作。[①]这里不再缕述，只举主要的几种：郭纳爵、殷笃泽、柏应理等的《大学》、《中庸》、《论语》的拉丁语译本（一六八七）；李明 (Louis le Comte) 的《中国现状新志》（一六九六）；和杜赫德的《中国通志》（一七三五）。这些是当时关于中国的基本材料。此外，哥尔斯密斯也参考了阿尔央斯的《中国人信札》（一七三九）和伏尔泰的《风俗论》（一七五六）等。《世界公民》里充满着"中国人的议论"，有时还有脚注，说明出处。从前曾有不少批评家认为这些全是凭空杜撰，毫无根据，这是和实际不尽符合的。

那么，哥尔斯密斯对中国思想文物到底有多少了解呢？他对中国文化哪些方面有认识呢？我们拟就《世界公民》里的材料理出一个头绪。

因为哥尔斯密斯用的不是第一手材料，而是第二手、第三手材料，又因为他自己往往随意改窜，所以《世界公民》里许多"中国人的议论"已非本来面目。我们对于这些议论，可以有两种看法：一是严格的，一是宽泛的。说得严格一些，这些材料，真伪错杂，几乎没有一段，没有一条，甚至没有一句是没有漏洞的，其中有些简直是张冠李戴，牵强附会。这是一种看法。但是无论其如何混乱，无论其如何破碎，其中也有不少材料还保存了一些原有的轮廓或中国的气氛。举一个例。《世界公民》第五十六函里有一条说：

聪明的人走向道德比愚蠢的人走向邪恶要慢得多了；因为情欲

① 例如：克莱恩与史密斯：《一部法国作品对哥尔斯密斯的〈世界公民〉的影响》，见《近代语文研究》，第 19 卷，1921 年，第 92—93 页。克莱恩与华尔纳 (J. H. Warner)：《哥尔斯密斯与伏尔泰的风俗论》，见《近代语文学札记》，第 38 卷，1923 年，第 65—76 页。塞尔斯 (A. L. Sells)：《哥尔斯密斯运用的法国材料》，1924 年。史密斯：《哥尔斯密斯的〈世界公民〉》。

是拉着我们走的，而智慧只指点路头而已。

原文下面有一条脚注，说这条“精当的格言”采自李明的《中国现状新志》。[①] 我们很难确定原文是什么，不过很像谚语“从善如登，从恶如崩”（语出《国语·周语下》）。再举一个例。《世界公民》第七函，开头有一段小序说：“这封信的绝大部分好像只是借用中国哲学家孔子的语录。”实际上，这封信的材料极其庞杂，大部分与孔子无涉。但其中也不是没有一些儒家的道理：

我们要恪守那中庸之道，既不是无动于衷，也不宜悲伤自损；我们的企图不在绝灭情性，而在抑止情性；碰到悲伤事故，不是漠然无动，而在使每一祸害化为有利于己的事件。[②]

这里“中庸”一词为“immutable mean”，是按照朱熹《中庸章句集注》所谓“中者不偏不倚、无过不及之名，庸者常也”的注释译出的——这是当时一般的译法。哥尔斯密斯引的这段话与《中庸·十四》“君子素其位而行，不愿乎其外……素患难，行乎患难，君子无入而不自得焉”，也还有几分相近。

《世界公民》里也包含有关道家和墨家的材料。提到墨家的较少。第八十五函批评当时伦敦歌唱家无谓的纷争，结尾有“子墨子曰”一

① 该书版本颇多，互有差异。作者曾翻检该书的1697年法文版，无此格言，其他各版未及核对。

② 参阅杜赫德：《中国通志》，第2卷，第327—328页。哥尔斯密斯用的是凯夫的英译本（1738—1741）。鲍尔德斯顿曾有论证，见《近代语文学札记》，第43卷，1928年，第404页。

段。这段显然出于杜撰，但也还有些像墨子《非乐》篇的议论。提到道家则较多。在第九十五函里，有官员和老汉争论这样的问题：什么东西最能持久？是硬的，还是软的？有抵抗性的，还是没有抵抗性的？官员说，当然是硬的，有抵抗性的喽。老汉说："好，请你看我嘴里，牙齿全没有了，可是舌头呢，一点也不缺。"这是老子的"柔弱胜刚强"的议论，是道家爱说的"齿再堕而舌尚存"的故事。[①]《说苑·敬慎篇》里有这类故事：

> 常枞有疾，老子往问焉。曰："先生疾甚矣，可以语诸弟子者乎？"常枞曰："子虽不问，吾将语子。"张其口而示老子曰："吾舌存乎？"老子曰："然"。常枞曰："子知之乎？"老子曰："夫舌之存也，岂非以其柔耶？齿之亡也，岂非以其刚耶？"常枞曰："嘻，是已。"
>
> 韩平子问于叔向曰："刚与柔孰坚？"对曰："臣年八十矣，齿再堕而舌尚存。老聃有言曰：'天下之至柔，驰骋乎天下之至坚'……

《世界公民》同一函里另有下面一段故事：

> 我骑了一头秃驴，看到前面有人骑着一匹快马，心里好不自在。后来回头一看，只见许多人徒步而行，弯着腰，驮着笨重的东西。于是想开了：我应该学会怜悯人家的遭遇，同时感谢天老爷为我安排了我的遭遇。

我们还不知道这故事的传递过程，但是中国原文显然是：

---

① 杜赫德：《中国通志》，第3卷，第48页。

世上生来命不齐，
别人骑马我骑驴。
道旁遇见挑挑者，
比上不足比下余。

《世界公民》第十八函有庄子的故事，来源是《今古奇观》里的《庄子休鼓盆成大道》。这故事原由耶稣会士殷洪绪（E. D' Entrecolles）译为法文，一七三五年由杜赫德收入《中国通志》，得到流传，引起作家们的注意。伏尔泰曾据以改编，写入一七四八年发表的《查第格》(*Zadig*)；后来珀西又加以点窜，收入一七六二年发表的《妇女篇》(*The Matrons*)。哥尔斯密斯也把它改编了。故事大体按照《今古奇观》，但改动了结尾。故事结尾原是，庄子鼓盆而歌，歌罢盆碎，火焚其居，然后遨游四方，随老子而去。哥尔斯密斯改为：庄子用韩氏（《今古奇观》作田氏）原拟和楚王孙合欢的酒筵，将计就计，和扇坟妇人即日成婚！

《世界公民》里还有不少当时人认为“有趣而又有益”的故事，其中有些还有历史根据（如明思宗吊死煤山，函四十二），有些来自民间传说（如老子、庄子的故事；又如磨坊主老黄的故事，函七十），有些是完全出于虚构（如孟子与隐者，函六十六）。此外，它介绍了有关中国的风俗习惯，如饮食、服饰、婚丧仪式、社交活动、文化娱乐，等等，有的是谈得比较详细的。例如：关于嫁娶，有相亲、卜卦、合婚、纳彩等节目，连“三天无大小”的闹新房都提到了（函三十九、九十九）。关于丧葬，有送终、曳白、吊唁、举哀、出殡、立碑等节目，也提到谀墓之文（函十二、十三、九十六）。关于文化娱乐，谈到园林布置（函三十一），也提到民间连续演唱的社戏（函二十一）。哥尔斯密斯的中国哲学家对自己的国家并不是一味吹嘘，而在某些方面也提出了问题。譬如说，中国的学士大夫，看来是威仪赫然，却未必都有真才实学，钦天监的大臣们是一个例子。他们道貌岸然，自命不凡，而观测天象，一再违失，远不及那“没有长指甲的西洋人”——耶稣会教士（函一〇四）。但是，总的说来，中国是一个具有悠久历史、高度文化的国家。

在《世界公民》第三十三函里，中国哲学家对英国人说了这样的一段话：

> 你千万不要以为中国人和土耳其人、波斯人或秘鲁人同样愚昧，同样没有知识。在各门科学上，中国人和你们一样；而且中国人另有其专长技术，欧洲人还不知道呢。许多中国人不但研习自己民族的学术，对于西方国家的语言和文学也极其熟悉。如果不信，可以问问你们自己的游历家们。他们断言：北京和暹罗的学者们还能用拉丁语撰写神学论文呢。

这里说的是中国的学术，但是中国文化方面最受赞扬的是政治和道德。《世界公民》第四十二函里有下面一段，是假北京礼部官员之口说的：

> 他们［欧洲人］在造船、制炮、测量山脉等技术方面，也许比我们高明；但是在那最伟大的艺术方面，在那治国安民的艺术方面，难道也比我们高明吗？

接着他说了一些修身、齐家、治国、平天下的道理，还举了历史上诤臣反抗暴君、贤君施行仁政，以及明思宗自缢绝命时念念不忘臣民的故事。

又说：

> 一个帝国，换了多少朝代，还是这个样子；最后虽给鞑靼人征服，但仍保持古时的法典、古时的学术。因此与其说是屈服于外国的征服者，倒不如说它兼并了鞑靼。一个国家，论幅员可抵欧洲全部，但只服从一种法律，只听命于一个君主，四千年来只经过一度长期革命。这是它的特别伟大之处，因此，我觉得别的国家和它相比，真是卑不足道了。在我们这里，宗教迫害是不存在的，人们的不同主张也没有引起战争。老君［老子］的信徒、崇拜偶像的佛门弟子，以及继承孔子的哲学家，只是通过各自的活动来尽力表达其学说的真实而已。

换句话说，中国是一个泱泱大国，有悠久的历史、完整的传统、高度发达的文化，而没有欧洲历史上绵延不断的战争，特别是宗教战争。这未免把一个东方封建帝国理想化了，但这是当时西欧某些启蒙运动者的看法，这里描绘的中国正是当年伏尔泰等所仰慕的中国。[①]

在我们看来，应该说，哥尔斯密斯对于中国文化的了解是极其浅薄、极其不完整的。但是，这一点浅薄、不完整的知识也居然使他能就当时西欧对中国文化的歪曲提出批评，这是值得一提的。当时西欧对中国文化的歪曲，突出地表现在三个方面：在文学界有"东方文体"，在艺术界有"中国趣味"，在科学研究方面有"中国学"(Sillology)。所谓东方文体，是指荒诞不经的故事和比喻连篇的词藻。哥尔斯密斯虽未能免俗，但认为这种作风和中国经典文学的就事论事、简洁明净，毫无

① 《伏尔泰全集》，莫朗编校本，1877—1883 年，第 11 卷，第 165—180 页。

共同之处(函三十三)。所谓"中国趣味",是指对中国器物的胡乱模仿,如宝塔可以到处安置,而中国式的亭台楼阁又不像中国的亭台楼阁。哥尔斯密斯未必能了解中国艺术,但是他断言:这不是真正的中国艺术(函三十一)。至于"中国学",那还在幼年时期。教士们对于中国的年历问题与人种问题早已发生兴趣。十七世纪中叶,有人荒谬地以为中国的伏羲就是圣经《旧约》里的诺亚。到十八世纪初年,古物学家另有一说,认为中国是埃及的殖民地,伏尔泰曾予驳斥。[①] 到一七六〇至一七六一年间,这一臆说又引起争辩。正在这时,英国皇家学会会员约翰·尼特姆在意大利的杜林地方发现了一座埃及蕃殖女神(Isis)的石像,据说石像背后的刻字不像埃及的楔形文字,而像中国的古文字,于是中国民族来自埃及之说在欧洲知识界引起更大注意。[②] 诗人格雷(Thomas Gray)认为这一消息如果属实,会提供不少新鲜事物。[③] 哥尔斯密斯在《世界公民》第八十九函中断言这完全是学究们的牵强附会。这篇文字,亦庄亦谐,谈言微中,现在看来,仍有一定参考作用。

四

很明显,哥尔斯密斯介绍中国的思想文物,不是为了介绍而介绍,而有其现实的意义。《世界公民》,像孟德斯鸠的《波斯人信札》一样,

---

① 《伏尔泰全集》,第 18 卷,第 150 页。参阅科尔迪埃:《中国通史与中外关系史》,1920 年,第 1 卷,第 1—14 页。

② 涅谷尔斯(J. Nichols):《十八世纪文学轶事》,1812—1815 年,第 8 卷,第 228 页。当时许多报刊曾有报道,如《君子杂志》,第 29 卷,1759 年,第 463—466 页。

③ 《格雷书信集》,汤因比和魏伯莱校注本,1926 年,第 2 卷,第 772—773 页。

是一部讽刺社会、批评社会的作品。它涉及的英国事物是极其广泛的，其中有不少是生活细节，譬如说，男人的假发太大，妇女的裙裾太长等等，使我们联想到十八世纪初年的《闲谈者》和《旁观者》等小型期刊。但是《世界公民》毕竟超越了《闲谈者》和《旁观者》的范围，它也触及英国的重要问题，包括政治、法律、宗教、道德、社会风尚等许多方面，有时还联系到整个欧洲社会。哥尔斯密斯运用中国事物（或理想化的中国事物）来衬托英国或欧洲的事物，提出感想或评论。从这些感想或评论里，我们更可以窥见中国思想文物与哥尔斯密斯的关系。

在《世界公民》第四十二函里，中国礼部官员指出：欧洲不是什么和平乐土，像中国一样，而是一个尔虞我诈、此争彼夺的场地。在罗马帝国时代，有罗马人与野蛮民族的战争。后来野蛮民族皈依基督教了，又有基督教徒与伊斯兰教徒的战争；十字军东征不知蹂躏了多少地区，杀戮了多少人民。罗马帝国崩溃后，各国崛起，互争雄长，英国、法国、西班牙、波兰、意大利以及北欧各国总在争夺，流了千万人的血，而谁都没有造成大统一的局面。“不论从哪一角度去看，你总可以找到这样的一条线索贯串着整个欧洲历史，就是罪恶、愚蠢与祸害——也就是，政治没有计划，战争没有结果。”在一七六〇至一七六一年间，欧洲国际关系中最大事件是英法争夺殖民地的七年战争。这在《世界公民》里也一再提到。中国哲学家感慨地说，一百年来，号称爱好和平的基督教君主总在打仗——讲和——打仗之中。打仗不解决问题，讲和也不保证和平。通常总是：一方破坏和约，另一方乘机报复，于是彼此就交锋了；战火一起，互有胜负，死了几千人，大家精疲力竭了，于是坐下来再订和约。中国哲学家是爱好和平的人，他把英法两国争夺殖民地的战争幽默地说成争夺加拿大皮毛生产的战争。他还没有认识侵略战争的本质,但他认为这战争是不必要的,不上算的,因而是无意义的。干吗要牺牲那么多的精壮人员去争夺阿尔巴阡山背后的那块不毛之地呢?干吗要花那么多金钱去换取生丝、苎麻和烟草呢?干吗要争夺更多的海外土地来造成尾大不掉之势呢?土耳其大帝国的兴亡不是前车之鉴吗?(函十七)穷兵黩武,分散财富,难道能导致长治久安吗?(函二十五)战争中从法国军队里夺到了几面破烂的锦旗,据说法国失了不少光荣,而英国得了不少光荣,但这几块绸子原来只值半吊铜币,现已褴褛不堪,已拼凑不起一块手帕了。这又有什么意义呢?(函四十一)

哥尔斯密斯从当时中国“士大夫”的角度来看英国的政法制度,也发表了一些有意义的议论。在欧洲启蒙运动者看来,中国是一个开明君主统治的国家,它有一套合理近情的法律。《世界公民》里的中国哲学家就从这个观点来评论英国的政治制度。他认为英国的君主立宪和中国的开明专制有所不同,也还有其可取之处。(函五十)但他对于英国人所称道的自由,认为与实际不相符合。他说:“你在任何场合都可以听到自由之声;千千万万的人会听到自由之声而献出自己的生命,虽则也许没有一个人懂得自由的意义。”(函四)此外,他对英国的议会选举制度也看不上眼。他参观了一七六一年四月间伦敦地区的竞选。场面是十分热闹的,虽不及中国的上元灯节,而大吃大喝则有过之而无不及。候选人的走运与否不取决于才能的高低,而取决于款客的丰啬,取决于牛排与白兰地酒的分量。党与党争,派与派争,人们喝醉了酒,还大打出手,好像在演闹剧。(函一一二)

中国哲学家批评得更多的是英国法律和司法制度。伏尔泰早就说过:“在别的国家,法律是惩治罪犯的;在中国,法律还有更多的作用,它还奖励道德实践。”[①] 哥尔斯密斯有类似说法。他说：“英国的法律只是惩治罪恶；中国的法律进了一步，它还奖励善行。”（函七十二）十八世纪中叶的英国是一个法令繁杂的国家，法律愈多，就愈难理解。[②] 它好比古代巫婆的秘本，谁都尊重它，但很少人阅读它，更少人了解它，甚至掌握法律的人对许多条文也是聚讼纷纭，结果是自认无知。（函九）在这样法网紊乱的情况之下，受害最深的是劳苦人民。《世界公民》里举了一个具体例子。一个五岁丧父的乡村孤儿，给人们按照《居住法》从一个教区赶往另一个教区，不得安顿。后来，按照《济贫法》，给送入劳动院，学习木工。学习毕业后，出院寻觅工作，路上捉了一头野兔，犯了《狩猎法》，被拘了起来。地方官吏认为他同时也犯了《流浪法》，把他送入伦敦的新门监狱。过了五个月，给人押运上船，卖给种植园，充任奴役。奴役期满后想尽办法回到英国，又给拉夫队拉去打仗，在四年战争中失去了四指一腿。（函一一九）此外，《世界公民》里另有贫民流入城市的凄惨图画。他们是街头巷尾无家可归的外乡人。哥尔斯密斯的中国哲学家感慨地说：“贫苦人的啜泣得不到注意，却受到每一专制吏胥的迫害。每一条法律对别人来说是保障，对他们来说则是仇敌。”（函一一七）

此外，法院的腐败与司法人员的舞文弄法、贪得无厌，也增加了法网的祸害。中国哲学家指出，中国有这样的说法：法院好比捕鼠机，进去容易，出来困难，英国的司法系统正是这样。一个人触了法网，大批司法人员如警卒、法律代办人、法律顾问、律师等都出动了，一个盯着一

① 《伏尔泰全集》，第 11 卷，第 175 页；第 18 卷，第 158 页。

② 哥尔斯密斯的《威克菲尔德牧师传》里有类似说法，参阅《哥尔斯密斯文集》，第 1 卷，第 198 页。

个，各打各的主意，都想捞上一把，于是一件案子兜三绕四，闹了多少年不得解决。他还引了一个中国寓言，叫作“五物一餐”(five animals at a meal)。

> 蚱蜢吸足了露水，正在隐蔽的地方叫得起劲。它给黄口[①]看到了；黄口本来是吃蚱蜢的，于是就欠着身子来吞。它给蛇看到了；蛇本来是吃黄口的，于是就蜷着身子来捉。正在这时，黄雀飞了过来，想攫取蛇，而鹞子又从上面下来想掠取黄雀。大家都悉心掠夺，而不注意自己的危险。于是黄口吃了蚱蜢，蛇吃了黄口，黄雀吃了蛇，鹞子吃了黄雀。正在这时，鹰从天际直冲下来，张开了大口，把鹞子、蚱蜢、黄口等一下子都吞了。(函九十八)

哥尔斯密斯没有注明出处，但底本显然是“螳螂捕蝉，不知黄雀在后”的故事。《说苑》卷九《正谏》一篇说：

> 园中有树，其上有蝉。蝉高居悲鸣饮露，不知螳螂在其后也；螳螂委身曲附欲取蝉，不知黄雀在其傍也；黄雀延颈欲啄螳螂，而不知弹丸在其下也。此三者皆务欲得其前利而不顾其后之有患也。

这一段运用中国寓言来揭露英国司法人员如何舞文弄法，从中取利，也揭露英国司法系统的吃人的本质。这是后来狄更斯的《荒凉山庄》的主题。

《世界公民》里有几篇是谈英国的宗教信仰的。哥尔斯密斯的中国哲学家是孔子之徒，只谈修身治国，不语怪力乱神。哥尔斯密斯就通

---

① 原文 whangam，暂译为“黄口”。“黄口”系小雀，见《说苑》。

过这样的一个人来对英国的宗教活动发表他自己不便发表的议论。这在《世界公民》里是比较精彩的文字。中国哲学家参观了圣保罗大教堂的礼拜。礼拜开始时,照例是奏乐。做礼拜的人是不少的,但是乐声刚停,大部分人拔步走了,好像是专跑来听音乐似的。中国哲学家开始怀疑了:这些人难道是虔诚的教徒吗?再看余下来的一些人也不像是诚心做礼拜的,有的在东张西望,有的在和隔座女人丢眼色,有的窃窃私语,有的嗅着鼻烟。其中一个人因为吃喝过量,另一个人(是青年女子)因为打了通宵纸牌,都倒在垫子上睡着了。牧师循例布道,而听众全不在意。只见教堂角上有一个老妇人坐在丧旗竿子后面不断呻吟,好像听了牧师的话,非常感动。她是唯一的虔诚教徒,后经了解,她只是住在教堂院子里的一个聋子!(函四十一)中国哲学家还参加了教会的视察宴。按照教会规则,上级教士每年须巡视各区教堂一次。但是为了避免麻烦,视察改为宴请,由下级教士作东道主。教士们来了,都是肥头胖耳,与东方斋戒吃素的法师完全不同。主客交谈,十分欢畅,可是津津乐道的不是神学,也不是哲学,而是席上的旨酒佳肴。(函五十八)中国哲学家还注意到,英国的教派着实不少,而新起的监理派正在招揽信徒。于是他发表议论了:每一个人,只要有足够的兴趣去租一个会堂,都可以自立门户,贩卖一种新的宗教。“他们的铺子备受光顾,他们的顾客天天增加;因为,人们听说,花最小的费用可以进入天堂,那自然是最乐意不过的。”(函一一一)这些话,很平易,但也很冷隽,有一定深度。

这样,哥尔斯密斯运用了他接触到的中国社会政治理想——如开明的统治,幸福的生活,奖善惩恶的法律制度,合理近情的宗教信仰——通过他创造的中国哲学家来对欧洲(特别是英国)社会进行评论。《世界公民》里这类文字是不少的，一般能切中时弊，也引起当时和后代社会改革家的注意。但是，同时必须指出：他也运用了中国宗法社会流行的一些保守、落后的思想或观点来讨论历史、社会、道德等问题，在某种程度上影响了他的揭露的程度，也削弱了他的批判的力量。在这类思想中，比较突出的是历史循环论，即古代中国思想家的"天道循环，无往不复"的思想。

在《世界公民》第六十三函里，哥尔斯密斯的中国思想家感慨地说，许多国家都在走下坡路了，就是中国也不及从前了。法律比以前受了更多的金钱腐蚀，商贾比从前表现更多的巧诈行动，艺术科学也不及从前活跃了。为什么呢？据说，这是自然演化，好比时令季节的交换，不是人力所能控制的。每个国家都是在事物的自然循环之中，政治上有一治一乱，经济上有一盛一衰。对个人来说，也有一得一失，一荣一辱。在第八十三函里，有这样的一段话：

> 鄙陋与贫穷产生谨慎与节俭，谨慎与节俭产生富庶与尊荣，富庶与尊荣产生骄纵与奢侈，骄纵与奢侈产生恶俗与懒惰，恶俗与懒惰又产生鄙陋与贫穷。这是人生的循环。[1]

《世界公民》第二十五函阐述辽国的兴亡，就体现了这一理论。

和循环论观点有联系的是"知足不辱，知止不殆"的人生态度。既然说，盛衰兴亡或荣辱得失，不是人力所能控制，那么，只能尽人事以待天命了。哥尔斯密斯的中国哲学家对于社会和对于人生的期望是不高

---

① 哥尔斯密斯曾自注说，这一函是"一位中国近代学者的话"，引自杜赫德的《中国通志》。这是不错的，参阅该书第3卷，第174页。哥尔斯密斯于1759年《皇家杂志》上发表的《阿萨姆：一个东方故事》，也体现了这个理沦。

的。他的理想社会是介乎富庶和赤贫之间的一种小康境界。他说，大量财富会使一些人停滞不前，而极度贫困会使另一些人心灰意懒。至于小康的人们，则一般比较积极。因为小康和贫困相去不远，他们还害怕一旦受到贫困的灾难；同时，因为小康和巨富还有一定距离，他们还不敢放松劳动。这样，在事物永恒动荡的情势之中，他们处在一个比较稳定的中间状态。（函七十二）哥尔斯密斯的中国哲学家所向往（应该说幻想）的是这种状态。但是，一旦碰到困难那又该怎么办呢？那位哲学家不是从具体情况作具体分析，只是主张克制，力求解脱。《世界公民》第一百一十九函里的议论是值得注意的。上面说的那个受了一系列的迫害而又在战争中失去四指一腿的哨兵，引起了中国哲学家的同情与赞颂。他同情那哨兵的不幸遭遇，同时也揭露英国社会不公平、非人道的待遇。但是这一函主要是赞扬哨兵的坚毅、克制、达观。中国哲学家一开头就说：

一个人在落魄之中能正视横逆——没有朋友们的鼓励、伙伴们的怜悯，甚至不能指望切身痛苦有所消除，而仍能处以镇静，安之若素，这是一个真正伟大的人。不论他是农民或朝臣，都值得佩服，值得人们的学习与尊敬。

在这函的结尾，中国哲学家又说：

他［哨兵］讲完了话就一瘸一拐地走了，我和我的朋友看了这样子不得不佩服他的刚毅和知足；同时，我们也不得不承认，长期习惯于苦难对于一个人的坚定与智慧是最真实的锻炼。[①]

这样，中国哲学家回避了社会矛盾与阶级矛盾的深入分析与深入探讨，而在有关个人修养的一些抽象原则中寻找解脱。这里有希腊斯多噶派的思想，但显然也有中国儒家“素患难，行乎患难”与道家“知足不辱，知止不殆”的思想。

五

以上我们叙述了中国的思想文物与《世界公民》的关系，大致明确了下列几点：首先，一七五六至一七六〇年间，中国的思想文物在英国已有比较广泛的传布，哥尔斯密斯对中国的思想文物已发生相当浓厚的兴趣，《世界公民》是在这种气氛之中写作、发表的。其次，哥尔斯密斯搜集了有关中国思想文物的不少材料，通过庄谐互见的散文，向一般读者进行介绍，这对中国文化的传播也起了一定作用。再次，哥尔斯密斯创造了一个“世界公民”的形象，并通过这虚构人物来对当时英国社会的形形色色提出一系列“有益而有趣”的评论，这对我们认识这社会实际（特别是一七六〇到一七六一年的伦敦社会）有极大帮助。特别在第二、第三点上，我们就已有材料作了补充与阐述。欧美文学批评家一般也注意《世界公民》的社会意义，但往往忽视其中有关中国的材

① 这一篇原于1760年6月在《不列颠杂志》单独发表，1762年收入《世界公民》，作为第119函，又于1765年收入哥尔斯密斯自编的《散文集》。这三个本子，在文字上有些出入，见《哥尔斯密斯文集》，第2卷，第428—433页。

料，认为这是可有可无的东西。以善于刻画十八世纪英国社会风貌著称的多布森是一个例子。[①]我们已在上面说明这是与实际不相符合的。

在十八世纪中叶的欧洲，对中国文化最有爱好的是伏尔泰。他的《中国孤儿》、《风俗论》与《哲学辞典》，对中国文化在欧洲的传播发生巨大作用，对同时期的作家（包括哥尔斯密斯）发生显著影响。和伏尔泰相比，哥尔斯密斯是有逊色的。哥尔斯密斯谈中国不及伏尔泰来得系统，他对中国文化的爱好也不及伏尔泰来得深挚。但是他零零碎碎地介绍的中国思想文物，也涉及不少方面、不少问题，充分反映了当时英国知识界对于中国的认识。如果说，他不及伏尔泰谈得深刻，在不少方面，他也和伏尔泰谈得同样有趣。当时有人曾经这样批评哥尔斯密斯：

> 他的头脑好比一块肥沃而浅薄的土壤，不论什么东西撒了上去，就会生出容易生长而又不很结实的草木。深的根子是扎不起来的。森林中的橡树是不能在那里生长的；可是精巧的灌木和芳香的坛花可以绚烂悦目地一个跟着一个出现。[②]

这是对哥尔斯密斯怀有妒意的鲍士韦尔说的，但最后几句也还符合实际。《世界公民》里介绍中国文化，不免支离破碎，但在一百二十三篇信札之中也不是没有一些“精巧的灌木”和“芳香的坛花”。

同伏尔泰和其他启蒙运动者一样，哥尔斯密斯观察世界文化有一个比较的观念，认为各个国家、各个民族，由于气候、政治、宗教等不同

---

① 多布森：《十八世纪风物侧影》（《牛津名著丛书》本），第1集，1923年，第110页。

② 鲍士韦尔：《约翰逊传》，希尔与鲍威尔校注本，1934年，第1卷，第412页。

条件，在民情风俗上势必有所差异，但同时又认为衡量一切事物有一个通用的尺度，就是"合理近情"的原则，也就是所谓"理性主义"。启蒙运动者是当时开明的资产阶级思想家，同时也是各种不同程度的社会改革家。他们喜欢参照各种国家、各种民族的文物制度，在所谓"理性之光"的照耀之下，衡量一切现存事物，指出哪些是合理的，应予肯定的，哪些是不合理的，应予批判或抛弃的，企图实现一个"理性主义王国"。他们的意图是善良的。问题在于：他们没有社会发展的观念，更没有阶级分析的观点，以致罗列现象显得庞杂，分析事例显得浮浅，批判现实也不可能透彻。恩格斯已经指出：启蒙运动者所梦想的"这个理性的王国，不过是资产阶级的理想化的王国"。[①] 启蒙运动者自以为是客观的，自以为是从全人类的利益出发来说话的，而实际上却无法摆脱资产阶级世界观（其中也有封建思想的残余）的束缚。哥尔斯密斯大体也是这样。我们不可能要求他超越时代和阶级的局限，但是对这种局限性应当有足够的认识。

当然，在充分认识启蒙运动者的思想局限性的同时，也应当从历史的角度去说明他们对时代的贡献。同伏尔泰一样，哥尔斯密斯对东方的一个文明古国具有向往之情——这不能不说是一件好事。他仿佛觉得，这文明古国的思想文物，在不少方面，对当时英国社会能起借鉴作用；他也仿佛觉得，中国思想系统与中国文物制度所孕育出来的公民能对当时英国社会提出切中时弊而又合理近情的评论，来启迪人们的智慧，开导人们的头脑。他的《世界公民》里的中国人，不是商人，而是"学者"、"哲学家"、"哲学流浪者"，像他心目中的启蒙运动者一样——这一点值得注意。

① 恩格斯：《反杜林论》，第 15 页。

在酝酿写作《世界公民》的过程中，哥尔斯密斯广泛地接触了中国的思想文物。那么，中国的思想对他到底有多少影响呢？我们不能说，中国的思想改变了他的头脑，但是完全可以肯定，他从有关中国的材料里找到他自己正在寻找的东西——高度发展的民族智慧以及他认为比较合理近情的文物制度——作为他批评英国社会的论据。《世界公民》的序言里有一段诙谐的话，提到哥尔斯密斯与中国哲学家的关系：

> 听说旧时浪漫小说里，有一个骑士和他的马发生了亲密的交谊。通常，马总是驮着骑士；但在紧要关头，骑士也驮着马，表示回敬。我与作者［指信札作者中国哲学家］来往很密。他总是给我一些高雅的风格，我也有时帮他一点忙，把他的话语弄得通俗、流畅。

我们知道哥尔斯密斯与中国哲学家之间的关系并不限于语言的表达方式。《世界公民》里有不少中国哲学家的话语实在是哥尔斯密斯的话语；但是同时，也有不少语言，一向被认为是哥尔斯密斯自己的意见，后经考核，发现这实在是“中国人的议论”。例如，第八十三函谈读书治学和为人处世。其中一节批判浪漫传奇，认为这些读物诲淫诲盗，无益而有害。前人以为这是哥尔斯密斯的话，是攻击当时流行的感伤主义的爱情小说的，但是这节文字完全摘自杜赫德的《中国通志》。[①] 又如，同函结尾一段，也就是上面引过的关于“人生循环”的一段，恰巧表现了哥尔斯密斯的历史观点。[②] 但是，这一段也系全部摘自杜赫德的《中国通志》。[③] 这样，哥尔斯密斯与中国哲学家之间，思想上颇多契合之处。

① 鲍尔德斯顿：《近代语文学札记》，第 42 卷，1929 年，第 165—168 页。

② 舍伯恩等：《十八世纪散文》，1932 年，第 732 页。

③ 杜赫德：《中国通志》，第 3 卷，第 174 页。

因此,《世界公民》里的中国材料不是可有可无的东西,而作为"世界公民"的中国哲学家也不是一个可有可无的人物。

《世界公民》内容是相当丰富的。这里有几个生动的人物,如假装悭吝的黑衣人、假装阔绰的铁勃斯夫妇、假装正经的当铺老板娘,都是当时英国社会中下层的典型人物。就形式来谈,哥尔斯密斯的散文笔调是负有盛名的。他没有约翰逊的滞重,没有切斯德菲尔德的雕琢,没有斯威夫特的锐利,没有瓦尔帕尔的浮滑;他有艾迪生的清圆流利,而又比艾迪生自然,他的笔端总带有一种天生的谐趣。但是,这些是文学史家们经常谈论的项目,而且也不在本文讨论范围之内,因此,就略而不谈了。本文着重讨论中国的思想文物对哥尔斯密斯的影响。如果所提的论据是符合实际的,那么,《世界公民》在文化关系上另有其意义和作用。从中国思想文物与英国启蒙运动的关系来看,《世界公民》应该说是一个值得注意的里程碑。

一九六四年三月

威廉·琼斯爵士与中国文化

一

威廉·琼斯爵士 (Sir Willlam Jones，一七四六— 一七九四)，大家知道是一个杰出的梵史学者。他发现梵文语音和拉丁文、希腊文语音之间的对应关系，从而奠定了近代比较语言学的基础。但是实际上，他的贡献并不限于比较语言学。他是当时有名的法律学家，又是当时有名的诗人——虽则他在英国文学史上的地位，直到最近才被确认。就大体而言，琼斯研究语言与现代语言学家相比，目的有所不同。现代语言学者注重语言本身——不论是形体、声调、结构、机能或意义——而往往忽略语言里的宝藏，以致研究荷马时代希腊语的，可以不懂荷马；研究文艺复兴初期意大利语的，可以不理会但丁；或研究十六、十七世纪英语的可以对莎士比亚并无兴趣。琼斯则不然——或则可以说，在他那个时候，语言学与其他有关系的学科还没有充分分化。琼斯研究语言与语言学，其目的在于发掘每个语言里的宝藏——政教、历史、风俗，尤其是诗。他研究波斯语，因为波斯语里有哈菲斯 (Hafiz) 的作品；研究阿拉伯语，因为阿拉伯语里有《摩勒迦》(*Moallakat*) 一类的作品；研究梵文，因为梵文里有《沙孔特拉》一类的作品。对于他，语言学与其说是研究的目的，不如说是研究的工具。同现代语言学家一样，他懂得不少语言——也许比一般语言学者懂得更多——但他同时是个法律学家，他在议会选举法、惩治叛乱法、民法债权、印度古代法典等不少部门，都有贡献。至于他的诗，虽则大家不很留意，在十八、十九世纪颇有声誉，而且对于十九世纪诗人如拜伦、雪莱、丁尼生等，颇有显著影响。[①]

琼斯对于东方语言，很早就有兴趣。在他没有进牛津大学以前，就已着手学习好几个东方语言了。他学习的次序大概是这样：最先是希伯来语，接着是阿拉伯语，而后是波斯语，其次是土耳其语，又其次是梵语。他在牛津读书时，经常带着对开本的册子，从鲍德来（牛津大学总图书馆）那里摘录有关亚洲的手稿。这样，他抄满了四大册。但据推测，那时他抄的主要是关于阿拉伯与波斯的材料，还没有学习汉语。[②]根据泰思默斯勋爵 (Lord Teignmouth) 写的《琼斯回忆录》，琼斯开始接触汉语，大概在一七六七年冬季，那时他还只二十一岁。他抄了一些有关汉语的图表，如部首、边旁、字头以及基本单词，预备学习。[③]那时他已经看了一些有关中国的书，其中最主要的是耶稣会士柏应理与殷铎泽等

---

① 德·素拉·平托 (V. de Sola Pinto)：《威廉·琼斯爵士与英国文学》，《伦敦大学亚非研究学院学报》，1946 年第 4 期，第 686—691 页。

② 钱伯斯 (Robert Chambers)，《亚洲研究》，第 6 卷，1799 年，第 2—3 页。

③ 泰恩默斯勋爵 (Lord Teignmouth)：《威廉·琼斯爵士的生平、著作及信札回忆录》，1806 年，第 38 页。此书以后简称《回忆录》。

用拉丁语翻译的《大学》、《中庸》、《论语》。这部书早于一六八七年在巴黎出版，但在十八世纪六十年代的欧洲，仍然是最基本的参考书。约在一七七〇年间——那时琼斯还只二十三岁——他已经对于孔子与儒家学说发生了兴趣。他读《大学》之后，写了一篇论教育的文章，现在已经失散了，流传下来的只有它的大纲。[①] 大纲一开头就引了《大学》：

大学之道，在明明德，在亲民，在止于至善。

我们不相信琼斯对于“明德”、“亲民”，以及“至善”能有透彻理解。他用的《大学》是那时流行的程朱注疏本，柏应理等的拉丁语译本也包括程朱的注疏。在琼斯的大纲里，“大学”是“大人物完善的教育”；“明明德”是“培养与增进他的了解能力”；“亲民”是“协助与改善他的国民”；“至善”是“主要的善，或永恒不变的善的习惯”。这样的解释与原文一比，总有走样，但他却能抓住要点：他认为教育的最主要目的是“善”：自己的“善”，一个人的“善”，推而至于全人类的“善”。[②] 他认为，要达到这个目的，我们必须推广知识，并培养了解能力。他是爱好语言的人，而语言是推广知识与培养了解能力的工具。在当时英国，一般人所说语言，是指欧洲的语言，尤其是希腊语和拉丁语。琼斯并不轻视希腊语和拉丁语，但他认为，光是希腊和罗马的语言是不够的，他要运用“各时代、各民族多少年来积累起来的经验与智慧”。因此，他认为，“任何民族在任何时代，对于人类的知识是有特大贡献的，它的语言都应当学

---

① 泰恩默斯：《回忆录》，第 72，87—89，430 页。

② 琼斯曾与他的朋友（后任贝德福德副主教）谢泼德 (Richard Shepherd) 讨论他的教育思想。后来谢氏把这些思想写为文字，见其《杂著》(*Miscellanies*)，1775 年，第 1 卷，第 287—306 页。

习。”他计划中论教育的那篇文章将包括下列各节：

一、语言；

二、了解；

三、知识；

四、人类的善；

五、个人的善。

此外，还有两个附录：

一、绘画、诗及其他艺术；

二、游戏与竞技。

这是琼斯初次与中国思想接触后所产生的结果。《大学》上的寥寥数语，加强他对于道德教育的信念，开拓他思想的领域，并推广他教育的范围。毫无疑问，中国语文在他的学习计划上要占据一个重要的位置。他已经不是一个典型的胸襟狭隘的英国人了。[①]

但是，琼斯的兴趣并不限于教育。他读的那本《大学》的拉丁译本，不但有“子曰”，它也有“诗云”——许多片段的诗。从这些片段的诗句里琼斯约略窥见中国民族的理想的表现。他特别欢喜的是《卫风·淇奥》：

瞻彼淇奥，绿竹猗猗。

① 参阅阿伯里(A. J. Arberry)：《亚洲学者琼斯》，1946年，第33—34页。

有匪君子，如切如磋，如琢如磨。

瑟兮僩兮，赫兮咺兮。

有匪君子，终不可谖兮……

他把这一节译成拉丁诗。关于他翻译的经过，我们有他详细的记录。一七七〇年七月间——那时他在法国南部游览——他写信给波兰梵文学者瑞微兹基（Rivicski），叙述他与这首诗的因缘：

当我读着柏应理他们译的孔子之书，对于其中高古的情感，以及那位哲学家议论里点缀着的片段诗歌，深为感动。这些诗歌片段系选自中国诗歌最古的集子，特别是叫作《诗经》的那本书。那本书，巴黎的皇家图书馆有一个很好的本子。我就立刻打定主意去翻阅原文。我找到了那本书，经过一段长时期的研究，居然能把其中一首诗与柏应理的译文彼此对照；我就把这首诗的每个字，或说得更妥当些，把每一个图画，分析了一下。现在我把直译稿寄给你。这首诗非常庄严，又非常简洁，每行只有四个字，因此省略是常有的事，但是风格上的晦涩，却增加了它的壮丽。此外，我还附上一个诗的翻译，使每行与孔子原来的意思能够对得起来。我是否成功，请你裁夺，但只要你看了高兴，我也就满足了。你知道：这位哲学家可以说是中国的柏拉图，他大约生在耶稣纪元前六百年，他引这首诗，就在当时也说是一首很古的诗。所以这首诗，可以说是远古文明最有价值的宝贝。这也可以证明，诗在任何民族、任何时代，都被重视，而且在任何地域，都采用同样的意象。[①]

① 泰恩默斯：《回忆录》，第80—81，435页。

在这一节通讯里，我们可以看到琼斯对于中国语言文学的热忱。他发现了一首诗的片段，仿佛在空中发现了一颗行星，在地下发现了一个矿岩。他分析一个个单字，这是语言学家的工作；但当他讨论诗的风格、诗的词藻，以及诗里所包含的意象，他已经超出了当时语言学家的工作范围。语言对于他，始终是一个工具——虽则是一个重要的工具；他的目的，是要通过语言这一媒介与各民族、各时代的大作家、大作品，取得精神上的联系。瑞微兹基看到琼斯的译稿，感到惊讶，因为他从未想到琼斯学会了汉语，他对译稿击节称赞，说它“高雅”，说它是一篇“不寻常的作品”。[①] 琼斯译这节诗原有两个稿本，一是直译，一是意译；现在保存在他集子里的只有他的意译本。[②] 据一般拉丁语专家的意见，这几节诗虽无惊人之处，但在格律上写得并不差。

二

琼斯学习汉语，主要靠他自己努力。有没有人帮过忙，我们不很知道。但在他的通讯里，可以找到一些线索。一七七一年间——那时琼斯在阿拉伯语与波斯语方面已有相当声誉——有一个叫作威尔莫的青年神学生也在研究阿拉伯语与波斯语，但碰到一些冷字、僻字，不得不向琼斯请教，以为那是波斯语。但是这不是波斯语，而是汉语。一七七一年六月三日，琼斯写了一封回信，信中有一段说：

---

① 泰恩默斯：《回忆录》，第 83，437 页。

② 《威廉·琼斯爵士文集》，琼斯夫人编，1799 年，第 2 卷，第 351 页；第 4 卷，第 513 页。

对不起，你送来的几个字不是波斯语，而是汉语，因为手头没有书，一时无从辨析。但是，即使是汉语，我也能认识清楚，等天气好一些，我可以上鲍德来图书馆去查考。同时，我劝你探听一个中国人，他住在伦敦，他的住址我记不得了，不过明天或星期六我到伦敦后就可以知道的。[①]

这段话给我们提供了一些线索。据我所知，在一七七〇年前后，伦敦大家知道的中国人，至少有两位，而琼斯可能是都认识的。一位叫作谭纪华 (Tan Chetqua，译音)，又名纪华 (Chitqua，译音)，是于一七六九年间从广州来的。在一七七〇年以后的一二年里，走了一段红运。[②] 他是一个塑像家，手里捏了一把泥，看了你一两眼，就捏了一个泥像，据说相当逼真。于是轰动一时，达官、贵人、名士、艺术家，纷纷跑去请他捏像；乔治三世还特别找他捏了一套皇家的像。一七七〇年，皇家艺术学会举行展览会时，他也有出品，是一个半身塑像。在现在流传下来的名画家佐发尼 (Zoffany) 的皇家艺术学会画像里，我们还可以看到谭纪华的容貌，中年模样，是一个黑黑矮矮的广东人。这位谭先生还留下一些英文信件，其中有几封是写给牛津的三位太太的，似通非通，但也有些意思。这就是琼斯所说的住在伦敦的中国人。从他那里，琼斯可能得到一些关于中国的知识，或增加了一些汉语的字量。此外，还有一个中国

① 泰恩默斯：《回忆录》，第 98 页。

② 关于谭纪华，可阅《君子杂志》第 4 卷，1771 年，第 237—238 页和涅谷尔斯 (J. Nichols)：《文艺界见闻纪实》，第 5 卷，第 318 页。另有威廉·惠特尼 (W. T. Whitney)：《艺术家及其游从，1770—1880》，第 1 卷，第 269—270 页，其中有谭纪华致三个牛津太太的信件。据说，惠特尼生前恐人盗窃他的材料，对于书中引据，概未注明出处。此外，谭纪华和建筑师钱伯斯爵士亦有交往。1774 年，钱伯斯发表的《东方园林艺术》中附有以纪华名义所作释义文字。

人，年龄比较轻些，也是从广东来的，叫作黄阿东（Whang Atong，译音）。他是商人，但据说是秀才出身。[1] 在一七七〇年以后，他与琼斯有些来往，后来回到香港，仍与琼斯继续通信。一七八四年十二月十日，他从广州写信给琼斯说："前曾和您、布莱克上尉以及雷诺兹爵士 [当时名画家] 一起吃饭，我将永志不忘；同时，我将永远记得留英期间英国朋友们的照顾。"[2] 从黄先生那里，琼斯可能得到更多的中国知识。但是，我们无从知道黄先生住在伦敦的年代，也无从知道他在伦敦和广州的活动——除了上述的寥寥几行。

琼斯是语言方面的一个奇迹，记忆能力强，吸收能力也强。他曾把莎士比亚的《暴风雨》从头默写，不脱一字。早年游法时，法王路易十六一见倾心，就说："他是最最了不起的人。他对法语比我懂得多了。"他曾把他所知道的语言分成三类：第一类是精通，包括英语、拉丁语、法语、意大利语、希腊语、阿拉伯语、波斯语、梵语，一共八种；第二类是不甚精通，阅读时需要词典帮忙，包括西班牙语、葡萄牙语、德语、希伯来语、土耳其语等，也有八种；第三类是略通或欠通，包括十二种，第一种是西藏语，末一种是汉语。[3] 琼斯是威尔士人，但从小在英国上学，所以他自己的语言威尔士语，也在略通或欠通之列。法国人爱说俏皮话，就说："琼斯能说世界上任何语言，除了他自己的语言。"关于汉语，大概在二十二三岁时就可以认字；后来，到了印度，又用了一些工夫，但看来他的汉语始终没有十分把握超过认字的水平。琼斯认为汉语并不很难；他不是已经精通了几个很难精通的语言了吗？那时，学习汉语的

---

① 《威廉 · 琼斯爵士文集》，第 1 卷，第 372 页。

② 钱伯斯：《亚洲研究》，第 2 卷，1710 年，第 204 页。

③ 泰恩默斯：《回忆录》，第 176 页。

工具，已经有了几种，如拉丁语写的汉语语法，拉丁语注解的汉语词典。琼斯打算利用这些工具和柏应理他们译的《大学》、《中庸》、《论语》，去读原文；他认为，经过一番工夫，学习汉语的程序已经过一半了。[①] 琼斯从来没有承认汉语是难通的，虽则他自己并没有学通。他曾练过书法。他的集子里有两篇中楷，写的是《卫风·淇奥》第一节；其中一篇写得比较整齐，另一篇——也许是比较早写的一篇——写得差些；这大概是琼斯的手笔。[②] 每篇三十六个方块字，笔致柔弱，有的像虫子，有的像蔓草，有的字缺一笔，有的字多一画，很像旧时孩子们的描红，但大体还可以辨别清楚。

一七八三年，琼斯到了印度，担任加尔各答最高法院的法官。第二年他创设亚洲学会，其目的是研究亚洲的历史、古物、艺术、科学和文学。他当了第一任会长。在一七八四年，在该会第一届年会上，他作了讲话。他自称：多少年来，思考东方各国的历史和令人愉快的文艺创造，已成习惯。在中国学术的领域内，他的主要兴趣可分下列三项：

一、翻译《诗经》全部；

二、直译《论语》；

三、正确地节译中国的民法和刑法。[③]

在这三项中，他最感兴趣的是《诗经》，因为他说这是最有价值、最珍贵的作品。在去印度时，他就在船上拟了一个研究计划，其中包括《诗经》

---

① 《威廉·琼斯爵士文集》，第 1 卷，第 158 页。

② 同上，第 1 卷，第 319 页；第 2 卷，第 351 页。

③ 同上，第 1 卷，卷首第 9 页，第 372 页。

的翻译。[①] 到了印度之后，他继续与广州的黄阿东通信；他对黄氏的学识相当推重，还怂恿他把《诗经》译成英语，没有实现。在上面我们所引的黄阿东信件里有下列一段：

> 奉上《诗经》一部，共有三百篇，附有注疏，另有孔子与其孙所著《大学》一本，敬请收纳。可是，要把这些书译成英语，则需要很长时间，也许要三四年之久，而我因商务烦忙，无法着手，务请原谅。[②]

一七八一年，有一个叫作柯克斯 (John H. Cox) 的英国人，因"健康关系，易地调养"，前往广州，后来当了一家洋行的股东。[③] 柯克斯自告奋勇，愿与黄阿东合译《诗经》等书，把译稿寄送琼斯，这个计划后来也没有实现。有个时期，琼斯想把黄阿东请到印度，另约几个中国人，和他一起做翻译和研究工作。计划很好，琼斯认为"一般人和学术界都可以从这些移民的知识与智慧中得到很多裨益"，但这个计划也没有成功。[④]

三

从一七八四到一七九四年，在这十年内，琼斯作为亚洲学会的

---

① 泰恩默斯：《回忆录》，第 228 页。

② 钱伯斯：《亚洲研究》，第 2 卷，第 204 页。黄氏所赠《诗经》和《大学》，后于 1792 年经琼斯移赠英国皇家学会。琼斯所赠书中，另有《论语》、《孟子》以及《汉语—拉丁语词典》。参阅《威廉 · 琼斯爵士文集》，第 6 卷，第 452—453 页。

③ 莫尔斯 (H. B. Morse)：《东印度公司对华贸易纪事，1635—1834》，第 2 卷，第 65，142，187 页。

④ 《威廉 · 琼斯爵士文集》，第 1 卷，第 372—373 页。

会长，曾在该会作过十来次演讲。琼斯说得很有趣；他说，这个会“好比一个弱小的摇摇晃晃的孩子，需要吃些软食”。他谈的主要是亚洲各国的政治与学术。大约在一七八五与一七八八年之间，他发表了一篇关于《诗经》的演讲。[①] 他引了《论语》里孔子论《诗经》的话：

> 子曰："诗三百，一言以蔽之，曰诗无邪。"——《为政》

> 子曰："小子！何莫学夫诗？诗，可以兴，可以观，可以群，可以怨，迩之事父，远之事君；多识于鸟兽草木之名。"——《阳货》

> 尝独立，鲤趋而过庭。曰："学诗乎？"对曰："未也。""不学诗，无以言。"鲤退而学诗。——《季氏》

这篇演讲里，比较有意思的是他的译诗，一共三节：第一是《淇奥》，第二是《桃夭》，第三是《节南山》。他的根据不是《诗经》，而是《大学》，他翻译时当然还参考了柏应理的拉丁语译本。这三节诗，每节都有两道翻译，一是直译，一是意译。最可注意的是《淇奥》第一节。这节诗，他曾译为拉丁语（我们在上面提过），现又译为英语，并附原文，就是上面说的描红本子。直译本的每个字上都注明数目字，以便读者参阅原文。这篇译文并不太差，虽无诗意，也还差强人意。在琼斯以前，这节诗已经有了好几种译本，但与原文差得很远。例如珀西 (Thomas Percy) 的译文。[②] 珀西的根据也是柏应理的拉丁译本，也是三节。珀西完全不

---

① 《威廉·琼斯爵士文集》，第 1 卷，第 365—373 页。

② 珀西的《好逑传》英译本，第 4 卷，第 233—237 页。

懂汉语,但主见很深,认为他知道诗该是怎样写的,于是着手改删,这里删了一些,那里添了一些,完全不考虑原文如何。很可能,珀西的译稿对琼斯有所触动,但是琼斯的译稿和珀西多么地不同!琼斯的本子准确多了。可见一知半解的汉语知识还有一定用处。同时,琼斯觉得,东方各国的诗——不论是阿拉伯的,或波斯的,或印度的,或中国的——都不能直接译成英语而又保持原有的情趣。于是在散文直译以外,再来一个韵文翻译。这个韵文译本,实在不是翻译,而是"拟作"。《昭明文选》里有此体裁,如陆机的《拟行行重行行》,刘铄的《拟明月何皎皎》之类。英国文学里也有此体裁,名为仿作(imitation),如乔叟的《坎特伯雷故事集》来自意大利的薄伽丘。琼斯的韵文译本,亦可称为"改编"。《淇奥》第一节原只九句,琼斯改为英国民歌体,一共六节,每节四行。我们现把第一节译成汉语,从而说明他改编的方法:

看呀,沿着含笑的山谷,
淌着一道碧绿的小溪,
苍翠的岸上长着轻盈的芦竹,
正在微风里戏嬉。[①]

这几行的底子就是:"瞻彼淇奥,绿竹猗猗。"

在二十五六岁的时候(一七七二),琼斯曾发表一部译诗集,内有阿拉伯、印度、波斯、土耳其的诗。在这部诗集的附录里,他讨论译诗的旨趣。同当时许多诗人一样,他觉得欧洲的诗,在文艺复兴以后,老用

① 《威廉·琼斯爵士文集》,第1卷,第369页。参阅查默斯(Chamers):《英国诗人集》,第18卷,第468页。

希腊罗马的典故，陈陈相因，未免陈腐。他觉得东方的诗值得好好研究；它可以供给新意象、新模型、新园地。在他《论东方各国诗歌》一文的结尾，有下列一段话：

> 我不得不认为，我们欧洲的诗依靠同样的意象，利用同样的故事，陈陈相因，实在太久了。这多少年来，我的任务在于灌输这样的真理：即如果储藏在我们图书馆里的亚洲的主要著作设法出版，并加上注疏和解释，又如果东方各国的语言在我们有名的学术机关得到研习（在那里每门有用的知识都教得很好），那么一个新鲜广阔的领域将会开辟起来，耐人思索；我们对于人类思想的历史将会看得比较深入；我们将有一套新鲜的意象和比喻；而许多美好的作品将会出现，供未来的学者去解释，和未来的诗人去模仿。①

那时琼斯翻译的波斯哈菲斯的情诗刚刚出版，而这是琼斯译诗中最成功的作品。这里有爱情，有美酒，有歌咏，以及东方人对于生与死的惆怅。这些在读过莪默·伽亚谟的《鲁拜集》(*Rubayat*)的人看来，并不感觉别致。但《鲁拜集》的译成英语，乃在八十多年以后，而琼斯译的波斯情诗，在当时，不论在意象或格律，都是一件新鲜事物。

可惜的是，琼斯的《淇奥》远没有达到哈菲斯情诗那样的成就。他的《淇奥》，整齐、干净，是十八世纪典型的英国诗，没有其他特色。诗是民歌体，但没有民歌的情趣，更没有一般人所向往的东方情调(les appels de l' Orient)。此外，他改译"如切如磋，如琢如磨"两句，显然受了《大学》解诗的束缚——"如切如磋者，道学也；如琢如磨者，自修

---

① 阿伯里：《亚洲学者琼斯》，第35页。

也。”他还有一段说明，显然是传统的诗说。他说：“这是赞美卫武公之诗。武公年近百岁，卒于平王十三年即耶稣纪元前七五六年，如依牛顿计算，当于特洛伊城陷落后一百四十八年……”琼斯的想象力过分受到了束缚，没有自由活动的余地。这也许是他改编或模拟失败的原因之一。

琼斯在亚洲学会每年作一次演讲，其中一七九〇年的演讲讨论一个比较广泛而困难的问题，就是中华民族的来源。这个问题，那时欧洲的学者已经讨论了很久，但还没有得出结论。中华民族是一起头就住在中国，还是从别处迁过来的？中华民族是孤立的，还是从别的民族里分化出来的？一般的见解以为中华民族不是孤立的，而与近东其他民族有些关系。于是有的人以为中华民族与希伯来人、阿拉伯人同出一源；有的人以为中华民族是鞑靼民族的后裔；有的人以为中华民族是从埃及那里迁移过来的，而中国是埃及人的殖民地。琼斯以为这些学说都不可靠；他相信婆罗门教徒的学说，以为中华民族是印度民族的支流。印度的《曼奴法典》(*Institute of Manu*)里不是有一条这样说的么？当初武士阶级里有些印度人，因为忽视了某些宗教仪式，曾被驱逐出境。那时琼斯正在翻译这部法典，[①]于是就将这条向印度学者请教。大家以为，这些被驱逐的印度人就向东向北迁移，越过喜马拉雅高山，到了中国大陆。琼斯以为，这一条可以证明中华民族的来源。琼斯又把印度与中国两个民族的语言、文学、宗教、哲学、古器物，以及科学与艺术，仔细比较。他一向对中国文化表示钦佩；曾说，中国是一个最古而最了不起的国家，在工艺和文化的其他方面都有贡献。可是这一次，

---

① 《威廉·琼斯爵士文集》，第1卷，第99页；第3卷，第389页。参阅蒲勒(G. Buhler)：《曼奴法典》，1886年，第412—413页。

因为要证明中华民族不是独立的，而是印度民族的附庸，于是一切都翻了一个边了。[①] 这是我们认为极大的遗憾，可以不用反驳。

但是这一大套还不能证明中华民族与印度民族同出一源。他于是引用中国与印度的古史与传说，两相比较，找出相同之处，作为佐证。他以为中国的庖牺氏与印度神话里的菩提 (Budha) 是同一个人。那时，欧洲的耶稣会士曾认为中国的庖牺氏与圣经里的诺亚 (Noah) 是同一个人；琼斯的假说与那一个谬论真是无独有偶！和琼斯同时代的新闻作家哥尔斯密斯从来不说自己是一个什么"学者"，但在《世界公民》第八十九函里，对所谓庖牺氏与诺亚是同一人物之说，口诛笔伐，讥刺备至，这要比琼斯高明多了。[②] 但是琼斯执迷不悟，还从其他方面去找中华与印度两大民族的相同之处，作为佐证。例如，中国与印度都有泛神思想，星有星宿，风有风神，雨有雨师，山川河流各有其神；他们都相信五行之说；他们有同样的斋期，同样的节气，尤其是夏至与冬至，春分与秋分；他们都相信花甲，以六十年为一花甲；他们都有神秘性的数字，尤其"九"字……[③] 这些，有的是传说，有的是神话，有的是迷信，有的是习俗，也有的是大家公认的历法 (如春分、秋分、夏至、冬至)，形形色色，混在一起，其目的无非在证明他早就假定的结论，即中华民族与印度民族原是一个民族，不过四千年前就已分道扬镳了。

---

① 《威廉 · 琼斯爵士文集》，第 1 卷，第 101—102 页。

② 关于庖牺氏与诺亚为同一人物之说，已见耶稣会士李明 (Louis Le Comte)：《中国现状新志》，1697 年，第 2 卷，第 133—134 页。1926 年，约瑟夫 · 布鲁恩 (J. Brun) 指出伏尔泰也有同样谬论，见《近代语文研究》(*MP*)，第 23 卷，第 277—278 页。

③ 《威廉 · 琼斯爵士文集》，第 1 卷，第 101—107 页。

四

琼斯是一个博学多才的人,但对中国学术的了解毕竟有限,他看的中国书实在太少了。一七九二年,即在他去世前两年,他把自己历年收藏而比较值得保存的书籍,送给伦敦皇家学会图书馆。其中只有九种是中国书,其编号如下:

六〇 孔子的著作,第二、三、四、五、六卷(这大概是四书的白文本)

六一 《大学注疏》

六二 《论语注疏》(上)

六三 《论语注疏》(下)

六四 《孟子注疏》(上)

六五 《孟子注疏》(下)

六六 《诗经》

六七 《论语》、《中国文法》

六八 《汉语—拉丁语词典》,内缺第一、二两个字母

从这个书目,我们可以知道,琼斯手头只有一些孔子与儒家的书,所以读起这些书的时候,还有几分把握。但出了这个范围,他只能根据当时人的议论,而又无从引征。至于中华民族的起源问题,牵涉到人种与人类两门学问,而这两门学问,就是到了十八世纪末年,还没有脱离摇篮时期。

在琼斯的集子里,引用四书的地方,颇有几处,但与原文对照起来,

并不贴切，只能说还保持一些轮廓。其中有一段谈到中国的宗教与伦理思想，他说：

> 关于孔子及其门徒们对于宗教的意见，我们可以从柏应理译的他们著作的片段里得到一个一般的概念。他们对于上帝有坚定的信念；他们并从日月星辰的完美以及形象世界自然的奇妙秩序，来证明上帝的存在与上帝的意旨，根据这一信念，他们演绎出一套伦理体系。孔子在《论语》末章曾用几句话把这个体系概括地说了一下。他说："一个人如果真的相信上帝主宰着宇宙，如果他在任何场合遵守中庸之道，完全知道自己的同类，在他同类中活动，并使自己的生活和举动能符合他对于上帝与人类的知识——这样的人可以说是尽了一切职责的贤人，而他的地位比普通人要高得多了。"[1]

《论语》的最后一章是：

> 子曰："不知命，无以为君子也；不知礼，无以立也；不知言，无以知人也。"(《尧曰》)

如果琼斯不说他引的是这段话，我们很可能不会想到它的。原文里的"命"、"礼"等名词，本来难译。耶稣会士把它译成拉丁语，不免走样，琼斯又把它译为英语，并加以引申，当然更走样了。

当时一般人谈中国，总设法避免那些与宗教有关的思想，因为中国崇奉理性的思想，在十八世纪早年的欧洲曾发生挑战性的影响。琼斯

---

① 《威廉·琼斯爵士文集》，第 1 卷，第 106—107 页。参阅柏应理：《中国哲学家孔子》(拉丁文译本)，1687 年，第 157—158 页。

则不然,他的眼光要比一般人高着一层。他集子里有一处比较中西的格言。西方人说:“己所欲者,施之于人。”琼斯说,他在孔子的书里找到相似的话,并曾与柏应理的拉丁译本仔细比较,没有错误。这就是:“己所不欲,勿施于人。”(《颜渊》)[①] 琼斯说,引用孔子的话,往往引起教会中人的反感,可能教士们狭隘的心胸与粗鄙的态度,不但不能光大他们的教会,而且很可能摇动他们的教义。这几句话,很有意思。我们不能希望琼斯对于中国的哲学、伦理与宗教有深切的了解,但他多少年来暗中摸索,对中国思想也未尝没有得到一些概念,一个轮廓。他对于中国的孔子,始终表示景仰。在他早年的文字里,他说孔子是中国的柏拉图;后来又说孔子是中国的苏格拉底,而曾子是中国的色诺芬,孟子是中国的柏拉图。琼斯谈中国,相当零乱,没有组成一个体系,而且往往前后矛盾,不过有时候也有一两处谈言微中,这也应当表而出之。

琼斯研究学问,是有计划的;这在他的遗稿里还保存着,可惜一大部分没有实现。原因倒不在于研究的范围定得太广,而在于他的其他工作太繁重了。当他在印度加尔各答当最高法院法官的时候,他不得不把大部分时间花在法案上面,只在公余之暇做他的研究。再者,他的生命,虽是十分热闹,统共不过四十八年,实在太短了。他本来准备研究亚洲各国的诗、修辞学与伦理学,但没有实现。在他临死前两个月,他还宣布在亚洲学会讨论亚洲的艺术。在他遗书的目录里有一条记着:“中国图画三十八幅,附英文说明,还有一些关于中国音乐的话。”这些也许是他材料的一部分,预备在演讲时用的。一七七一年,他曾发表一部法文著作,讨论东方的诗。在那本著作里,他用穆罕默德的话当作一条格言,这就是“要探求智慧,哪怕它在中国”。这是他的雄心壮志。

① 但也有人有不同意见,认为西方格言是积极的,而孔子所说的话是消极的。

一七九三年左右，他准备回国，并由中国绕道，看一看他多年梦想的古国。这也没有实现，他的生命实在太短了。

英国的“汉学”，比欧洲其他各国进展较慢。在十八世纪后期，欧洲大陆已经有了几个比较可观的汉学家；但在英国，除了琼斯还找不到第二个人。琼斯是英国第一个研究过汉学的人。他在东方学方面的主要成就，是在印度、阿拉伯、波斯等几个方面，而不在中国。他在中华民族问题上发表的谬论，永远是个遗憾，对于西方的汉学家是“前车之鉴”。但他研究的热忱，开朗的胸襟，还是值得佩服。他讨论《大学》、《诗经》和《论语》的话，虽片言只义，在中英学术关系上，都有其历史的价值。[①]

一九四六年八月

---

① 本文原为纪念琼斯诞生两百周年而作，见《英国语言学评论》季刊(*RES*)，1946年10月号。

范存忠文集

英国文学史纲

A BRIEF HISTORY OF ENGLISH LITERATURE

中西文化散论

ESSAYS ON CHINESE AND WESTERN CULTURE

英美史纲

AN OUTLINE OF BRITISH AND AMERICAN HISTORY

中国文化在英国

CHINESE CULTURE IN ENGLAND

英国文学论集

ESSAYS ON ENGLISH LITERATURE